JN263968

二見文庫

波間のエメラルド

アイリス・ジョハンセン／青山陽子＝訳

The Golden Valkyrie
by
Iris Johansen

読者の皆様へ

『波間のエメラルド』は、わたしにとって特別な作品です。本書はわたしの初期のロマンスですが、たぶんほかの作品とはちょっとタイプが違います。それは、楽しく愉快な物語を創ってみたからです。

わたしが愉快な物語を書いたりしたら、きっと読者の皆様は驚かれるだろうと思いました。皆様もおそらくご存じでしょうが、わたしはユーモアのある小説よりもストーリーがドラマチックな小説を書くことに情熱を注いでいます。それでも、笑ってしまうようなおもしろいシーンがいつの間にかはいりこんでしまうことがあります。そのたびに自分でも驚いているのですが、同時にとてもうれしくなります。だから、あえてユーモラスな作品を書いてみようと考えたのです。

『波間のエメラルド』を執筆していたとき、それまでわたしを笑わせてくれた作家たちを心から尊敬しました。尊敬の念は、もちろんいまも変わっていません。また、自分もこんなふうに人を楽しませることができるだろうかと悩んだこともありました。でも、とにかく本書を明るく、軽快で、楽しさいっぱいの物語にしようと努力しました。

この努力は成功したでしょうか？

皆様のご感想を楽しみにしています。

アイリス・ジョハンセン

波間のエメラルド

登　場　人　物　紹　介

ハニー・ウィンストン	私立探偵
アントン・セルゲイ・ランスロット・ルビノフ	バルカン半島にある タムロヴィア王国の王子
アレックス・ベン＝ラーシド	ランスの従兄弟。 セディカーンの元首の孫
ナンシー・ロドリゲス	ハニーの探偵事務所の秘書
ベン・ラックランド	警官。ハニーの元上司
マヌエラ・ゴメス	ランスの元恋人。ハニーの依頼人
ベティーナ・ヴォン・フェルタンスタイン	ドイツ人の男爵令嬢。ランスの許嫁
カリム・ベン＝ラーシド	セディカーンの元首
ニコラス	ランスのおじ
クランシー・ドナヒュー	ランスとアレックスの世話人
ジョッシュ・デイヴィーズ	アメリカ国務省の職員
レオーナ・マーテル	法科大学院生
ネイト・サンダース	セディカーンが所有する孤島の管理人
ジャスティン・サンダース	ネイトの妻

1

「ホテルの裏の路地でラファエルが待っている手はずになってるから」渋滞する夕方のヒューストンの通りでトヨタの車を巧《たく》みに運転しながら、ナンシー・ロドリゲスがきびきびとした口調で言った。「問題がなければ、彼がまっすぐスイートルームに連れていってくれる。それから、合い鍵を使ってなかに入れてくれるわ」彼女は顔をゆがめた。「だけど、問題があった場合は、自力でなんとかしてちょうだい、ハニー」

「わかった」ハニー・ウィンストンはうわの空で言い、プラチナブロンドの髪が顔にかからないようヘアピンでしっかり留めた。

「わかった、ですって！」ナンシーが大声をあげ、激しいいらだちのこもった目でハニーをにらみつけた。「まったく《カランバ》！ あなた、自分がどうかしているってわかってる？ 見つかったら、探偵のライセンスを剝奪《はくだつ》されるだけじゃすまないかもしれないのよ。刑務所に入れられる可能性だってあるんだからね」シートのふたりのあいだに置かれている、たたんだ新聞をポンと叩く。「市長は、ルビノフ王子と彼の従兄弟《いとこ》をそれはそれは歓迎しているの。そんなところであなたが世間を騒がすようなことをしでかしたら、市長のご機嫌をそこねることまちがいなしよ」

ハニーは眉間《みけん》にしわを寄せた。「いくら王族だからって、破廉恥《はれんち》で冷酷なふるまいをする権利があるわけじゃないわ」むっとして言う。「かわいそうなあの女性は、気が変になってしまいそうなほど動揺していたじゃないの」

「そのかわいそうな女性は、エクアドルほどもある大きなコーヒー農園の相続人でしょ」ナンシーの口調はそっけなかった。「それにね、言わせてもらえば、セニョーラ・ゴメスのうろたえぶりはちょっとばかり大袈裟《おおげさ》に思えたわ」

「よくもそんなことが言えるわね」ハニーが顔をしかめる。「彼女は心を引き裂かれたみたいに泣いていたのに」

「そしてあなたはすっかり同情してしまった。いつものようにね」ため息をつくナンシーの黒い瞳はやさしかった。「私立探偵は非情であるべきと誰かから言われたことはないの?」

「秘書からしょっちゅう言われているわよ」ハニーは青い瞳をきらめかせ、茶目っ気を込めてにっこり笑ってみせた。「でも、その秘書の言うことなんて信じられない。だって、彼女ときたらマシュマロみたいに甘い人なんだもの」

「マシュマロ！」ナンシーがかん高い声を出した。「このわたしが？」

「そう、あなたがよ」ハニーはきっぱりと言った。「お給料だって、わたしが無理矢理渡さなければ、あなたは受け取ろうとしないじゃないの」

「わたしはなんとかやっていけるからね」ナンシーが怒ったように言う。「あなたとは違って。先週、あなたのアパートメントに行ったとき、食器棚のなかにはピーナッツ・バターしかはいっていなかったじゃない。最近、あなたが痩《や》せてしまったのも当然だわ」

「ピーナッツ・バターは栄養たっぷりなのよ」ハニーが弁解するように言う。「栄養学上でもそう証明されてるわ」

「ちゃんとした食事としてではないでしょう？　ばかね」ナンシーは言い返した。「生きていくのに最低限のお金すらあなたは持っていないのよ。そんなあなたからお給料をもらうときに、わたしがどんな気持ちになるかわかる？　どうしてもっと現実的になれないの？」

「お給料を払えない週があったら、そのときは別の働き口を探すということであなたも同意したじゃない？」ハニーの顎《あご》が頑固そうにこわばった。「教会に棲《す》むネズミ並みに貧しいというだけで、すごく落ちこむの。だから、施《ほどこ》しは受けないわ」

「施しなんかじゃないわよ、まったく」ナンシーが反論する。「あなたがどれだけ自立を大切にしているか、いまだに気づいていないとしたら、わたしはかなりのおばかさんだということになるもの。貸付金《ローン》と考えてくれればいいのに」そう言ってから顔をしかめる。「でも、あなたのことだから、利息を払うって言い張るんでしょうね」

「この話は前にもしたでしょう？」ハニーは目にあたたかな愛情をこめてやさしく言った。

「それでも答えはノーよ」

「まったく、なんて人なの！」ナンシーが大声でいらだたしげに言った。

「まったく、なんて人《マードレ・デ・ディオス》なの！」

ハニーは笑いをこらえた。ハンドルを握っていなければ、ナンシーは表現豊かなラテン系の人間らしく、いつものように両手を宙に上げていただろう。「どうしてそんなにひたむきで理想主義なの？　ちょっとぐらい助けを借りたところで、なんの問題もないはずよ。そもそも、どうして私立探偵なんてやってるの？　こんなに美人なんだから、あなたさえ望めば、なんにだってなれるのに。どうしてふつうの女と同じものを望めないのよ？」

ハニーの唇はいまにも笑いだしそうにひきつった。「ふつうの女性はどんなものを望むのかしら？」口調はまじめだが、瞳は楽しげにきらめいている。

ナンシーはひどくいらだたしげな目つきでハニーを見た。「名声、富、それに、すてきなセックスをしてくれる男たち」大まじめに言ったのに、ハニーがくすくす笑いだしたので不機嫌な顔になる。「おかしくなんてないわよ」そう言ったものの、口角《こうかく》が上がって思わず笑みになった。「まあ、あなたみたいなかわいい清教徒《ピューリタン》にとってはおもしろいのかもしれないわね」

「両方ともまちがってる」含み笑いをしたまま、ハニーが文句を言った。「まともな人なら、わたしをかわいい《リトル》なんて言わないわ。それにわたしは清教徒じゃない。分別があるだけよ」

「二十四歳のヴァージンが清教徒じゃないですって？」ナンシーは両眉を上げ、疑うような表情をした。「ご冗談を」

「どうしてあなたに言われるままにマルガリータを何杯も飲んで、身の上話なんかしてしまったのかしら」ハニーが暗い顔をして言った。「おかげで、あれ以来、しょっちゅうあなたにうるさく言われるはめになっちゃったわ」

「わたしの記憶が正しければ、あの晩のあなたは慰《なぐさ》めをすごく求めているようだったけど」ナンシーがそっけなく言う。「あなたがお酒に弱いなんて知らなかったんだもの。ハニー・ウィンストンという若くて熱心な警官に対してセクハラを許すような制度は不公平だとぼやいていたとき、そのことまでは話してくれなかったから」

「あの晩のわたしはひどく涙もろかったみたいね」ハニーが恥ずかしそうに言った。いまでもあの日のことを思いだすと、怒りで胸が痛くなる。「ベン・ラックランドみたいに評判のいい警官が、彼と寝ないというだけでわたしをクビにするなんて、ほんとうに信じられなかったわ」

「それはね、あなたがうぶだからよ。放蕩者《ほうとう》のおじいさんと放浪生活をして、最後には死んでしまった無垢《むく》で可憐《かれん》な少女リトル・ネルみたいにね」ナンシーがいやみっぽく言い、不思議そうに首を振る。「ポリス・アカデミーを首席で卒業して、二年も警察官だった人が、いまだにこれほど世間知らずでいられるなんて、ことあるごとに驚かされるわ。ヒューストンの人間はみんな、ベン・ラックランドが女を追いかけまわす特大のネズミみたいな卑劣漢《ひれつかん》だって知っているのに、あなたときたら、彼が父親みたいな気持ちで接してくれていると思ってたんだから！」

「だって、彼にはあんなにすてきな奥さんがいるのよ」ハニーが言う。「それに、オフィスでのあの最後の晩まで、実際、なにもされなかったし」

「そういう類《たぐ》いの男たちには、とってもすてきな奥さんがいるものなの」ナンシーの言葉には皮肉がこもっていた。「それがいい保険になっているのよ。いずれ元夫のことを話してあげるから、忘れていたら思いださせて。とにかく保険をかけておくことに関しては、彼はすごくやり手だったんだから」

「あなたを逃がしてしまうなんて、やり手であるのと同時に、頭がおかしいんじゃないの」ハニーが厳しい口調で言う。「自分の幸せがわからない男って、いるのね」

ナンシーがいたずらっぽい笑みを向けた。「心配いらないわ。夫と別れてからは、つき合う男性全員に、わたしがどれほどすばらしい女かをわからせているから」ナンシーは左折してファニン・ストリートにはいり、それから右折して、目的地の白い高層ホテルのある通りにはいった。搬入口として使われているらしい幅の広い両開きドアから少し離れたところにトヨタの車を停めた。ヘッドライトを消し、車内灯を点ける。

「ハニー」ナンシーが急にまじめな顔になって言った。「この仕事、やっぱり断わろう。こんなリスクを冒すほどお金に困っているわけじゃないでしょう。仕事ならほかにもきっとあるから」

「事務所に依頼者たちがどっと押しかけているなんて気づかなかったわ」ハニーはそっけなく言った。

「事務所を開いてからまだたったの六カ月じゃないの」ナンシーが食い下がる。「未来の依頼者たちを待ちましょう。あなたは優秀よ。すごく優秀なの。ラックランドがあのときまでなにもしなかったのは、部下のなかであなたが最高だったからよ。彼の欲望が豆つぶほどの脳みそよりも大きくなかったら、あなたはいまでもあそこにいたはずだわ」

「そうしたら、わたしたちふたりとも、もっといい食生活を送れていたのにね」ハニーは悲しげに言って、首を振った。「この仕事が必要なのはわかっているでしょう、ナンシー。リスクがどんなに大きくてもね。この報酬がなかったら、来月の家賃も払えないのよ」今夜の仕事にはハニー自身も不安があったが、ナンシーを安心させるような笑みを浮かべようとした。「そんなに危険な仕事じゃないわ。ルビノフ王子のスイートルームに忍びこみさえすれば、ほんの三十分ほどで終わる。セニョーラ・ゴメスの手紙を見つけて立ち去るだけだもの」軽蔑《けいべつ》するように唇をゆがめる。「ああいう男は、きっと手紙を枕の下にしまっているのよ。取りだしては、ほくそ笑むことができるように」

ナンシーがくすりと笑った。「そうかしら。お盛んな《ラスティ》ランスが相手をしたと噂《うわさ》されている女性たちが実際にその数だけいたら、その隠し場所はちょっと不都合だと思うけど」新聞を取り上げ、批判的な目で写真を見る。「まったく、彼ったらハンサムな種馬よね。この顔を見てよ。まるでギリシャ神話に出てくる美少年アドニスだわ……ほんのちょっぴり邪悪な」

「ゴシップ欄によれば、ほんのちょっぴりどころじゃないみたいだけど」写真にちらりと目をやって、ハニーはきっぱりと言った。

ナンシーの言うとおりであるのは認めざるをえなかった。力強く整った目鼻立ちに美しい形の唇を持つ顔は人目を引くほど魅力的だが、いたずらっぽい笑顔と生き生きした瞳のおかげで整いすぎた顔になる一歩手前で留まっている。「セニョーラ・ゴメスなら、ゴシップ記事は正しいと言うでしょうね」

ハニーは手を伸ばしてナンシーから新聞を取り、人を惹きつけるその顔に思わず見とれてしまった。見とれてしまうのはわたしだけじゃない。ハニーはあわてて自分に言い聞かせた。アントン・セルゲイ・ランスロット・ルビノフ王子は、世界じゅうが認める強いカリスマ性を持っている。バルカン半島にあるタムロヴィア王国の国王の下の息子である彼は、オックスフォード大学の学生だったため、マスコミにとっては天の賜物《たまもの》となったのだ。マスコミは彼にラスティ・ランスというあだ名をつけたのだが、そのあだ名は寝室での彼のとてつもない活躍にぴったりなだけではなかった。ランス・ルビノフは冒険と人生そのものにも果てしない渇望を持っているのだ。彼は三十代前半にして、数えきれないほどの危機に直面してきた。

噂によると、両陛下は遊びまわる下の息子に手を焼いており、それは兄のステファン皇太子も同じらしい。また、彼らがランス王子の行動を抑えきれずにいるのは、セディカーンの元首《シーク》カリム・ベン＝ラーシドのひとり娘と結婚したおじのニコラスが、ランスをかわいがっていることがいちばんの理由だとも言われている。ランスは子ども時代の多くをセディカーンにいるおじのもとで過ごした。そして、石油のおかげで驚くほど豊かな首長国連邦の統治者であるシークに気に入られた。ランスの二十一歳の誕生日に、シークは選りすぐりの土地を譲り、その土地はタムロヴィアの国をまるごと即金で買えるほどの石油を毎年産出している。ヒューストンを訪問するルビノフに同行している従兄弟は、ニコラスの息子のアレックス・ベン=ラーシドに違いない。ハニーはぼんやりとそう思った。

「もしかして、あなたが冷静なのはうわべだけで、じつはラスティ・ランスにちょっぴりお熱なんじゃない？」写真に見入っているハニーに目をやりながら、ナンシーがいたずらっぽく言った。

ハニーはすばやく新聞を閉じ、シートにぽんと放った。「そんなわけないでしょう」きびきびと言う。「市長が彼のために開くパーティーが始まる時刻を確認していただけよ。パーティーは九時からで、その前に市長と一緒の食事会があるはずなの」ハニーは時刻を確かめた。「八時十分だわ。もうスイートルームに行っても大丈夫そうね。で、そのラファエルって人は信用できるのね？」

ナンシーがうなずいた。「弟の友だちなの。あなたが心配しなくちゃならないのは、ラファエルに空いているスイートルームに連れこまれて迫られることだけよ。彼はすらりとしたブロンド美人が大好きなの」

ハニーは顔をしかめた。「たいていの男の人はそうじゃない？」不愉快そうに言う。「十六歳で孤児院を出てから、ずっとその問題と闘い続けているわ。豊穣の女神みたいな外見というだけで、男はみんな、人生におけるわたしのただひとつの役目は、ベッドに仰向けに寝ることだと思うのよ。できれば自分たちのベッドに」

「わたしだったら幸運だと思うけれど」ナンシーはからかうように言い、ハニーをうらやましそうに見つめながら、ドアを開けて車を降りた。「あなたみたいになりたくて、セックスをあきらめようとまでしたのよ」茶色の瞳が輝いた。「もちろん、セックスをあきらめるのなら、あなたのような外見は必要なくなるんだけどね」

黒のレオタードと薄いスパンデックスのタイツを身につけたハニー・ウィンストンは、まさに彼女自身があざけるように言った豊穣の女神に見える。百七十五センチの長身に、高い位置で張る豊かな胸とほっそりしたウエスト。まるで女王のような威厳の感じられる曲線を描いた官能的なボディーだ。そして、タイツに包まれた長くて美しい形をした脚。たいていの女性なら、こんなすばらしいスタイルになれるのならばつけまつげなんて捨ててもいいと思うだろう。顔までも、ある種の官能的な雰囲気にあふれている。下唇が情熱的な曲線を描き、目尻のかすかに上がった深い紫色の瞳が不思議とくすぶったように見えるせいだろう。髪はきらめくプラチナブロンドだが、たっぷりと長いそのすばらしい髪は、人の注意を引かないように、頭にきつく巻きつけてある。髪を切ったこともあるのだが、短いとくるくるとカールしてしまい、かえって挑発的ななまめかしさが増すだけだった。

「あなたが崇拝者を惹きつけるのに苦労しているとは思わなかったけど」ハニーは鋭く言い返した。

「たしかに苦労はしていないわね」ナンシーがウインクした。二十代後半の彼女は、メキシコ系であることがひと目でわかる、なめらかな褐色の肌ときらめく大きな黒い瞳の持ち主で、かわいらしいというよりは魅力的だ。やや長めの茶色の髪にパーマをかけてジプシーのような奔放なカールが出るようにしてあり、きびきびした印象の外見にとてもよく似合っている。

「ほんとうに待っていなくていいの?」ナンシーが訊いた。

ハニーはうなずいた。「手紙を手に入れたら、タクシーを拾ってアパートに戻るつもりよ」なだめるように笑みを浮かべる。「戻ったらすぐに電話するから」

「そうしてちょうだい」ナンシーが強い口調で言った。「電話をくれなかったら、ルビノフ王子の部屋まで行って、ドアをがんがんノックするかもしれないわよ」しかめ面になる。「もっとも、順番待ちの整理券をもらわなきゃならないかもしれないけど」

ハニーがくすりと笑った。「『カーマスートラ』の二十二番とか?」からかうように言う。

「そんなようなもの」ナンシーはぼんやりと言ったあと、いきなり真顔になった。「気をつけてね、ハニー」

「いつもそうしてるわ」ハニーは軽い口調で言った。車のドアを閉め、安心させるように手を振ると、背を向けてドアに向かいきびきびと歩いていった。

移動式のダイニングテーブルは、収納棚の下段にはいった人間の体重があるにもかかわらず、黄色みを帯びた濃緑色の豪華なカーペット敷きの廊下をなめらかに進んだ。どうしてわたしは百五十センチちょうどの小柄な女じゃないの？　ハニーは顔を曇らせながら、白いダマスク織りのテーブルクロスから長い脚がはみでないように懸命に折り曲げていた。

「大丈夫ですか？」ラファエルが陽気に声をかけてきた。「もうすぐですよ、ミス・ウィンストン。次の廊下のすぐ先ですから」

「わたしなら平気」ハニーは嘘をついた。プレッツェルみたいな体勢から体を伸ばしてこのいまいましい棚を下りたら、きっとまともに歩けないだろう。だけど、ラファエルに文句を言ってもしかたがない。彼はできるだけのことをしてくれたのだから。

四十分前に搬入口をはいったところで若いラテン系のベルボーイに会ったとき、悪い知らせがどっとはいってきた。有名人客のための警備が思いがけず強化され、それにともなってVIP用スイートルームの錠が変えられて、合い鍵は警備員しか持てなくなったという。おまけに、ルビノフ王子は今夜の市長との食事会をキャンセルし、リヴァー・オークスでのパーティーに出かける前に、従兄弟とともにスイートルームで食事をすることになったそうだ。

ハニーががっかりする間もなく、ラファエルがほかの案を思いついた。彼はダイニングルームのウエイターに交代してくれと頼みこんだ。ラファエルは、ダイニング・テーブルの下段にハニーを乗せてスイートルームに忍びこませるつもりだった。ランス・ルビノフ王子とアレックス・ベン＝ラーシドが食事をしているあいだ、ハニーはそのままそこに隠れている。ふたりが部屋を出たら、移動式ダイニング・テーブルの棚から出て、仕事に取りかかる。ラファエルは明らかに大天才級の思いつきだと胸を張り、ハニーはやけっぱちで彼の案に乗った。絶対に確実な計画とは言えないかもしれないが、ほかに方法がない。

移動式ダイニング・テーブルが止まり、ラファエルがドアをそっとノックする音がハニーの耳に届いた。それから不明瞭な会話が聞こえ、テーブルがふたたび動きだした。部屋のカーペットは廊下のものよりもさらに豪華で、朽葉《くちば》色をしていることにハニーは気づいた。そのあと、テーブルが再度止まった。また話し声がした。ラファエルと、別のふたりの声だ。それからドアが静かに閉まる音がした。

ここから先はハニーひとりの腕にかかっている。おそらく、四十五分ほど完璧にじっとしていれば、あとは楽勝だ。でも、それほど簡単じゃないかもしれない。ハニーは暗い気持ちになった。左の太腿《ふともも》がすでに引きつりはじめている。ふたりとも、さっさと座って食事をしたらどうなのよ、まったく。

男性たちはどうやらハニーの希望に沿うつもりはないらしい。部屋の奥でクリスタルガラスが小さくカチンと鳴る音が聞こえた。最悪。あの人たちは食事の前にゆっくりお酒を飲むつもりなんだわ。ふたりは飲み物を手にこちらに向かっているらしい。分厚いカーペットのせいで足音は静かだったが、声が急にはっきりと聞こえるようになった。

「市長がこういうことを喜ばないのはわかっているんだろう、ランス」低くけだるげな声がした。「約束をすっぽかされるのには慣れていない男だ」

「それはおあいにくさまだな」冷ややかな声が答えた。「官僚的なばかげたことをもう三日も我慢してきたんだ、アレックス。これは休暇だときみが言ったんだぞ」

「我慢しろよ」アレックス・ベン＝ラーシドがのんびりとした口調で言った。「社交的な義務をあと二、三日も果たせば、ちょっとしたお楽しみの時間を持てるさ。ヒューストンのようにテクノロジーの発達した都市との外交関係を強化しておくのも悪くないぞ」

「きみなら、今回の旅にビジネスのつまらない雑事を詰めこむだろうと気づいておくべきだったよ」ランス・ルビノフのいらだった声の奥には、おもしろがっているような響きもあった。「たしかきみは、カリムじいさんからビジネスを引き継ぐ前に、最後の浮かれ騒ぎをするからと言って、一緒に来てくれとぼくに頼んだはずだ。それなのに、きみはここでビジネスの敏腕をふるっている。こんなことならチューリッヒに留まっていたほうがよかったよ」

顔が見えないと、話し手の声からたくさんのことがわかるなんて不思議だわ。ハニーは思った。彼らは英語で話しているが、ふたりが一緒にオックスフォード大学に通ったことを考えれば不思議ではない。だが、ハニーの予想とは異なり、ふたりとも上流階級っぽい、パブリックスクール出身者独特のアクセントがない。アレックス・ベン＝ラーシドにはかすかにイギリス英語のアクセントがあるが、ランス・ルビノフのほうは押しの強いアメリカ人そのものといった話しかただ。

「きみは雪景色ばかりを描くのに飽き飽きしていたじゃないか」ベン＝ラーシドが言った。マッチを擦《す》る音がし、短い間があったあと、彼が続けた。「変化が欲しいと言ったのはきみのほうだぞ」

どうしよう。ハニーは、どちらかの男性が喫煙《きつえん》者である可能性をまったく考えていなかった。アレックス・ベン＝ラーシドがダイニング・テーブルから遠く離れたところに座ってくれますように。あるいは、彼が吸っているのがただの紙巻き煙草でありますように。彼女は葉巻の煙にひどいアレルギーがあり、激しいくしゃみから吐き気へと一気に症状が悪化するのだ。

「気弱になっているところをきみにつけこまれてしまったのさ」ランス・ルビノフが軽い口調で言う。「フィギュア・スケートのオリンピック選手のあの赤毛にちょっと飽きていたところだったんだ。彼女、あれこれうるさくてね」

「うるさい？」ベン＝ラーシドは困惑した。「彼女はきみに夢中のようだったが。きみから片時も離れていられないみたいだったじゃないか」

困った、葉巻の煙だわ。それに、ベン＝ラーシドはすぐとなりといってもいいほど近くにいるらしい。ハニーの鼻がむずむずしてきた。不吉な前触れだ。

「ああ、熱心だったのはまちがいない」ルビノフの声は暗かった。「問題は、彼女が倒錯的だったことだ。氷の上であれをやりたがったんだぞ」

短い間があったあと、ベン＝ラーシドが用心深く尋ねた。「あれ?」

ランス・ルビノフが英語の卑猥《ひわい》な名詞をそっけなく口にし、ハニーの目が驚きに大きく見開かれた。

ベン＝ラーシドが大笑いした。「まったく、きみは相手をうまく選ぶよな。裸でか?」

もはやルビノフも笑いを抑えきれなくなっていた。「もちろんだ。彼女ときたら、それが究極の経験だと思っているらしい」悲しげに続ける。「ぼくは老いぼれてきたのかもしれない。十年前だったら、きっとやっていただろうに」

「〝十週間〟前だって、きみならやっていたさ」ベン＝ラーシドが淡々と言った。「彼女は、きみが珍しく冷静な気分のときにそれを迫ったようだな」

鼻のむずがゆさが耐えられないぐらいひどくなってきた。どうしてアレックス・ベン＝ラーシドはパイプを吸わないの? 中東の王族は水キセルを好むものだと誰かに教えてもらわなかったのだろうか？

「かもな」ランス・ルビノフが言った。「室内リンクで満足してくれていたら、ぼくも彼女の希望を叶えてあげたかもしれないが、彼女はありのままの自然のすばらしさについてのおしゃべりをやめなかった。この時期のスイスは氷点下なんだぞ！」

もうだめだ。どうしてこんなことにならなきゃいけないの？　どうして計画どおりにすべてがスムーズに運ばないの？　ひどいわ！

「そういうことなら、きみのやる気がそがれたのもわかる」ベン＝ラーシドがまじめくさって言った。「なにか身につけ……」

アレックス・ベン＝ラーシドが急に話すのをやめた。ハニーが大きなくしゃみをしたのだ。くしゃみはさらに二回続いた。これが耳に届かないはずがないわね。彼女はげんなりした。部屋をいきなりおおった静寂が雄弁に物語っている。避けられない対面を覚悟しつつ、ハニーはあきらめの気持ちで待った。

ダマスク織りのテーブルクロスが勢いよくまくり上げられ、ナンシーが〝ちょっぴり邪悪〟と巧みな表現をしたまさにその顔が、ハニーの鼻先にいきなり現われた。いま、彼女の目の前にある明るい青い瞳は、よこしまな茶目っ気で輝いている。ハニーのねじ曲がった体を彼の視線がものうげにたどり、やがて顔に戻ってきた。

「きみはオードブルなのかな？　それとも、デザートにいただけばいいのかな？」ランス・ルビノフはハニーと同じ視線になるようしゃがみこみ、礼儀正しく尋ねた。

彼女は期待をこめてルビノフを見た。「〝わたしはホテルの品質管理職員で、食事のサービスについてチェックをしていました〟と言ったら信じてもらえます？」

ルビノフは考えこむように首を傾《かし》げた。「いや、それはむずかしいな」のんびりとした口調で言う。

「そうだと思いました」ハニーの口調は沈んでいた。「ここから出るのに手を貸してもらえますか？」

「喜んで」ランス王子はまじめくさって言い、気づかいを見せながら、隠れ場所から出る彼女に手を貸した。ハニーが百七十五センチの体を伸ばしきると、彼は賞賛の口笛を吹くまねをした。「きみを過小評価していたよ。デザートではなく、すばらしいメイン料理《ディッシュ》だ」

ハニーは気の利いた隠喩《いんゆ》を楽しんでいる気分ではなかった。こんなに早くアレルギーが出たのも当然だわ、と腹立たしげに思っていたのだ。豪華な移動式ダイニング・テーブルから二メートルも離れていないカウチに、アレックス・ベン＝ラーシドがゆったりと座っていて、彼女が大失敗をする原因となった茶色くて細い葉巻をまだ手にしていた。細い葉巻だが、とても強いものに違いない。守ってくれるテーブルクロスというフィルターがなくなったいま、その影響力は強烈だった。ハニーの胃が痙攣《けいれん》し、めまいがするほどの吐き気がこみ上げてきた。いまにも吐きそうだ。「いや！」みじめなうめき声を出し、くるりと向きを変えると、シルクのカーテンがかかった窓に突進した。

「まずい、飛び降りるつもりだぞ！」驚いたルビノフが叫ぶなか、ハニーはベージュ色のカーテンを脇に寄せ、窓を開けようと死にもの狂いになった。「やめるんだ。ここは二十階だぞ！」

ハニーはすでに窓を開け、外に身を乗りだしてひんやりした気持ちのいい空気を吸ったが、そのとき二本の力強い腕に背後からつかまれた。

「頭でもおかしくなったのか？」ルビノフがどなりつける。「死ぬところだったんだぞ。いったいなにを考えていたんだ？」

新鮮な空気のおかげでひどい吐き気はおさまったが、返事をする前に念のためもう二、三回深呼吸をした。「飛び降りようとしていたわけじゃないわ」あえぎながら言う。「気持ちが悪くなったから、新鮮な空気を吸う必要があっただけです」

「なるほど」ランス・ルビノフがゆっくりと言い、ハニーにまわした腕に力をこめた。「では、逃げようとしていたわけではないんだね？」

まだ深く息をしながら、ハニーはうなずいた。

ルビノフがさらに近づき、彼の両手がハニーの胸骨へと上がってきた。そして、胸の膨らみの真下で止まった。「自殺願望はほんの少しもない？」低い声で訊く。

「当たり前です」ハニーは言った。「もう放してくださってけっこうよ」

「それはいい考えではないかもしれない」なめらかな声で言い、両手をわずかに上にずらして彼女の胸を軽く包む。「気持ちが悪くなったと言っただろう。めまいを起こして窓から落ちたらどうするんだ？」

「めまいはもうおさまりました」彼女は息切れした声で言った。ほんとうは正直な答えではない。なぜか頭がくらくらしていたし、彼の強くてやさしい両手がコットンのレオタード越しに燃えるように熱く感じられた。

「それは確かかな？」ルビノフが未練がましくつぶやいた。「国際的な事件は困るからね。見出しが目に浮かばないかい？　お盛んな王子、美人の不法侵入者を窓から外に投げ落とすってね」

ハニーは思わずくすくす笑ってしまった。この男性は完全に頭がどうかしている。「確かです」きっぱりと言った。

「残念だ」ランス・ルビノフはしぶしぶハニーから腕を離した。彼が下がると、彼女は振り向いて彼を見た。ルビノフの青い瞳は輝いている。「どんな状況だろうと、ぼくがきみみたいに魅力的な女性を放りだすなんて、正気の人間なら絶対に信じないだろう」からかうように片方の眉を上げる。「そんなにひどい閉所恐怖症なのだったら、あんな小さなカートに隠れるなんてやりかたじゃなく、ほかの方法を考えたほうがよかったんじゃないかな？」

「閉所恐怖症じゃありません」ハニーはむっとして言った。「煙のせいなの。煙にアレルギーがあるんです」そう言うと、あなたのせいよとばかりに、おもしろそうにふたりを見ているアレックス・ベン＝ラーシドを指さした。「葉巻を消すよう彼に言ってください」

「葉巻を消せよ、アレックス」ルビノフはいまにも笑いだしそうに唇をひきつらせながらも、言われたとおりに指示した。

「わかった」ベン＝ラーシドが礼儀正しく言い、体を前に乗りだしてコーヒー・テーブルに置かれたクリスタルの灰皿に葉巻を押しつけて消した。「ほかにご用は？」

ルビノフは向き直ってハニーを見た。「ほかには？」まじめくさった口調だ。

ハニーは首を横に振った。

「それだけだ、アレックス」ルビノフが尊大に言う。「彼女の気持ちが変わったら、追って知らせる」

「了解」ベン＝ラーシドが気取って言った。「さて、もっとよく見えるよう、彼女をこっちへ連れてきてくれ」

ルビノフが茶化すようにうながした。「さあ、お嬢さん」彼はハニーの肘に手をあてて部屋を横切り、ベン＝ラーシドの目の前まで連れていった。そして、彼自身は従兄弟のそばに行き、彼が座っているカウチの肘掛け部分に半分もたれ半分腰かけるような体勢になった。バレエシューズの足もとからプラチナブロンドの頭までを称賛するようになれなれしく見つめられ、ハニーは競売台に乗せられた奴隷になったような気分だった。しかし、自衛本能から、同じように大胆に見返した。

男たちはふたりともブロンズ色の肌を黒の夜会服に包み、身長は百八十センチを超えていたが、共通点はそこまでだった。従兄弟同士でも、ふたりは実際にはほとんど似ていない。ランス・ルビノフ王子は暗い赤褐色の髪と、絶え間なく動く炎のように輝く鮮やかなブルーの瞳の持ち主。それとは対照的に、アレックス・ベン＝ラーシドの髪は漆黒で、瞳も見るものを貫くような黒だ。色合いの違いもかなり目立っていたが、ふたりのいちばんの違いはその表情だった。

ランス・ルビノフの表情は大胆なほど楽しげに生き生きしており、ハニーは思わず彼の顔に見入ってしまう。まるで、ハニーが密かに彼をたとえたその炎で内側から照らされているかのようだ。それにひきかえアレックス・ベン＝ラーシドの表情は慎重で、少しばかり皮肉っぽく、ブロンズ色の陰鬱《いんうつ》な顔の下に情熱が隠れているような感じもするが、それは彼がその気にならないと見られないようだ。

「すばらしい」ベン＝ラーシドがさりげなく言ってカウチにふたたび背を預け、目を狭めてハニーの下半身をじっくりと見つめた。「すばらしい脚だ。きみを突き飛ばしてでも彼女の相手をしたい」

「だめだ！」ルビノフはハニーから目を離さないまま静かに言った。「彼女はぼくのものだ。見ているだけで爆竹みたいに熱くなってくる。悪いが、市長にキャンセルだと伝えておいてくれ。今夜はとても忙しくなったと」

ハニーは思いきり顔をしかめた。「極上のサーロインを見るみたいに、いやらしい目でわたしを見るのが終わったなら……」

「極上も極上」ルビノフが不埒《ふらち》にもつぶやいたが、ハニーににらみつけられると、まじめな口調になった。「すまない。どうぞ続けてくれたまえ。なにを言いかけていたのかな？」

「わたしをどうするつもりでいるのかを訊こうとしていたんです」緊張しきった声だった。

「たったいまそれを話していたところじゃないか」ルビノフがやさしく言った。「こんなにすばらしい演出には報酬が与えられるべきだ。ぼくはパーティーに行くのをやめるから、今夜はベッドのなかでふたりで過ごそう」いたずらっぽくにやりと笑う。「ひょっとしたら、明日も」彼は感嘆するように首を振った。「まったく、きみはお利口な子猫ちゃんだよ。クレオパトラはきみに教えを請うべきだったな」

「クレオパトラ?」ハニーが訊く。

「絨毯《じゅうたん》にくるまれてシーザーの謁見室《えっけん》に運びこまれるようにしたんだ」根気よく説明する。「手もとにあるものを使って最善を尽くしたに違いないんだろうけどね。古代エジプトで移動式のダイニング・テーブルがあったとは思えないから」

「聞いた話だとクレオパトラはその手もとでことのほかすばらしい働きをしたとか」ベン＝ラーシドがおもしろそうに唇をゆがめて言った。「独自の信条を追い求める女性なんだな、ミス……」先をうながすように言葉を切った。

「ハニー・ウィンストンです」

男性ふたりは愉快そうに目を見交わした。

「女優さんかな?」ルビノフが言う。

「違います」ハニーは怒ったように言った。昔から自分の名前が大嫌いなのだ。「本名よ。生まれたとき、母がわたしの髪を蜂蜜《ハニー》みたいだと思ったからだそうです」

「そのころに比べたら、だいぶ色が薄くなったに違いない」ルビノフが静かに言った。「いまは月光のなかの雪のようだ。下ろしたらどのぐらいの長さになる?」

「背中の真ん中あたり」やわらかに光る目を見つめて催眠術にかかったようになり、ハニーはなにも考えずに答えていた。それから、頭をはっきりさせようと顔を左右に振った。「髪の長さがなんの関係があるわけ？」いらだちのあまり、足を踏みならしそうになる。

「長い髪が好きなんだ」もっともな道理だとばかりにルビノフが説明する。「ぼくの執着《フェティッシュ》と言ってもいいぐらいだ」

「あなたほど経験のある男性なら、そういうご執着がたくさんあるんでしょうね」ハニーは不機嫌そうに言った。「かわいいフィギュア・スケーターの要求に応えてあげなかったのが驚きだわ」

ルビノフは一瞬、驚いた顔をした。「そうか！　盗み聞きしていたんだな？」彼があまりにあたたかな笑みを向けてきたので、ハニーは思わず息をのんだ。「きみはそそられた？　きみが相手なら、やってみてもいいよ、スイートハート。氷の冷たさなんてきっと感じもしないだろう」

ハニーは心のなかで十まで数えてから、とてもゆっくりとひと言ひと言を明確に発音した。

「いいえ、そそられてなんかいません。あなたとは、氷の上だろうと、ベッドのなかでだろうと、エベレストの頂上でだろうと、愛を交わしたくなんてないの。あなたと愛を交わしたいなんてまったく思っていません。わかりました？」

「エベレストは提案しなかったが」ルビノフは茶目っ気のある笑みを唇に浮かべた。「でも、悪いアイデアじゃない。空気が薄いから、かなりエロティックな経験になりそうだ。真剣に検討してみたほうがいいかもしれないな」彼はアレックス・ベン＝ラーシドのほうを向いて、さも関心ありげに尋ねた。「きみはよく山に登るよね、アレックス。いまの時期はエベレストに登るのに適しているだろうか？」

ベン＝ラーシドは考えこむように首を傾げた。「そうは思わないな」ものうげに答える。「ぼくだったら、天候がもう少し安定するまで一カ月ほど待つよ」

「どうしてわたしの話を聞いてくれないの？」ハニーが泣きそうな声で言った。「ここに来たのは、あなたとベッドにはいるためじゃありません。セニョーラ・ゴメスの手紙を手に入れるためなのに」丹念に結った髪をいらだたしげにかきむしり、ヘアピンをあちこちに飛ばす。「あなたがこれほど自己中心的なひどい人じゃなくて、彼女の手紙を自分の手もとに置いておくなんて言い張らなかったら、こんなことにはならなかったんですからね」

「手紙？」ベン＝ラーシドが説明を求めるように片方の眉を上げた。「きみは記念の品を集めるようになったのか、ランス？」

「そんなわけないだろうが」ランス・ルビノフは例のとろけるような温もりのある目でハニーを見つめたまま言った。こんなふうに見ないでほしい。なんだか妙な気分になってくるのだ。「マヌエラ・ゴメスのことか？　彼女からはどんな手紙も受け取った覚えはないが。きみは彼女の友だちなのかい、スイートハート？」

「手紙を取り戻すため、彼女に雇われました」ハニーは少しほっとした。少なくとも、こちらの話に彼らは耳を傾けはじめてくれた。「わたし、私立探偵なんです」ルビノフを非難するようににらみつける。「セニョーラ・ゴメスはとても動揺していました。手紙を返してくれと懇願したのに、あなたはただ笑いとばしただけだったとか」

「私立探偵だって？」ランス・ルビノフが静かに言い、きっぱりと首を横に振った。「きみみたいにきれいな女性のする仕事じゃない。さまざまな厄介事に巻きこまれ、見知らぬ男たちのスイートルームにはいりこむことになる」

彼の視線はハニーの曲線美や黒のタイツをはいた長くて形のよい脚を称賛しながらたどった。「私立探偵はみんな、トレンチコートと鳥打ち帽を身につけるものだと思っていたよ。だけど、きみの格好のほうがいいと認めざるをえないな。それはいつもの格好なのかな、それともホテルのスイートルームに押し入るとき専用の衣装かな？」

「もちろん、いつもこんな服装をしているわけじゃありません」ハニーはむっとした。「ホテルに来たときは、どうやってはいるかわからなかったんです。空調の通気孔とか、そういうところから忍びこまなければならない可能性もあることを考えたうえでの格好よ」

ルビノフは考えこむように頭を傾げ、部屋の奥にある三十センチ四方の通気孔に目をやった。それからハニーの大きな胸に視線を注いだ。「きみはあそこを絶対に通れないよ、ラブ」まじめに言う。

「いまはわかってます」ハニーは言った。「セニョーラ・ゴメスに返せるよう、手紙を渡してくれるんですか、くれないんですか？」

「きみがなにを言っているのか、まったくわからない」ルビノフは言い、ゆっくりと立ち上がった。「だが、どういうことか、きっと突き止めてみせる。マヌエラに電話をして、なにを企んでいるのか訊いてみるつもりだ」ハニーに一歩近づく。「残りのヘアピンも取ってしまうといい。どのみち落ちかけているんだから」彼はハニーの目を見つめながらやさしく言った。器用な手が残りのヘアピンを引き抜いていることに、ハニーはほとんど気づいてさえいなかったが、やがてきらきら輝く豊かなプラチナブロンドが肩に落ちてきた。

「ああ、すてきだ」ルビノフがかすれた声で言った。「きれいだろう、アレックス？」

「美しいね」アレックスは軽い調子で言ったが、彼の声のおかげでルビノフがやすやすとかけてしまった魔法が解けた。

ハニーは大きく息を吸い、あとずさりした。「わたしは〝モノ〟じゃありません」きっぱりと言う。「あなたのお楽しみのために存在する美しいセックスの対象なんかじゃなく、知性を持ったプロなの」

「おまけに気概《きがい》もある」ルビノフが言った。「まったく、きみときたら、まるで小さくてかわいいお人形さんみたい……いや、女性だ」彼はさらりと言いなおした。向きを変え、部屋の奥のドアに早足で向かった。「寝室の内線でマヌエラに電話する」きびきびと続ける。「ぼくが戻ってくるまで、その客を帰らせるんじゃないぞ、アレックス」ドアの前で振り向いた彼の、青い瞳は輝いていた。「それに、髪ももとどおりに結いなおさせるなよ！」

小さいですって？　ルビノフ王子と出会うまで、これまでの人生で小さいとか無力とか感じたことなどなかったのに。ハニーはうろたえた。どうして彼はわたしに妙な影響を及ぼすのだろう？

「彼っていつもあんなふうなの？」ハニーは閉じられた寝室のドアをぼんやりと見つめながら尋ねた。

「たいていはね」アレックス・ベン＝ラーシドは肩をすくめながら言った。「座らないか、ミス・ウィンストン？　ランスが戻ってくるまでしばらくかかるかもしれない。マヌエラ・ゴメスはおしゃべりだからね」

ハニーはクッションの利いたカウチまで行って、すとんと腰を下ろしたが、視線はルビノフがはいっていった寝室のドアに据えたままだった。「彼って完全にどうかしているわ」そう言いきった。

ベン＝ラーシドは首を横に振った。彼の黒い瞳がハニーの視線を追って思案にふけるような表情になる。「そんなことはない」静かに否定する。「彼はかなり聡明だ。軽薄なうわべに騙《だま》されちゃいけない。ラファエル・サバチニを読んだことは？」いぶかしげにうなずくハニーを見て、彼は続けた。「道化師を描いた『スカラムーシュ』の冒頭を読むと、いつもランスのことを思いだす」ベン＝ラーシドは静かに引用した。「彼は笑いと、世界は狂っているという感覚を持って生まれた」彼の唇があざけるようにゆがんだ。「違いがわかるだろう。もしも世界はおかしいと信じているのなら、彼がまじめに世界を受け入れるわけがないだろう？」

「まじめに生きている人が彼のまわりにいたら、その人はちょっと不愉快なんじゃないかしら」ハニーは感心しないというように眉をひそめた。

「その点で彼が不平を言われたことはまだないと思うな」ベン＝ラーシドの黒い瞳がかすかに光った。「彼の知り合いの女性はまちがいなく不平など持っていない」

それは言うまでもないことだろう。ハニーはほんの少し前、めまいのするような彼の魅力と圧倒的な男らしさの力を見せつけられたばかりだ。それでも、きっぱりと言い返さなければならないように感じた。「セニョーラ・ゴメスは例外みたいだけど」

「それは待ってのお楽しみだ」ベン＝ラーシドが皮肉っぽく言った。「ぼくは、マヌエラがちょっとしたゲームをしていると思う。手紙などないとランスが言うのなら、ほんとうにないんだろう。ランスが嘘をつくところは見たことがない。彼は正直であることに強いこだわりを持っているんだ」顔をしかめる。「だからこそ、ぼくたちは彼を取締役会から遠ざけておこうとしているのさ」

「彼はビジネスマン向きじゃなさそうですものね」

「誰も彼にそうなってもらいたいとは思っていない。彼の関心はほかに向いている」ベン＝ラーシドはぶっきらぼうに言った。「祖父が彼に財産を譲渡したときの条件は、重役会ではぼくと一緒に投票するということだけだった。ランスなら約束を守ると信じていいと祖父はわかっていたんだ。ランスは、大切に思う人たちには徹底して忠実なんだよ」

「セニョーラ・ゴメスみたいに？」ハニーは鋭く言い返した。「彼女の件では、彼はあまり信頼できない人だったみたいね。手紙を処分するか返してくれるよう彼を説得できなかったとき、セニョーラ・ゴメスはとてもうろたえていたのよ。ルビノフ王子との不倫がきっとご主人にばれると思って」

ベン＝ラーシドは眉をひそめた。「それもぴんとこないな。アロンゾ・ゴメスは、マヌエラが慎重にしているかぎり、情事には寛大なんだが。いまになってそんなに取り乱すなんておかしい」

「ルビノフ王子がいつ慎重に情事を持ったことがあるんですか?」ハニーの口調は冷ややかだった。

用心深いベン=ラーシドの浅黒い顔に驚くほどあたたかい笑みが浮かんだ。「それもそうだ」彼も認めた。「つまり、マヌエラがなんと言ったかがわかるまで、待っているしかないってことだな。そうだろう?」

マヌエラ・ゴメスの言いたいことがなんであるにせよ、気が遠くなるほど長い時間がかかったようだ。というのも、ルビノフが戻ってきたのはそれから十分以上たってからだったからだ。彼女との話は楽しいものではなかったらしく、彼はむっつりとした渋面を浮かべていた。

「あの女性の脳みそは蚤《のみ》ほどの大きさしかないらしい」カウチに座っているハニーの前までゆっくりと歩いてきて、うんざりしたように言った。「しかも、彼女の道徳規準ときたら、強制収容所の指揮官並みにめちゃくちゃだ。すまなかったね、ハニー」

「すまなかったって?」ハニーはカウチの上で背筋を伸ばし、ゆっくりと尋ねる。

「マヌエラは冗談のつもりだったらしい」説明するルビノフの表情は重々しかった。「この街に来てから、ぼくは彼女に電話していなかった。だから彼女は、ぼくの注意を引くいい手を考えついたと思った」彼のブロンズ色の顔が険《けわ》しくなった。「まったく、子猫みたいな女性は大嫌いだ！」

「でも、ほんとうならあなたはこの部屋にいるはずじゃなかったでしょう？」ハニーはぽかんとして言い、彼の言葉をなんとか理解しようとした。

「今夜のディナー・パーティー会場に匿名の電話をして、ぼくをスイートルームに呼び戻すつもりだったらしい」彼は顔をゆがめた。「マヌエラは自分が送りこんだ魅力的なブロンド女性を見つけたら、ぼくがそそられると思ったんだそうだ。さっきも言ったとおり、彼女は賢いとは言いがたいからな。だが、そのブロンド女性のせいで、ぼくがマヌエラが存在することすら忘れるかもしれないとは、まったく思いもしなかったようだ」

「さあ、それはどうかしら。わたしは、彼女はとても頭がいいと思うけれど」ハニーがゆっくりと言った。初めは信じられない思いで呆然《ぼうぜん》としたが、いまはこれまで経験したことがないほど激しい怒りがじわじわと燃え上がってくるのを感じていた。「わたしを騙せる程度には頭がよかったのは確かだわ。あなたの愛人はさぞかし満足したことでしょうね。完全に騙されたもの」

ルビノフが肩をすくめ、非難の言葉を否定しなかったので、ハニーの怒りはますます激しくなった。「マヌエラは愚かだと言っただろう」ぶっきらぼうに言う。「それに、彼女はぼくの愛人じゃない。いまはもう」

ハニーは勢いよく立ち上がり、彼と向き合った。両手は体の脇で握りしめられている。「せっかくのちょっとしたすてきな策略も、彼女があなたの愛情を取り戻すことはできなかったということ？」厳しい口調だ。「あなたならすごくおもしろがるだろうと思っていたのにね、殿下。悪ふざけがお好きなんでしょう？　なにも知らない第三者を笑い物にすれば、あなたの気を惹けると彼女が思ったのも不思議じゃないわ」

ランス・ルビノフの瞳が怒りでぎらりと光った。「これまでしてきたいたずらのどれも、底意地の悪いものだと非難されたことはない」つっけんどんに言う。「それに、マヌエラの愚行に対してぼくが責められるのはおかしいだろう」大きく息を吸いこんで声を落とした。「もう、すまなかったと謝った。きみが落ち着いてくれたら、どう償えばいいか話し合えるんだが」

ハニーは怒り狂った雌ライオンのように行ったり来たりをくり返した。きらめくプラチナブロンドの髪がそれに合わせて揺れ、顔は怒りでひきつっている。「その償いとやらはどういうふうにしてくださるつもりなのかしら、殿下？」怒りに任せて尋ねた。「わたしの手間に対して小切手を切ってくださるおつもり？　それが庶民を相手に対処するときに、いつも取る方法でしょ？　小切手を渡してやれ。そうすれば彼女はばかにされて、いいように操られたことを忘れるさ。結局のところ、あれはただの冗談だったのだから、ってね！」

「それは少しばかり不公平な発言だとは思わないかな、ミス・ウィンストン？」ベン＝ラーシドが穏やかに言った。「このゲームの計画についてはなにも知らなかったとランスはすでに説明しただろう」

「ゲームの計画ね」ハニーは苦々しげに繰り返した。「そう、ぴったりの呼びかただわ。あなたがたのような人たちには、なにもかもがゲームなのよね？ 人を利用して、それが終わったらティッシュペーパーのようにポイと捨てればいいと思っている。でもね、わたしは使い捨てにできる人間だなんて思われたくない。わたしはあなたがたのようなジェット機に乗って世界じゅうで遊びまわっている気取った類いの人間じゃないかもしれないけれど、あなたたち全員を束にしたよりも誠実なの。生活のために働かなくちゃならなくたってね！」ハニーはランス・ルビノフの正面で足を止めた。胸は激しく上下し、頬は真っ赤に燃えている。「あなたもいつか試してみるといいわ。あなたには明らかに欠けている人格の形成に役立つから。意地の悪いコーヒー農園の相続人だとか、色情狂のアイス・スケーターとベッドを共にする以外の時間つぶしがあれば、少しはましな人間になれるかもね」

「きみの言うとおりだ」ルビノフが重々しい声で同意したが、唇は笑いだしそうにひきつっていた。「ひたむきな私立探偵とベッドを共にするほうが刺激的だと思うな」

ハニーは大声を出してしまわないよう、歯を食いしばった。この人は、ほんの二分間もまじめにしていられないのだろうか？「おもしろがっていただけて光栄ですわ」嚙《か》みつくように言う。「でも、まあ、あなたみたいなもの好きがほかの反応をすると期待するほうがまちがっているんですよね？」

くるりと向きを変え、怒りで背中をこわばらせたまま、ドアに向かってさっさと部屋を横切った。「おやすみなさい、おふたりさん。記憶には残るけど、二度と繰り返したいとは思えない経験でしたわ」部屋を出るとたたきつけるようにドアを閉めた。

「彼女のささくれ立った気持ちをなだめるのは成功しなかったようだね」ベン＝ラーシドがからかうように言い、飲み物をすすった。「彼女はやはりきみに腹を立てているように見えた」

「彼女を責められるか？」ルビノフは閉じられたドアを不機嫌そうににらみつけたまま、そっけなく言った。「いまいましいマヌエラ・ゴメスめ！」

ベン＝ラーシドはひと息でグラスを干すと、しなやかなしぐさで立ち上がった。「きみが砲火を浴びるのを見ているのはおもしろかったが、きみのゴージャスなワルキューレがその場面《シーン》を終わりにすることにしてくれてよかったよ。パーティーに遅刻だ。さっさと食事を終えて出かけよう」

「きみはそうしてくれ。ぼくは腹は空いていない」ルビノフはいまもドアを見つめたままぼんやりと言った。「つやめく銀色の髪を振り乱し、燃えるような美しい目をしていた彼女は、本物のワルキューレみたいだったな?」

ベン=ラーシドは考えこむように目を細め、彼女に心を奪われているらしい従兄弟を見つめた。「彼女がきみの心をとらえてしまうのも無理はない」彼はゆっくりと言った。「だが、ワルキューレはとても危険な女性だということを忘れていないか?」

「でも、退屈はしない」ルビノフがもごもごと言った。「絶対に退屈だけはしないさ」彼はだしぬけに体の向きを変えると、部屋の隅にある優美なシェラトン式デスクに載った電話に向かった。「国務省の人間からもらった名刺をまだ持っているか? なんという名前だったかな?」

「ジョッシュ・デイヴィーズだ」ベン=ラーシドは言った。「デスクのいちばん上の引き出しに投げ入れたと思う」彼が興味深げに見ていると、ルビノフはもどかしげに引き出しのなかをかきまわし、名刺を見つけると受話器を取った。「彼は今夜のパーティーに出席しているんじゃないかな。そこで彼と話をすればいいじゃないか」

ルビノフは首を振った。頭上の照明を受けて、赤い髪が炎のように輝いた。「ほんの一分ほどしかかからない」きびきびと言う。「それに、彼にはすぐに取りかかってほしいんだ」

2

「わかっていると思うけど、流血の生々しい場面をこと細かに教えてもらうまでは逃がさないわよ」翌朝、ハニーが自分の探偵事務所に足を踏み入れたとたん、ナンシー・ロドリゲスが厳しい口調で言った。

「ゆうべ電話で話したじゃない」ハニーは肩をすくめ、探偵事務所にはどうしても必要な経費だとナンシーが言い張った楕円形の鏡が掛けられた壁にぶらぶらと向かった。好奇心で爛々《らんらん》としたナンシーの目を避けながら、ほつれ髪をきっちり巻いた髪型のなかに戻す。「セニョーラ・ゴメスはベン・ラッククランド並みの恥知らずだと判明したわ。状況を考えたら、依頼料はもらっておいていいと思うわよ」

「当然でしょう」ナンシーが力をこめて言った。「でも、わたしが聞きたかったのはそんなことじゃないの。わかっているはずよ、ハニー・ウィンストン」ため息をつく。「世界じゅうでもっともセクシーな男性ふたりと一時間近くも同じ部屋のなかで過ごしておきながら、依頼料のことを冷静に話す女性なんて、地球上であなたぐらいのものだわ。で、ルビノフ王子はどんな人だった？　写真どおりのハンサム？　あなたに色目を使った？　教えてよ！」

理由はわからないが、ランス・ルビノフとの奇妙で癪《しゃく》に障る出会いのことは、ナンシーにすら話したくなかった。それに、気持ちが少し落ち着いてくると、腹を立てて部屋を出る前に侮辱の言葉を投げつけたことを、おそらくランス・ルビノフに謝らなければならないだろうと気づいた。彼は前の愛人の悪事には直接責任はなかったのだ。それでも誠意をこめて謝ってくれて、おまけに償いをしたいとまで言ってくれた。こちらがスイートルームに不法侵入したことを考えたら、ほんとうに驚くほど寛大なふるまいだった。いいように操られて裏切られたとあれほど傷ついていなければ、セニョーラ・ゴメスの悪事のことで王子を責めるような理不尽な行動は取らなかったはずだ。彼がヒューストンを去る前に、説明と謝罪をしたためた手紙でも送っておこうか。

鏡に映った自分の姿を見て、ハニーは悲しげな笑みを浮かべた。一週間もすれば、ランス・ルビノフはわたしの名前どころか、ゆうべの出来事すら忘れているに違いない。やっぱり手紙はやめておこう。

「彼が不法侵入者に色目を使うなんて、ほんとうに思っているの？」ハニーは曖昧《あいまい》に言った。

「その不法侵入者があなたみたいな女性で、侵入されたのがお盛ん《ラスティ》なランスならね」ナンシーは即座に答えてから、むっとして唇をゆがめた。「なにも話してくれないつもりなんでしょう？」

「話すことなんてなにもないもの」ハニーは明るく言った。鏡に背を向けて秘書のデスクまで戻り、隅にお尻を乗せる。「あなただったら、きっともっとおもしろい話をたっぷり手に入れてきたと思うわ。でも、わたしは退屈な人間なの。あなたがいつもそう教えてくれるんじゃないの」ハニーは愛情を込めてにっこり笑った。

「今回のことでは、その道を究めたっていうことね」不機嫌そうな口調だ。「あなたときたら、女の名折れよ」あきらめの吐息をつく。「まあ、それでよかったのかもしれない。ルビノフは初心者にはかなり手強いもの」

「わたしを許すことにしてくれてうれしいわ」ハニーは皮肉っぽく言うと、立ち上がって自分のオフィスに向かった。「メッセージはなにもないんでしょうね？　今日もいつもと同じってことね」

「ああ、しまった《マードレ・デ・ディオス》！　忘れていたわ。お客さんが来ているの。三十分ほど前から」

「依頼人かしら？」ハニーは顔をぱっと明るくし、期待を込めて言った。ゆうべの大災難のあとなのだから、少しぐらいはいい知らせが欲しかった。

「かもね」ナンシーが明るく答える。「わたしみたいな秘書ごときには、なんの用件なのか話してくれなかったのよ。でも、身なりはかなりいいし、堅実な市民ですって顔つきだった。名前はジョッシュ・デイヴィーズよ」

ハニーは指を交差させておまじないをし、その指で敬礼をしてから部屋にはいった。客用の椅子《いす》から礼儀正しく立ち上がった男性を見て、ナンシーが堅実な市民と描写した理由がすぐにわかった。五十代半ばぐらいのその男性は、がっしりした体を見事な仕立てのダークブルーのスーツに包み、ぱりっとした白いシャツはそれとは対照的に控えめだった。グレーの筋がはいった髪は長すぎも短すぎもしないちょうどいい具合で、なめらかなウェーブが出るようにきちんと整えられていた。表情までもがなめらかで穏やかだったが、グレーの瞳だけは驚くほど抜け目がなさそうだった。

「お待たせして申し訳ありません、ミスター・デイヴィーズ」ハニーはきびきびと言い、握手を求めて手を伸ばしながら進みでた。「どのようなご用件でしょうか?」

ジョッシュ・デイヴィーズはしっかりと握手しながら、その視線は彼女のパールグレーのパンツ・スーツに包まれた優美な曲線を称賛するようにさりげなく眺めていた。

「少しばかり勇《いさ》み足だったかもしれませんが、ミス・ウィンストン」デイヴィーズが陰気な笑みを浮かべながら言った。「今日、ほかの仕事をお引き受けになる前にあなたをつかまえたかったのです。われわれの仕事にすぐさま取りかかっていただくことをどうしてもお願いしたいのです」

「われわれ?」デスクの向こうに行き、革張りのエグゼクティブ・チェアに腰を下ろし、説明をうながすように両眉を上げる。「どうぞ、お掛けになってください、ミスター・デイヴィーズ。どうしてそんなにお急ぎなのか、お聞かせいただけますか」

「わたしは国務省に勤めております、ミス・ウィンストン」デイヴィーズが声をひそめて言った。「あなたにお願いしたい仕事の重要性や緊急性を大げさに言っているわけではないことは保証します。実はわが国を訪問中の外国人要人の身辺警護についていただきたいのです。われわれは、その要人が暗殺されるおそれがあると考えています」ポケットから手帳を取りだしてすばやく開いた。「調書によると、あなたはヒューストン市警にお勤めのとき、身辺警護の任務に二度就かれている。一度めは裁判が始まるまでの重要参考人の保護で、二度めは脅迫状を受け取ったテレビのニュースキャスターの警護で」

「調書ですって?」ハニーはぽかんとして言った。「わたしのことを調べたんですか?」

デイヴィーズは手帳を閉じ、落ち着いた笑みを浮かべた。「この任務にあなたの名前が挙がったとき、そうすべきだと感じたのです。あなたが誠実で有能な方だと確信を持てなければ、ランス・ルビノフ王子をお任せできるはずもありませんから」

「ルビノフ王子?」ハニーは椅子に座ったまままさっと背筋を伸ばし、驚きに目を見張った。

「わたしにルビノフ王子の警護をしろとおっしゃるんですか?」

「実際のところは、ルビノフ王子と彼の従兄弟のアレックス・ベン=ラーシドの警護になりますが、あなたはルビノフ王子の正式なボディーガードになります」デイヴィーズがきびきびと言う。「今回の任務は、基本的にはあなたがこれまでされてきたものと同じです。王子と同じ場所で寝起きしていただき、王子の行くところにはどこへでも同行していただきます。援護が必要な状況だと判断された場合は、わたしかわたしのアシスタントに電話をくだされば、人員を手配します」

「ちょっと待ってください」ハニーはゆっくりと言った。「話が速すぎてついていけません。合衆国政府はいったいいつから警備の任務を下請けに出すようになったんですか? FBIやCIAはどうなったんです?」

デイヴィーズは少しばかり居心地の悪そうな顔になった。「ルビノフ王子は通常の警備態勢を取らせてくれないのです。あなたに頼むか、でなければ、警護はなしか。ゆうべ電話をくださったとき、王子はその点については一歩も譲ってくださらなくて……」

「ルビノフ王子がゆうべあなたに電話したんですか?」ハニーが言葉をはさんだ。唇がひきつる。「どういうことか、ようやくわかってきました」彼にひどいことを言ったと気がとがめていたのに! 彼はたしかにわたしの外見に興味を持っていたけれど、まさかここまでしてわたしを弱い立場に追いこもうとするとは思ってもみなかった。ルビノフが自分を追いかけるためにその立場と影響力を利用したという事実に、ハニーは少しがっかりした。どういうわけか、彼はもう少しまともな人間だと思っていたのだ。

「ルビノフ王子の暗殺を心配する必要はないと思います。彼が依頼してきた経緯をちょっと調べれば、暗殺の脅威は彼の想像力から出たものだとおわかりになるはずです」ハニーは立ち上がった。「いずれにしろ、お話の仕事には関心がありません、ミスター・デイヴィーズ。ルビノフ王子の手を握っていてくれる人はほかで探してください。王子なら、代わりの候補者の長いリストをあなたに渡せるはずですから。では、ごきげんよう」

「座ってください、ミス・ウィンストン」ジョッシュ・デイヴィーズの声は先ほどまでと変わらず礼儀正しく穏やかだったが、そこに鋼を思わせるかすかな力強い響きがあり、抜け目ないグレーの瞳にも同じ色が宿っていた。「話はまだ終わっていません。それに、お断りさせるつもりもありません。リスクがあまりに高すぎるのですから」

「ここはわたしの事務所です、ミスター・デイヴィーズ」ハニーは突っかかるように言った。

「それに、お引き受けするつもりはさらさら……」

「座って、ミス・ウィンストン」デイヴィーズの声に潜んでいた鋼は剃刀《かみそり》のように鋭い脅威となっていた。「友好的に取り決めをしたいと思っていましたが、あなたにはちょっとした説得が必要なようですね。窃盗目的でルビノフ王子のスイートルームに侵入したゆうべのあなたの行為は、一風変わっているだけでなく、実際に犯罪行為だったことはおわかりでしょう？」

ハニーはふたたび腰を下ろした。「彼から聞いたんですか？」不安げに唇をなめる。

デイヴィーズがうなずいた。「どうしてもあなたに任務を引き受けていただけない事態にならないかぎり、この話は持ちだすなと言われていました」冷笑を浮かべる。「ほんの短い時間会っただけなのに、彼はあなたの反応を正確に予測していたようですね。わたしかルビノフ王子から市当局に報告すれば、あなたは即刻探偵のライセンスを剝奪されるということはおわかりだと思いますが」

「ええ。そのことに気づかないようなら、わたしはばかということになります」ハニーは消え入りそうな声で言った。「そのリスクは承知のうえでした」大きな報酬につられ、意地の悪い策略家に騙されて職業生命を賭《か》けるなんて、とんでもなく愚かなリスクを冒してしまった。

デイヴィーズも明らかに同じ意見のようだった。「非常に愚かなことをしましたね、ミス・ウィンストン」感心しないという口調だ。彼は自分の手のなかにある手帳に視線を落とした。「現在のあなたの財政状況を考えれば、まあ、理解できなくもない。ですが、愚かなことであるのには変わりはありませんね。ルビノフ王子が告発を思いとどまろうとしてくださったのはたいへんな幸運なのですよ」

「わたしが彼のスイートルームに移るという条件がつきますけれどね」ハニーの口調はとても厳しかった。「わが国を訪問中の要人に国務省がそういったサービスを提供しているなんて知りませんでしたわ」

デイヴィーズが不愉快そうな表情になった。「わたしは殿下のポン引きではありません、ミス・ウィンストン」険しい口調で言う。「あなたにお願いした仕事は、どこから見ても合法的なものです。あなたの同業者なら飛びつくようなチャンスなのですよ。ついでに言わせてもらいましょう。王族の警護の仕事をすれば、かならず箔《はく》がつき、おまけにいい宣伝にもなります」

「いい宣伝になるのはまちがいないでしょうけれど、わたしが好むタイプの宣伝ではありませんね」ハニーが苦々しげに言った。相手の心に強く訴えようと身を乗りだす。「いいですか、ミスター・デイヴィーズ、国務省がこの仕事を合法的と見なしているとしても、ほんとうはまったく必要のない仕事であることを、あなたならおわかりなのではないかしら？ランス・ルビノフに警護は不要です」ハニーはあざけるような笑みを浮かべた。「例外は、元愛人から守ることぐらいかしら。これはすべて、わたしを笑いものにする大がかりな企みなんですよ。ルビノフ王子にはちょっと変わったユーモアのセンスがおありのようだわ」

デイヴィーズが首を横に振った。「どうもあなたは誤解してらっしゃるようだ、ミス・ウィンストン。ルビノフ王子の命が危険にさらされている件は、彼のほうからわれわれに連絡してきたのではなく、われわれのほうから彼に知らせたのです。命を狙われているというのは事実で、密告者も信頼のおける者だと断言できます。あいにく、殿下も彼の従兄弟も、二十四時間体制のボディーガードをつけることを承諾してくださいませんでした。そのため、われわれのできる監視には限界がありました。ですから、ルビノフ王子から電話をもらい、二十四時間体制のボディーガードをつけてもいいと提案されたとき、われわれは当然それに飛びついたわけです」

「当然、ね」ハニーはぼうっとして彼の言葉をくり返した。いまの話によって、状況がまったく違って見えてきた。ゆうべ、ホテルのセキュリティが強化されたのも無理はない。でも、充分な強化ではなかったようだ。ハニーは小さく身震いした。このわたしが、笑ってしまうほどあっさりとセキュリティを突破できたのだから。「なぜルビノフ王子が暗殺の対象になるんですか？」不思議に思って尋ねる。「王位継承者でもないのに」

デイヴィーズが肩をすくめた。「タムロヴィアの政治とは関係ないのです。暗殺計画ではアレックス・ベン＝ラーシドも対象となっています。アレックス・ベン＝ラーシドは世界有数の産油国の元首《シーク》の後継者ですし、ルビノフ王子もセディカーンに大きな油田を所有しています。このふたりを暗殺すれば、ベン＝ラーシドの国は大混乱に陥り、現在のシークの政権が崩壊するという事態にもなりかねないのです」

「そうですか」ハニーは考えこむように言った。豊かな産油国の政変は、喉から手が出るほど石油を欲しがっている国々にとっては理想的な戦略だ。「でも、それならなぜ、暗殺の危険があると知らされたとき、彼らは警護を拒否したんですか？」

「おふたりは独立心がとても強くて強情なのです。どんな問題が生じても、自分たちで対処できると言い張りましてね。ですが、なにかあれば、おふたりが警護を断わったからといっても、わが国の責任が軽減されるわけではないのです。シークのカリム・ベン＝ラーシドはお孫さんのこともルビノフ王子のこともなによりも大切に思っていらっしゃいます。国際的な争乱になることはまちがいありません」

「あなたがスイートルームをエージェントで埋めつくしたいと思われる気持ちはわかります」ハニーは落ち着いた声で言った。「でも、わたしがそれに抜擢《ばってき》される理由がやはりわかりません。わたしに接触するようあなたに言ったとき、ランス・ルビノフの頭にあったのは警護ではないと断言できますわ」

「わたしもですよ、ミス・ウィンストン」デイヴィーズがあっさりと認めた。「あなたはとても魅力的な女性だ。殿下の評判が評判ですから、彼の真の目的がなにかに気づかないようなら、わたしは大ばかということになります」少しためらってから、慎重に言葉を続ける。「だが、そんなことは問題ではないのです」

「わたしにとっては大問題です」ハニーはかっとなった。怒りで頰が赤く染まる。「この先の何週間かを、評判のよくないことにかけては世界でも屈指のプレイボーイが言い寄ってくるのをかわしながら過ごしたいとは思いません」

「申しわけありませんが、それはあなたの問題です、ミス・ウィンストン」デイヴィーズが冷淡に言った。「あなたはある特定の任務を行なうために雇われた。それをどう完遂するかはあなたの裁量に任されます。任務に就いているあいだに遭遇《そうぐう》するどんな障害も同様です。この件はわれわれにとってあまりにも重要なので、あなたに断わる選択肢を与えることはできません。われわれに従っていただければ、悪いようにはしませんし、あなたはルビノフの新しい愛人ではなく政府職員なのだとマスコミに確実に知らせるようにします。断わったらどうなるかについては、話し合う必要はないと思いますが」

「ええ、そう思いますわ」ハニーが穏やかな声で言う。「脅迫《きょうはく》って最低ね」

「そのとおり」デイヴィーズはあえて小さな笑みを浮かべた。「では、同意に達したと見なしてよろしいですか?」

ハニーはうなずいた。「ほかに選択肢はなさそうですから」

「まったくありませんね」デイヴィーズは静かに言い、立ち上がった。手帳をベストのポケットにすっとしまい、名刺を取りだして彼女に渡す。「ここに電話してくれれば、昼だろうと夜だろうと、いつでもわたしにつながります。ほんのかすかにでもトラブルのにおいがしたら、ためらわずに電話してください。ルビノフ王子のスイートルームには、今日の午後三時には移っていただきたい。それでご不満がなければいいのですが」

不満があろうと、気にも留めないくせに。ハニーは皮肉っぽく心のなかでつぶやいた。人当たりがよくてどこにでもいそうなジョッシュ・デイヴィーズという外見の下には、とても強固な紳士がいるのは明らかだ。「おっしゃるとおりにします、ミスター・デイヴィーズ」ハニーは言った。「そうしなければ、きっとあなたにわかってしまうでしょうから」

「ええ、もちろんです」冷静な口調だ。「うちの監視チームはいまは遠くからしか仕事を行なえませんが、やることは徹底していますから。では、ごきげんようミス・ウィンストン」

「ごきげんよう、ミスター・デイヴィーズ」ハニーはあきらめのため息をついた。

ハニーはVIP用のスイートルームのドアをすばやくノックし、いらだちながら応対を待った。しかし、なかなかノックに応える様子がない。彼女は困惑して眉をひそめた。階下のフロントで長々と形式張った手続をするはめになったのだから、さらに廊下で長いこと待たされたくないというのは、そんなに厚かましい願いでもないはずだ。フロント係は念を入れて、ハニーを上げてもいいか、スイートルームに電話までして確認していた。

ようやくドアが大きく開けられた。にやにや笑ったランス・ルビノフの顔が向かい側にあった。彼が着ているのは深みのある茶色のビロードのローブだけで、それが彼の赤褐色の髪をいっそう明るく引き立てている。「よく来たね、ハニー」からかうような口調で言い、彼女がはいれるよう脇にどいた。「きみを待っていたんだ」

ハニーは、ゆるく結んだベルトの上にのぞいている裸の筋肉質な胸をあてつけがましく凝視した。たっぷりの赤褐色の胸毛は湿っていた。「ええ、ふさわしい格好で待ちかねていらしゃったみたいね」蔑《さげす》むように顎を上げ、ぴしゃりと言う。堂々と彼の前を通ってリビングルームにはいり、クリーム色のショルダーバッグをモカ色の優雅なダマスク織りのカウチにどさりと置く。「いくつかはっきりさせておくことがあると思いますわ、殿下」ハニーはきはきと言った。「ことがことだから、おたがいにビジネスライクな態度を貫きましょう。わたしがここにいるのはただひとつの理由です。それは、あなたを守るため。あなたをおもしろがらせたり、楽しませたりするためではありません。ベッドのなかでも外でもね。これできちんとわかり合えたかしら？」

「もちろん、ぼくたちは互いをわかり合ってるさ」ルビノフがおかしそうに唇をひきつらせながら穏やかに言った。「きみはぼくを守るために最善を尽くし、ぼくはきみをベッドに誘いこむために最善を尽くす。すべてははっきりしている」

ハニーはショックに目を見張った。この人には羞恥心というものがないの？　明らかに彼は、わたしを脅迫してこんな状況に追いこんだことを悪いとは思っていないらしい。「思いどおりにはならないわよ」つっけんどんに言う。「あなたは自分に抗《あらが》いがたい魅力があると思っているかもしれませんけど、殿下、わたしは奇妙なことに誠実な男性が好きなんです」

「ランスだ」おもしろがる表情に代わり、眉根を寄せてしかめ面になって、ゆっくりと背筋を伸ばしてハニーに近づいてくる。足音が分厚いカーペットに吸収される。「きみにこの仕事を引き受けてもらうのに、脅しは使いたくなかったんだよ。まずはありとあらゆるほかの方法を試みろとデイヴィーズには言ったんだ」

「でも、必要に迫られたとき、あなたは鞭《むち》を使っていいと言ったんでしょう？」瞳を燃え立たせ、軽蔑に満ちた口調で言った。「領民が勝手なことをしたら、貴族にはほかにどうしようもないものね？」

「鞭を使ったよ」ランス・ルビノフは青い瞳を光らせながら、張りつめた声で認めた。「ああ、そうさ、使ったとも」彼が目の前までやってくると、ハニーは彼の体から波のように襲ってくる熱を感じた。と同時に、欲望を誘うかすかな麝香《じゃこう》と清潔な石けんの混じり合ったくらくらする香りに気づいた。「そして、ためらうことなくまた使う。どうしてか知りたいかい？」

「もうわかっているわ」男らしい彼に近くに立たれて息が乱れてきたのを無視しようとして、ハニーは荒々しく言った。「その件については、あなたは明確に話してくれたもの。しかも、とってもこと細かに！」

「まいったな、冗談だったのに」ルビノフがぶっきらぼうに言った。「きみはなんでもかんでもまじめに受け取るのか？」

「なにひとつ真剣に受け取らないよりはましでしょう」傷ついたハニーは言い返した。「そうすると、あなたはわたしをベッドに連れていきたくないということ？　すべては完全に誤解だったというわけ？」

「もちろんきみをベッドに連れていきたいさ」いらだたしげに答える。「だから、こういうことになった。だが、もがいたり悲鳴をあげたりしているきみを手近な寝室に引きずっていくつもりはない。ぼくとベッドを共にするという考えに慣れてもらう時間をあげようと思っていたんだ」

「まあ、ご親切にありがとうございます、殿下」ハニーが嚙みつくように言った。「でも、わたしがそんな考えに慣れたくなかったらどうなるの？　それでも卑しい下僕に寛大にふるまってくださるのかしら？」

「もう一度殿下と呼んだら……」ランス・ルビノフは歯を食いしばりながら言いかけたが、気持ちを落ち着けるように深呼吸した。「ねえ、無理やり同意させられてちょっと腹を立てているのはわかるよ。でも、こっちの話を聞いてくれたら……」

「王族には平民に説明する必要なんてないと誰かからお聞きにならなかったの？」ハニーはぴしゃりとルビノフの言葉を遮り、彼の目に宿った嵐の兆候を無視した。「ただ王の杖をふれば、わたしたち卑しい下層の者はおとなしくひざまずくのよ」

「おとなしくだって！」ルビノフはどなり、手で髪をかきむしった。「きみは水素爆弾並みにおとなしいよ」唐突に電光石火のすばやさで進みでると、ハニーに腕をまわして背中を反らせる映画のヴァレンチノのようなスタイルで抱きしめた。情熱的にハニーの目を見つめ、やさしくつぶやく。「降参だ、スイートハート。きみはぼくには頭がよすぎる。じつはぼくはあのドアをくぐってくるきみに襲いかかろうと待っていたんだ。フロントから電話を受けると寝室に駆けこんで、ぼくのたくましい体を見せてきみをうっとりさせようと服を脱ぎ捨てた。それでもうまくいかなかったら、きみが完全にぼくの手中に落ちるまで酒とコカインを与え、それから肉感的なきみの体に対する自分の飽くなき飢えを満足させるつもりだった。

だけど、ぼくの魂胆《こんたん》を見抜かれてしまったから、こうして全部打ち明けたよ」

ハニーは目を丸くしてルビノフを見上げると、彼が情熱的に見つめていた。彼女はその顔にどうしようもなく魅入られてしまい、目をそらせなかった。「そういうのはご容赦いただきたいわ」彼女はけんか腰で言った。

ランス・ルビノフは信じられない思いでぽかんとし、それから目を閉じて感嘆の思いで首を横に振った。「まったく、ほんとうに信じがたい人だな」そっとうめく。「きみは詐欺師に違いない。私立探偵なのに、どうしてそんなに世間知らずなんだ?」彼は目を開けて苦笑いに唇をゆがめながらハニーを見下ろした。「さっきのも冗談だよ」幼い子どもに言い聞かせるような辛抱強い口調だった。

「そんなこと、わたしにわかるわけがないじゃないの」弁解するように言う。「ドアを開けるまでずいぶん時間がかかったし、ようやく開けてくれたときには、きちんと服を着ているとは言えない格好だったんですもの」ハニーの視線は、いまや自分の胸にかなり接近しているルビノフの胸に向けられた。近すぎる。息が苦しくなりそうだ。彼の温もりがふたりを隔てている服を貫き、彼女の手足に熱くてとろけるような感覚をもたらしている。この熱烈な抱擁のものまね《パロディ》から逃げだすべきなのはわかっていたが、どういうわけか奇妙なけだるさを感じ、気持ちがなえていた。

「シャワーを浴びていたら、きみが来たとフロントから電話があったんだ」ルビノフはあきらめたような口調で言った。「だから、体を拭いてローブをはおった」

「そうなの」ハニーは弱々しく言った。たしかに彼の赤褐色の髪は少し濡れているようだ。「でも、わたしをここにいさせたいのは、誘惑したいからだって、あなたが言ったのよ」

「違う」ルビノフがきっぱりと首を横に振った。「それはきみが言ったんだ。もちろんぼくはきみを誘惑したいよ。きみはほかのどんな女性よりもぼくを興奮させる。だが、それだけがきみにここにいてもらいたい理由ではない」いたずらっぽく瞳を輝かせる。「いちばんの理由ではあるが、唯一の理由ではない。マヌエラのばかげた悪ふざけの一件を償いたかったんだよ」

「わたしを脅迫して？」ハニーは疑わしげに言った。

「ほかのやりかたではきみは説得されないだろうとわかっていたからね」ランス・ルビノフは感心しないという目でハニーの髪を見つめながら、うわの空で言った。「また髪をアップにしたな。下ろしたら、銀のケープのようにきみのまわりでゴージャスに揺れるのに、どうして引っ詰めるんだ？」

「このほうがプロらしいから」ルビノフにがっかりされて、ばかみたいに申し訳ない気分になった。

ふと、まだヴァレンチノ風のドラマティックな姿勢で抱かれているのに気づく。「そろそろ放してくれてもいいんじゃないかしら？」息を切らしながら言った。

「どうしてもと言うなら」彼はため息をつきながらハニーを起き上がらせ、しぶしぶ手を放して、身を引いた。ローブのベルトを締めなおして言う。「なにか飲むかい？」

「もしあるのなら、ジンジャーエールを」ハニーはランス・ルビノフに続いて、鏡のついたバーへついて行った。この人のなにが、わたしをしばしば不安な気持ちにさせるのだろう？そう思いながら、やわらかな栗色のビロードのスツールに座り、バーのなかにはいって器用に飲み物をついでくれるルビノフを見る。少し前にスイートルームにはいったときは、奇術師のフーディーニですら突破できない障壁を築こうと固く決意していた。それなのに、こんなところにいて飲み物をもらうことにし、自分のぶんのバーボンの水割りを作るのに集中しているルビノフの顔をぼんやりと見つめている。彼のまつげが男性にしてはとても長いことになんとなく気づいた。赤褐色のまつげは、先のほうが日に焼けて金色になっていた。

そのまつげがさっと上がった。ランス・ルビノフは顔を上げ、冷やして白くなった背の高いグラスをハニーに渡した。「さてと」決然とした口調で言い、両肘をバーについて、驚くほど真剣な表情で彼女を見つめる。「話をしよう」

「しばらく前から話をしていたと思うけど」ハニーはそっけなく言い、ジンジャーエールをすすった。「ただ、意思の疎通ができていなかっただけだわ」

ルビノフの唇がよじれ、茶目っ気のある笑みになった。「いや、ちゃんと意思の疎通はできていたよ。言葉を通してではなかったかもしれないけれど、意思の疎通はしっかりできていたね」ハニーが反論しようとするのを手を上げて制する。「わかったよ。きみが望むぐらい、陰気で、うんざりするほどまじめになろう、スイートハート」バーボンの水割りを飲んでからカウンターに置いた。「デイヴィーズから話があった仕事をきみが引き受けなきゃならない理由を数えてみようか？」長くて優美な指を一本立てる。「ひとつ、彼の報告によれば、きみには金が必要だ」もう一本立てる。「ふたつ、ぼくのボディーガードをするのはきみの仕事にプラスに働く。三つ……」三本めの指が加わる。「起こりうる国際的な事件を防ぐのは、アメリカ市民としてのきみの義務である」得意げに片方の眉を上げる。「まだ続けるかい？　これでもまだ納得できないなら、ぼくにはまだたくさん指が残っているけど」

「最後の一本にたどり着くころには、あなたはかなりの苦境に陥っていると思うわよ」不本意ながらハニーの唇がしぶしぶ笑みになった。「もう論証のほとんどを使い果たしてしまったと思うもの」

「いちばん大きな理由ふたつをまだ挙げていないよ」そっと言いながら、手をハニーの手の上に重ねた。「ゆうべマヌエラと話してからずっと感じているぼくの罪悪感を払いのけることができる」

「最後のひとつは聞くまでもないわね」ハニーの口調は淡々としていた。

ランス・ルビノフが眉根を寄せる。「ああ、そうだろうな」ぶっきらぼうに言った。「その点に関しては、かなりおおっぴらに言ってきたから。おおっぴらすぎるぐらいだったかもしれない。誘惑してみるべきだった」グラスを持ち上げて、またバーボンの水割りを飲む。グラスを下ろしながら、ハニーと目を合わせた。「だが、ほんとうは誘惑なんてしたくなかった」張りつめた声で言う。「きみはゲームを楽しむ女性じゃない。いまの世の中には誠実さなんてほとんど見あたらないが、きみは例外なんだと思うよ、ハニー・ウィンストン。きみにはゲームなんかよりもっとましなものがふさわしい」ハニーの手を強く握りしめ、口調と同じ率直な視線で見つめた。「きみが欲しいんだ、ハニー。どんなことをしても、きみもぼくを欲しがるようにしてみせる。だが、無理強いするつもりはない」ルビノフが不愉快そうに唇をゆがめた。「セクハラはぼくのやりかたじゃないんだ。ぼくはベン・ラックランドではないんだよ、ハニー」

「知っているの？」ハニーは驚いて目を丸くした。

「デイヴィーズの調査書類はかなり詳細だったから」ルビノフは肩をすくめた。「そういう経験をしたきみが用心深くなるのは理解できるが、そんな男と比べられてうれしいとは言えないな」そう言って顔をしかめる。「そのろくでなしよりは少しはさりげないアプローチができると思いたい」

「あなたならきっとできるわ」ハニーは慰めるように言った。ルビノフの怒った顔を見て、思わずおかしくなってしまったのだ。まるで機嫌の悪い小さな男の子だ。

「ぼくの評判は雪のようにきれいではないかもしれない」控えめすぎるその言葉を聞いてハニーが飲み物にむせたのを見て、ルビノフのしかめ面はさらにひどくなった。「だが、ぼくは急に襲ったりはしない」

あなたにはそんなことをする必要がないもの。ハニーは沈みがちに思った。茶目っ気のある強烈なカリスマ的男らしさだけで、充分に相手の心を揺り動かしてしまうわ。

「ペースはきみに決めさせてあげよう」ルビノフがぶっきらぼうに続けた。「あまり乗り気じゃない女性が相手では楽しめないから」

そんな女性を相手にした経験があるっていうの？　彼があっという間にこちらの抵抗などなくせると自信たっぷりでいる。ハニーは確信した。「わたしがずっとあまり気乗りしないままだったらどうなるの？」先まで仮定して訊いてみた。

彼が笑みを浮かべると、陰鬱だった顔がぱっと明るくなり、相手の心をとろかしてしまうほどのあたたかな表情になった。「そうなると、ぼくにとっては新たな経験が待っていることになる」軽い口調で言う。「女性の友人は持ったことがないんだ」機嫌を取るようなかすれた声で言い、魅力的な青い瞳でもの欲しげに見る。「ぼくの友だちになってくれるかい、ハニー・ウィンストン？」

彼が以前に彼女の心にかき立てた欲望とはまったく違う、とろけるような感覚が胸に広がった。「その提案にもいやだと言ったら？」ハニーは静かに尋ねた。

ルビノフはあきらめの吐息をついた。「そうなると、脅迫戦略に戻らなければならないだろうな」彼の青い目が光った。「きみのためだ、もちろん」

「もちろんだわ」ハニーは同じ言葉をくり返し、悲しいのかおもしろいのかわからない思いで首を振った。この人ときたら、まったく信じられない。ハニーは、彼の軽率そうな外面の下にダイヤモンドのように固い層があることに気づきはじめていた。そして、不思議なことに、仮面の下に隠れているその男性に奇妙な信頼を感じている。「そういうことなら、優雅に降参したほうがよさそうね？」軽い口調で言った。

その答えに目もくらむほどの明るい笑みを向けられ、ハニーは不思議なめまいを感じた。「いい子だ」ルビノフはさらりと言うとグラスをカウンターに置き、バーから出てハニーの目の前にやってきた。「きみがとなりの部屋にいてくれれば、とても安全だと感じられるだろう」もの欲しげな顔になる。「もちろん、ぼくのベッドにいてくれたら、〝ほんとうに〟安全だと感じられるんだが」ハニーはくすりと笑い、首を横に振った。「だめかい？」ルビノフはあきらめたように肩をすくめた。「そうだと思った」

「今回の件では、実際的な対処法ではないもの」ハニーの口調は明るかった。「あなたが三角関係《メナージュ・ア・トロワ》が好きだとは聞いてないし、それにわたしの仕事にはあなたの従兄弟を守ることも含まれているから」

「アレックスをか？」ルビノフは明らかに不安そうになった。「それはちょっとした問題があるかもしれないな」

「問題？」ハニーはいぶかしげに目を狭め、おそるおそる尋ねた。

ランス・ルビノフはハニーの細いウエストをつかみ、軽々とスツールから下ろした。「アレックスはきみを自分のボディーガードとして受け入れることを拒絶している」悲しげに言ったあと、ハニーが文句を言いかけたのをあわてて遮った。「いや、彼が嫌っているのはきみ個人ではないんだ。同じ仕事で雇われた人間なら、彼は誰だって拒絶するだろう」ルビノフはハニーのウエストにあてた手でそっと向きを変えさせ、リビングルームの反対側のドアに向かって押した。「でも、きみがぼくのボディーガードになるのは反対していない。彼はきみのことをかなり魅力的だと思ったようだし」

「なんておやさしいんでしょう」ハニーは皮肉を込めて答えながら、ボディーガードとして認めてもくれない人をどうやって守ればいいのだろうかと考えた。「あなたたちのような人は、ボディーガードや警備の人間がまわりにうじゃうじゃいるのに慣れっこになっていると思っていたわ。どうしてあなたたちふたりはそんなに頑《かたく》なにいやがるの？」

「ぼくたちはプライバシーを大切にしているんだ」ルビノフがそっけなく言い、すごみのある笑みを浮かべた。「アレックスとぼくは、人が想像するのとはかなり違った育てられかたをした。いつかその話をきみにするよ」

寝室のドアまで来ると、彼が少しばかり大げさなしぐさで開けた。「ここがきみの部屋だ」ドア枠にゆったりともたれて言う。「バスルームつきだぞ。なかなか快適に過ごせると思うよ」彼の目がいたずらっぽく輝いた。「ぼくはすぐとなりの部屋だから、なにかあったら呼んでくれ」

「わたしが必要になったら、あなたのほうがわたしを呼ぶことになっているのよ」ハニーはなにも考えずにそう言ってしまい、舌を嚙みたくなった。

ルビノフがいまの言葉を聞き逃してくれると期待するのはほとんど無理だろう。彼の顔に天使のような無邪気な表情が浮かんだ。「ということは、ぼくが望めばきみは来てくれるのかな？」澄ました顔でハニーの目をのぞきこむ。「部屋同士をつなぐドアをつけてもらったほうがいいかな。行ったり来たりしてカーペットがすり切れるのを防げるだろう」

「危険があったら呼んでという意味だったってわかっているでしょう？」ハニーは厳しい口調で言い、いたずらっぽい顔をしている彼をしかめ面を作ってにらみつけようとした。

「残念ながら、わかっていたよ」ルビノフが不機嫌そうに言った。「八時に食事をして、そのあとどこかに踊りに行こう。この街はきみの庭だから、どこに行くかは、アレックスもぼくもきみに任せる」顔をしかめる。「ただし、アレックスの仕事仲間とか政治家と鉢合わせしそうな場所だけは避けてくれ。ゆうべのパーティーが耐えなければならない最後の社交行事だとアレックスは約束してくれたが、それでもあいつの目の前に誘惑の種を置きたくないんでね」

ハニーは眉を寄せた。「スイートルームで食事をしたほうが安全だと思わない？　人の大勢いるところで警護するのはむずかしいわ」

「きみは挑戦を生き甲斐《がい》にする女性だと思ったんだが」ルビノフが軽い口調で言う。「優秀なきみと一緒なら、ぼくは完璧に安心していられる」背を向け、肩越しに振り向いた。「髪は下ろすんだよ。いかにも仕事ですって感じに見えるのはまずいだろう？　そんな格好だったら、ぼくたちふたりを楽しませるためでなく、守るためにきみが一緒なんだということを、アレックスが思いだしてしまうからね」

ハニーが返事をする間もなく彼は行ってしまった。彼女は笑みを浮かべたままドアをゆっくりと閉め、そこにもたれてぼんやりともの思いに耽《ふけ》った。それから身震いし、のろのろと背筋を伸ばす。わたしはいったいどうしてしまったの？　これではまるで、フットボール・チームのキャプテンから初めてのダンス・パーティーに誘われて、夢見がちにうっとりしているティーンエイジャーだ。いままで長いあいだ、わたしの盾となってくれた冷ややかな無関心はどこへ行ってしまったの？　ランス・ルビノフは一時間もかからないうちに、うろたえてしまうようなさまざまな感情をわたしのなかに目覚めさせた。肉体的な磁力ならそれと気づくし理解もできる。でも、あのとろけるような奇妙なやさしさはなんだったのだろう？彼は、ナンシーがわたしを慰めるために飲ませてくれたあのお酒のように、刺激的で浮き浮きした気分にさせてくれる。

少しいかれた腕白《わんぱく》でもの好きな男がルビノフの真の姿だと確信したところだったのに、輝くうわべの下にある彼個人の姿をちらりと見せられた。それはまるで、複雑で巧妙に練られたミステリーの手がかりを解明しようとするようなものだった。ハニーは昔からミステリーが大好きだ。私立探偵になったのも、それがいちばんの理由だった。この特別なミステリーは、これまで解いてきたどんなものよりも夢中になりやすくて危険かもしれない。ランス・ルビノフとアレックス・ベン＝ラーシドを守るのと同じぐらい、つねに自分の感情も守らなければならないだろう。

ハニーはルビノフが教えてくれたバスルームのドアに早足で向かった。スーツケースは、土壇場になってルビノフに脅迫戦略をあきらめさせることができるかもしれないという望みを持っていたため、階下のフロントに置いてきた。フロントに電話をして運んできてもらわなければ。でも、まずはシャワーを浴びて髪を洗いたい。彼女は寝室をさっと眺めた。

スイートルームのほかの部分と同じで贅沢《ぜいたく》なほど優雅と言えるのだろうが、彼女の好みではけっしてない。ひんやりした印象の青いカーペットは、キングサイズのベッドをおおう濃厚なクリーム色の琥珀《こはく》織りのベッドカバーと完璧な対照をなしていた。隅に置かれたルイ十四世風の椅子には、同じ柄のクリーム色の琥珀織りのクッションが載っている。入念に調えられ、高価で、冷淡なほど人間味に欠けていた。どうやらホテルの経営陣は、こういう堅苦しくてよそよそしい美しさが、もっとも身分の高い客にふさわしいと判断したようだ。個人的には、ハニーはもう少しくだけた感じが好きだし、色づかいももう少しあったほうがいい。なぜかランス・ルビノフも同じように思っているのではないかという気がした。

青と白の広々としたバスルームにはいってパンツ・スーツを脱ぎながら、ハニーは意識のなかからルビノフを断固として追いだした。彼のことを考えすぎている。彼女は髪からヘアピンを抜き、シルクのような豊かな長い髪を背中に垂らした。あのでたらめでどうしようもない人が下ろした髪が好きだからといって、そうするわけにはいかない。絶対に。

3

「今夜のきみがどれほど美しいか、もう言ったかな?」ランス・ルビノフはハニーの黒いビロードのショールを取って、小さなテーブルに堂々とした優雅な動作で彼女を座らせながら、耳もとでささやいた。「きみの髪は黒のビロードに映えて銀色に輝いている。髪を下ろしてくれてうれしいよ」

ハニーはちょっと気まずそうに長い髪をいじった。「あなたに言われたからじゃないのよ。不必要にアレックスの反感を買うこともないと思ったからなの」体にぴったり張りついた黒いビロードのシンプルなスカートに触れる。「それに、こういう格好をしたのは、美しく見せるためじゃなくて、控えめに見えるようにするためだし」

ハニーを長々と見つめるルビノフの唇がひきつり、片方の眉がからかうように持ち上がった。そのドレスは襟ぐりの浅いボートネックと手首まであるぴったりした長袖《ながそで》で、慎み深いデザインかもしれないが、美しい曲線を持つハニーが着るとても官能的な雰囲気になり、煙草で煙る混み合った店にいる男たち全員が好色な目つきでじろじろと見つめてくる。

「悪いが、スイートハート、それは失敗に終わったね」となりの椅子に腰を下ろしながら、ルビノフがものうげに言った。「なにを着ようと、きみが背景に溶けこむなんてことは絶対にありえない」値踏みするように店を見まわす。「ここはかなり変わった場所だな。よく来るの？」

ハニーも同じように周囲を見まわし、首を横に振った。「わたしの好みじゃないわ。でも、あなたならおもしろいと思うかもしれないと考えたの」いたずらっぽい笑みを浮かべる。「それに、ここなら絶対に知事や市長には出くわさないでしょうし」

「そうなのか？」ルビノフがからかうように言い、あらためて関心を持ったように見まわした。「きみはぼくたちを悪行の巣窟《そうくつ》に連れてきたのかい？　どうってことない店に見えるが」

〈スター・バースト《爆発》〉は、店の装飾と騒々しく脈動する音楽がその名にふさわしいディスコだ。広い店内の唯一の照明は、ダンスフロアの透明なプラスチック・パネルの下にある。光り輝く深紅のセンター・ボールがしょっちゅう爆発して星屑《ほしくず》のように散り、それから揺らめき脈動する中心に形を戻すのだ。暗がりのなかでズンズンと音楽が響きわたると、妙にエロティックな雰囲気が生まれる。

「それほどひどくはないわ」ハニーはうわの空で言った。「ただのクラブ《ミート・マーケット》よ」店内を心配そうに見まわしていたハニーの顔が曇った。「アレックスはどこ？　すぐ後ろにいると思ったのに」

「ロビーで電話をかけると言っていた。心配いらない。きみが鋭い目で見張っているんだから、誰もあいつを誘拐したりしないさ。ところで、ミート・マーケットってなんだい？」

これまでの緊張が緩むのを感じ、ハニーは椅子に背を預けて安堵《あんど》の吐息をついた。「そのスラングは聞いたことがなかった？　異性を追いかけるのにちょっと積極的すぎる客のいるバーやディスコのことを言うの」

「なかなかうまい言葉だな」ランス・ルビノフはくるくるとまわっているカップルを見ながらぼんやりと言った。「ダンスフロアよりもその脇のほうがいろいろな動きがあるってことかな？」

「そのとおり」ハニーはにやりと笑った。「ここなら、あなたはくつろげると思ったの」首を傾げて興味ありげにルビノフを見つめる。「あなたが話し言葉の意味を訊いてきたのは初めてだわ。その土地独特の言いまわしを理解する能力がずば抜けているのね。あなたもアレックスも、アメリカで生まれ育ったみたいにしゃべるもの」

「アレックスとぼくはクランシー・ドナヒューというテキサスの石油採掘者に育てられたようなものなんだ」昔を懐かしむような笑みを浮かべ、ルビノフが説明した。「クランシーの話し言葉はきみの言葉よりもずっと下品なことが多くてね、スイートハート」

「王子や王国の後継者の先生として選ぶには、かなり珍しくないかしら?」ハニーは好奇心で目を輝かせ、身を乗りだした。

「アレックスの祖父のカリム・ベン＝ラーシドを知っていたら、そんなことは言わないだろうな」ルビノフがそっけなく言った。「アレックスの祖父はアメリカの技術知識にたいへんな敬意を抱いているうえ、自分のものは守りとおすという強い決意を持ったずる賢い切れ者なんだ。セディカーンのように豊かな国の政治をするのは、そう簡単じゃない。ぼくの記憶にあるかぎりの昔から、国境付近では小競り合いが続いていて、外交戦略は下手をすると戦争そのものよりも危険になりうる。クランシー・ドナヒューは二十年前にカリム・ベン＝ラーシドの油田にやってくる前は、傭兵で、密輸業者で、ほかにもいろいろやっていたんだ。アレックスが十二で、ぼくが十歳のとき、カリムはぼくたちをクランシーに委ねた。ぼくたちを少年から大人の男に変えるために必要なことはなんでもしてくれという指示とともにね」ルビノフの目は楽しそうに輝いていた。「クランシー・ドナヒューのやりかたは王子を訓練する方法としては若干変わっていたが、カリム・ベン＝ラーシドに文句はなかった。ぼくたちは、ゲリラ戦から噴油井《ふんゆせい》をあてる技術にいたるまで、ありとあらゆることをクランシーから学んだんだよ。十四歳のときには、れっきとした国境紛争に赴いた。クランシーはまちがいなく人生をおもしろくしてくれた」

「あなたのご両親はなにもおっしゃらなかったの？」ハニーは尋ねた。「カリム・ベン＝ラーシドがあなたを危険な目にあわせるのに反対されて当然だと思うけど」

ルビノフの唇に皮肉な笑みが浮かんだ。「ほかの国と同じで、タムロヴィアも石油を必要としていた。カリム・ベン＝ラーシドは望みのものを手に入れるために正しい紐《ひも》をどう引っぱればいいのかを知っていた。そして、彼が望んでいたのは、ベン＝ラーシド家の傲慢《ごうまん》さを抑えてくれるような、同等の家柄と身分のあるアレックスの友だちだった」ルビノフは肩をすくめた。「関係者全員にとって最高に賢明な取り決めだったわけさ。ぼくのようなやんちゃ坊主は生まれた瞬間から、静かで決まりきった毎日を送っていた両親の悩みの種だった。ぼくはタムロヴィアよりもセディカーンで過ごしてばかりで、アレックスとは兄弟のように仲よく育ったんだ」

「それで、クランシー・ドナヒューはどうなったの？　いまもセディカーンにいるの？」ハニーは、ちらつく明かりを受けて照らされたかと思うと次の瞬間には影になるルビノフの顔を見つめた。彼の皮肉な表情の下に、かすかに苦々しさのようなものが感じられた気がした。

「クランシーかい？」薄暗い店のなかでもはっきりわかるほどの愛情が彼の顔に浮かんだ。

「ああ、そう、クランシーはいまやベン＝ラーシド一族の永久メンバーだよ。アレックスの行くところは、たいていどこへでも一緒に行く。今回の旅では置いてけぼりになると知ったとき、クランシーはひどく腹を立てたんだ」ルビノフがほくそ笑んだ。「彼は少しばかり過保護すぎる傾向があって、アレックスのやりかたについうるさく口を出してしまうんだよ」

「アレックスは彼を今回の旅に連れてくるべきだったと思うわ」ハニーは眉をひそめた。「わたしの警護を受け入れてくれないのなら、できるかぎりの助けが必要になるときが来るかもしれない」

「クランシーがいなくても、ぼくたちはなかなかうまくやっているよ」ルビノフが軽い口調で言った。「それに、夕食のときのアレックスは、快くきみを受け入れていたじゃないか。ひょっとしたらそのうち、彼の警護を少しだけきみにやらせてくれるようになるかもしれないよ」

ハニーは疑わしげに首を振った。「あなたの従兄弟はわたしに愛想よくしてくれたけれど、夕食を一緒にとるとき以外はわたしの存在に我慢してくれるとは思えないわ」

ここまでのところ、今夜は驚くほど楽しいものになり、夕食を終えるころには、ハニーはランス・ルビノフとアレックス・ベン＝ラーシドのふたりと一緒にいて、信じられないほどくつろいでいる自分に気づいたのだった。ふたりの男性が楽しげにからかい合うのを見て、冷やかしの下のかすかな真意を感じ取ろうとするのは、なかなか興味深い経験だった。アレックスが兄のようだというルビノフの言葉はすぐに信じられた。彼らがつけている仮面の下をのぞけば、すべてがそこにあった。すなわち、尊敬、ユーモア、包容力、そして本物の愛情が。

ふたりのあいだに結ばれた絆《きずな》はとても強く、ずっと昔からのものなので、ハニーはのけ者にされたように感じてもおかしくなかったのだが、不思議なことにそうはならなかった。ランス・ルビノフは彼女を魔法の輪のなかにやさしく引き入れてくれたし、アレックス・ベン＝ラーシドは、彼とは切っても切れないとハニーが思いつつあるあざけるような傲慢さを見せながらも、ルビノフと同じように接してくれた。レストランを出るころには、ハニーはふたりをファーストネームで呼ぶようになっていて、仲間意識さえ感じるようになっていた。ほんの二、三時間前だったら、想像もつかなかったことだった。ランスがあの強い官能的な魅力をわざと抑えこみ、約束した時間と息をつく空間を与えてくれていることに、ハニーはなんとなく気づいていた。そして、そのことで、なぜか息もつけないようなあたたかさに満たされた。

「きみはアレックスを魅力的だと思ったのか？」ランスが顔をしかめた。「きみにも彼を好きになってはもらいたかったが、魅力を感じるなんて思わなかった。鋭いウィットと男らしい魅力できみをうっとりさせるのは、ぼくのはずだったんだが。どうやらもっとこのプロジエクトに身を入れなければならないようだ」彼は筋肉質のたくましい太腿がハニーの太腿に親密に触れるまで椅子を寄せ、片手を彼女の膝《ひざ》に置いた。「これできみの注意を完全にぼくに向けられたかな?」

ハニーはきっぱりと彼の手をどけ、テーブルに戻してやさしくポンと叩いた。いまだにいたずらな少年のきらめきを奥深くに残しているもの欲しげな青い瞳。こんな目で見つめられたら、腹を立てることなんてできなかった。「あなたはこれまで女性たちから注目を集めすぎたんじゃないかしら、ランス」軽い口調で言う。「彼女たちの名前も覚えていないんじゃないの?」

「たいていは忘れたな」ランスは素直に認めた。「しばらくすると、みんなぼやけてくるんだ」ハニーの眉間にしわが寄って顔が曇っていくのを見ると、彼女の手を包み、やさしく言った。「ぼくにとって彼女たちはなんの意味も持たなかった。そんな彼女たちを覚えていられるわけがないだろう、ハニー? きみに感じているのは、そういうのとはまったく違う」

ハニーは重なり合っている手に視線を落とし、彼の無神経な言葉を聞いて不意に襲ってきた苦痛をまつげで隠した。「その言葉を信じたら、わたしはばかだということになるわ。そうでしょう?」かすれた声で言う。「来月になったら、あなたはきっと同じことをほかの女性に言っているわ」

ハニーを見つめる青い瞳のなかに怒りがよぎった。「ぼくは嘘はつかない、ハニー」そっけなく言う。「きみに対する気持ちが、なぜ、どういうふうに違うのか、まだわかっていない。その点に関してはいまもまだ少し混乱しているぐらいなんだ。でも、こんな気持ちになったのは初めてだということだけはわかっている。あのテーブルクロスを上げて、なまめかしい子猫みたいに丸くなっているきみが大きなスミレ色の目で見上げてきたとき、まるで誰かに腹を殴られたみたいな衝撃を感じたんだ」

「第一印象が強かったのね」ハニーは彼を見ずに、きっぱりと言った。「それ以外のなんだって言うの?」

「ぼくにわかるわけがないだろう?」むっつりとして言う。「ただの第一印象だったとしたら、今夜きみがぼくたちと一緒にいることがどうしてあんなに正しいことのように感じられたんだ? まるで、きみはこれまでもテーブルをはさんでぼくの前にいて、これからもずっとそうであるような気がしたんだ」

ハニーがはっと目を上げた。彼の熱い目と目が合い、一瞬、息をするのも忘れた。ここに属しているという奇妙な感覚を持ったのは、自分ひとりではなかったのだ。

「また席をはずして電話をかけに行ったほうがいいかな?」アレックス・ベン=ラーシドが礼儀正しく尋ねた。ランスもハニーも彼が近づいてくるのに気づいていなかった。だから、顔にはあきれておもしろがっているような表情を、唇には茶化すような笑みを浮かべたアレックスが不意に現われたような気がした。

ハニーは顔がかっと熱くなるのを感じ、ランスに握られていた手を引き抜こうとした。「いいえ、もちろんそんなことはないわ」少しあわてて言う。「ふたりとも、あなたのことがちょっと心配になってきたところだったの。長く席をはずしていたから」

ランスは彼女の手をわがもの顔にきつく握り、引き抜くのを許さなかった。「そうだよ、きみがいなくて寂しかった」ハニーの顔から目を離さず、うわの空で言う。「もう一度寂しがれるよう、また消えてくれないか？」

「ランス！」ハニーは彼の無作法に驚いて、大声を出した。

アレックス・ベン＝ラーシドは含み笑いしただけだった。黒い瞳を輝かせ、ランスをとがめるように首を振ると、ふたりの反対側の椅子に座る。「もう少ししたらな」ものうげに言う。「いまは、店が提供してくれる楽しみを味わいたくてたまらないんだ。ハニーがぼくたちにぴったりだと思って連れてきてくれたこの変わった店がね。ロビーからテーブルに来るまでに、三人の女性から声をかけられたよ。ふたりは、ぼくに酒をおごってくれるそうだ。三人めは、ぼくと踊りたいんだって。ヒューストンの女性はみんな、あんなに積極的なのかい、ハニー？」

「ミート・マーケットにいる女性だけだよ」ランスはハニーの顔からしぶしぶ視線をアレックスに移し、苦笑いしながら彼女の代わりに答えた。「ハニー、テーブルに来るまでのアレックスの経験からして、彼にはこの言葉の意味を説明する必要はなさそうだよ。アレックス、きみがお誘いのどれかを受けなかったなんて意外だな。彼女たちの見た目が気に入らなかったのか？」

「かなりそそられるかわいい赤毛の娘《こ》がいたんだが」アレックス・ベン＝ラーシドが言った。「心を決める前に周囲を見渡してみようと思ってさ」

「赤毛ね」ランスは悲しげに頭をふった。「気づくべきだったよ。わざわざ歩きまわる必要なんてないんじゃないか、アレックス？　どのみち赤毛を選ぶことになるとわかっているんだから」彼はハニーに説明した。「アレックスは子どものころから赤毛の女の子に目がないんだ」

「少しぐらい彼女を待たせたって問題ないさ」アレックスはけだるげに言い、通りかかったウエイターに傲慢な態度で合図をした。「彼女、ちょっとばかり熱心すぎてね。きみはなにを飲む？」

ハニーはようやくランスの手から自分の手を引き抜き、椅子を少しだけこっそりと離した。自分の脚のすぐ近くに筋肉質のたくましい太腿があると、気が散ってしかたがないのだ。

「ジンジャーエールをお願いするわ」

ベン＝ラーシドがウエイターに注文をしているあいだ、ランスがもの問いたげに眉を上げた。「アルコールがはいったものは飲まないの？」

ハニーはしかめ面をして頭をふった。「舌に奇妙な影響が出るとわかってからは、やめたの。お酒を飲むと、舌が活発になっちゃうのよ」

「興味深い」ランスがつぶやいた。「覚えておかなければ。酒の二、三杯も飲ませれば、きみの秘密すべてを知ることができるわけだ」

いきなり手入れの行き届いた手が彼らのあいだに割りこみ、五十ドル札をテーブルに叩きつけた。ふたりが驚いて顔を上げると、テーブルの横に女性が立っていた。

「これはあなたによ、ダーリン」その女性がかすかにふらつきながらろれつのまわらない声で言い、酔っ払い特有の色目を使ってルビノフを見る。「お札はもっとあるんだから。このジョーニー・ジェサップが欲しいものを手に入れるのにケチケチしているだなんて誰にも言わせないわよ」

「失礼？」ランスはぽかんとして尋ねた。「ぼくに話しかけているんですか？」

「そのとおり」ジョーニー・ジェサップが言い、ふらつく手を彼の肩に置いて顔を輝かせた。

「今夜のあなたはラッキーよ、赤毛くん。あなたがこの店にはいってきたときから、ずっと目をつけていたの。ああ、あなたってなんてハンサムな獣なの」

「ありがとう」ランスが用心深く言った。「ご親切にどうも。さて、失礼してもいいですか?」

最初、ハニーはあまりに驚いたため、女性の大胆さに口をあんぐりと開けて見つめることしかできなかった。ジョーニー・ジェサップは五十代前半。腹には贅肉がたっぷりついていて、ブロンドの髪をこれみよがしに膨らませていた。襟ぐりの深いピンク色のカクテル・ドレスは、ちょっとけばけばしいかもしれないが、高価なものだった。それに、明らかにかなり酔っていた。ハニーは愕然《がくぜん》として、用心深い顔になったランスから、酔っ払って色目を使っている女性に視線を移した。すると急にくすくす笑いがこみ上げてきて止まらなくなった。ランスがひどく不機嫌そうな視線をハニーに向けた。

「あら、足りなかった?」女性はバッグに手を入れ、もう一枚五十ドル札を出すと、先ほどの札に重ねた。「あなたの値段は高いって気づくべきだったわ、ゴージャスで魅力的な悪魔さん」ふらつきながら屈みこみ、彼女は誘惑するように彼の耳をついばんだ。「でも、あなたにはそれだけの価値があるわ、スイーティ。赤毛が情熱的な恋人なのはまちがいないもの」

「まったく同感だ」アレックス・ベン＝ラーシドがつぶやき、椅子に背を預けると、従兄弟が困っている様子をおもしろそうに眺めた。

「おもしろいね」ランスが厳しい口調で言い、首にしがみついている女性の手をほどこうとしながら、にやにや笑っているアレックスとハニーを不愉快そうな目でにらみつけた。「ミス・ウィンストン、きみはぼくのボディーガードじゃないのか」冷ややかな声で言う。「ぼくの体を守ったらどうなんだ！」

ハニーはあわてて笑みを隠したが、目はまだおもしろそうに躍ったままだった。「ただちに、殿下」すばやく立ち上がると、身を寄せてジョーニー・ジェサップの耳になにやらささやいた。

ぽっちゃりしたブロンドはゆっくりと背筋を伸ばした。その顔は滑稽《こっけい》なほどがっかりしている。「冗談でしょう」涙目で訴え、しぶしぶランスの肩を放し、暗い顔でランスからアレックスへ視線を移し、またランスに戻した。

ハニーも同じように沈んだ表情で無言のまま首を振った。

ジョーニー・ジェサップは五十ドル札二枚をのろのろとつかみ、イブニング・バッグに戻した。「ほんとうにほんとうなの？」元気のない声で言い、切なそうな目でランスを見た。

「まちがいありません」ハニーがきっぱりと言う。

「なんてもったいない」ジョーニーはもごもごと言った。「でも、とびきりハンサムな男って、みんなそうなのよね」背を向けると、彼女は千鳥足で立ち去っていった。

「そうなのって？」ランスはいぶかしげに目を細めてハニーを見た。

「ゲイ」ハニーがあっさり答える。「あなたとアレックスが恋人同士だって彼女に言ったの」

「なんだって？」ランスが大声を出し、アレックス・ベン＝ラーシドは短くあからさまに卑猥な言葉をつぶやいた。

「彼女を追い払えって言ったでしょ」ハニーは弁解するように言い、こらえてもこらえてもこみ上げてくる含み笑いをなんとか隠そうとした。「ゲイだと言うのがいちばん手っ取り早いとわかっていたの。アレックスは赤毛の子に目がないという言葉が、完璧なきっかけになったわ」

「なんてことだ」アレックスはうめいて両手に顔を埋めた。「きみが彼女を殺さないなら、ぼくがやるぞ、ランス」

「それはぼくの特権だ」ランスがいかめしく言い、怒りを抑えきれない様子で椅子を押しやって立ち上がった。身を屈めてハニーの手首をつかむと、彼女を引っぱり上げる。「来るんだ、ハニー」

「どこへ行くの？」ランスに引っぱられて、驚いたハニーが尋ねた。

「きみをこっぴどくやっつけるか、別のはけ口を見つけるかして、このいらだちを発散させなきゃならない」ダンスフロアまで来ると、ランスはさまざまな色に変化する照明が内蔵されたフロアにハニーを乗せた。「ぼくと踊るんだ！」

ハニーはランスと踊った。それは、彼女の知っているどんなダンスとも違った。音楽は騒々しくて耳障りで、動きは原始的な交わりの祝典のように儀式的で官能的だった。足もとで色が変わり照明が爆発すると興奮がいっそう高まる。燃えるような深紅の明かりを受けたランスの顔は欲望で飢えたように見え、ハニーのなかでそれに応えるなにかが目覚めた。そのとき、音楽が急にワイルドなものからスローでやわらかなメロディーに変わった。先ほどまでの泣き叫ぶような騒々しい音楽に負けず劣らず官能的な音楽だった。ハニーとランスは息が荒くなっていた。気分を浮き立たせるアドレナリンが体を激しく駆けめぐり、感情と感覚が燃えるように生き生きしている。ふたりはしばらく立ち尽くして見つめ合い、それから無言のままぴったりの息でふたたび一緒に動きだした。

ランスはハニーに腕をまわして抱き寄せ、彼女は腕を反射的に彼のスーツの上着の下にすべりこませウエストに巻きつかせた。ハニーは彼の肩に満足げに頭を寄せ、ふたりでゆっくりとダンスフロアの上を動いた。夢見心地の彼女は、やわらかで律動的な音楽と、頬に感じるランスの力強い心臓の鼓動のことしか意識していなかった。ランスが腕に力を込めてハニーをたくましい脚のあいだに引き寄せると、彼女は不意に手足から力が抜けていくのを感じた。あたたかくて固い筋肉の感触が、彼女をやわらかくて、か弱い生き物だと感じさせるなんて不思議だった。だけど、すばらしい気分だった。

「ハニー」かすれたランスの声は、彼女の耳にビロードのようにやわらかく聞こえた。

「なに？」ハニーは彼にさらにすり寄った。

「ぼくはけっしてゲイじゃない」

「わかってるわ」ハニーは夢見心地でため息をついた。いまこの瞬間に、その事実以上にはっきりしているものはなかった。「あなたがゲイじゃなくてよかった」

ランスの低い含み笑いには驚きがこもっていた。「そう思うよ。きみがちゃんとわかってくれていてよかった」彼の唇がハニーのこめかみをかすめる。夏のそよ風のようなやさしい愛撫だ。「きみがぼくにどんな影響を与えているか、わかっているんだろう？」

ハニーはうなずき、自分のものだとばかりに彼にまわした腕に力を込めた。いつもの自分とはまるで違う行動をしていると、なんとなく意識していた。冷ややかな落ち着きと人生を事務的に受け止める気持ちは、音楽、照明、そしてふたりでひとつであるかのように自分をきつく抱いている男性からにじみでる肉体的な魔法という強力な組み合わせによって完全に消え去ってしまったようだ。

「ホテルに戻ろう」ランスがダンスフロアの真ん中で動きを止め、かすれた声で言った。向きを変えてテーブルに戻るときも彼の腕はハニーをしっかり抱き寄せていたので、一歩進むごとにふたりの腰が触れ合った。まるでいまも踊っているみたい。ハニーはぼんやりとそう思った。幸福感からはっと覚めたのは、テーブルにアレックスの姿がないことに気づいたときだ。

「アレックスはどこ？」この一時間、自分がどれほど職務怠慢をしていたか気づいた彼女は、突然パニックに襲われて店内を見まわした。まんまとランスの手に乗って、今夜ここに来た目的を完全に忘れてしまった。そしていま、アレックスの姿はどこにもない！

「きみがアレックスの居場所をつねに気にしていることに、少しばかりいらいらしてきたよ」ランスが不服そうに唇をゆがめ、ものうげに言った。「アレックスは自分の面倒ぐらいとてもよくみられる。ぼくが保証するよ。きみが気にかけなくちゃいけないのはこのぼくだ」ハニーの肩に黒いビロードのショールをかけ、テーブルに札を二、三枚放る。「ぼくがどれほどきみを必要としているか、充分に示してこなかったかい？　ぼくの見事な体を狙って、ジョーニー・ジェサップみたいな女性がまた現われたらどうするんだ？」

「でも、ただここを出ていくわけにはいかないわ」ランスの手が肘にあてられると、ハニーは言った。「彼のこともわたしに責任があるの。アレックスを見つけなくちゃ」

「ハニー、言っただろう……」言いかけたランスが、テーブルの真ん中に折りたたまれて置かれた紙片に気づいた。紙片を手に取り、さっと目を通す。顔を上げたときには、おもしろがるような笑みが唇に浮かんでいた。「アレックスの書き置きだ。きみに男らしさをこき下ろされて、それをちょっとばかり強くならなきゃならないと感じたらしい。あいつは赤毛の女の子を追っていったよ。スイートルームでまた会おうと書いてある」からかうように片方の眉を上げる。「明日の朝に」

「でも、彼はどこに行ったの？」ハニーは泣きそうな声で言った。「居場所もわからないのに、どうやったら彼を守れるの？」

「守れないよ」ランスは陽気に言い、すばやくナイトクラブを抜けて出口まで来た。「だから、彼のことを心配するのはやめたらどうだい？　アレックスは約束どおり、明日の朝早くに戻ってくるさ。十時にヘリコプターが迎えにきて、〈フォリー〉に行くことになっているのを知っているんだから」

「〈フォリー〉？」

ランスが尊大な態度で手を上げると、タクシーがふたりの前でなめらかに停まった。

「セディカーン石油は最近、ガルヴェストンの海岸から百五十キロほど沖合にある、メキシコ湾内の個人所有の島に不動産を買ったんだ」ランスは説明しながらドアを開けてハニーをタクシーに乗りこませ、自分もそのとなりのビニール・シートにどさりと座った。運転手に行き先を告げてから、話を続ける。「もともとはトマス・ロンデールというイギリス人ので、〈ロンデールの阿房宮《フォリー》〉として知られるようになった」

「なぜ？」ハニーは好奇心に駆られて尋ねた。ランスが彼女の肩に腕をまわし、自分の横にぴたりと抱き寄せた。

「さあ、どうしてかな？　島はハリケーンの通り道にあるから、ロンデールは島じゅうの建物を石造りにしたからかも。そして中国の皇帝の宮殿みたいに立派な建物を造った。〝阿房宮〟という宮殿みたいにね。建築資材を島に運搬するだけでも莫大な金がかかっただろうな」彼の手はハニーの肩にかかったシルクのような髪をぼんやりとさわっていた。「アレックスとぼくはここに来た二年前にそこを借りて、自分たちにぴったりだと思った。そこなら、アレックスは大好きな政治や外交活動《パワー・プレイ》のゲームから離れずにいながら、望めば完全な休養がとれるぐらい引っこんだ場所だからだ」

「あなたはどうなの？」ハニーはそっと尋ねた。「〈ロンデールのフォリー〉はあなたになにをもたらしてくれるの、ランス？」

　彼の顔はなぜか慎重な表情になった。「ぼくの必要としているものも与えてくれるよ」そうつぶやき、ハニーにどういう意味かと尋ねる隙も与えず、彼女の髪を握って頭を反らした。温もりのこもった目でじっと瞳を見つめられ、ハニーはめまいに似た奇妙な感覚を覚えた。

「ぼくはまだきみにキスすらしていないって知ってたかい？」

それは、ハニーにも信じられないことのように思われた。今夜分かち合った親密な時間が情熱の金の絆でふたりを結びつけた。それなのに、ありきたりな方法でしか相手に触れていないと気づき、奇妙な感じがした。

「もうこれ以上待てない」ランスがかすれた声でささやいた。「タクシーの後部座席でこんなことをするつもりはなかったが、いますぐきみが必要なんだ、ハニー」

ハニーが驚きに目を見張っていると、決意に満ちた浅黒い顔がゆっくりと近づいてきた。初めはためらいがちで軽く唇が触れ合うだけの、挑発するようにやさしくからかうようなキスだった。それが口説き、説きつけるものになり、ついにハニーは目もくらむほどの甘い口づけに応えて自分からキスを返していた。

ランスの両手が唇と同じぐらいやさしくハニーの顔を包んだ。「ああ、よかった」ようやく唇を離したとき、彼はそっと言った。「きみは甘くて小さく《リトル》てかわいらしい」そして、ふたたびキスをした。さっきと同じぐらい魅惑的なキスを。

「わたしは小さくなんかないわ」ランスの唇が敏感な喉のくぼみに移ると、ハニーは夢見心地で言い返した。

「そうなの？　いや、そうだな。でも、どういうわけか、きみのことを小さくて抱き心地がいいと思ってしまうんだ」ランスがふたたび唇を重ね、次に話しだしたときはふたりとも小さくあえいでいた。「きみは小さくはないかもしれないが、抱き心地はまちがいなくいい」つぶやくように言う。彼の両手がハニーの顔を離れて黒いビロードのショールの下にすべりこみ、豊かな胸を包んだ。「すごくやわらかくて丸くて弾力がある」

ハニーはくすくす笑ったが、その声はかすかに息切れしていた。「そんなふうに言われたら、祖母の羽毛のベッドになったみたいに感じるわ」小声で言い、やわらかなビロード越しにランスの両の親指が敏感になった胸の先を軽くこするとはっと息をのんだ。

「きみをベッドにしたい」かすれた声でランスが言った。身を屈めて頭をハニーの胸に預け、親指はリズミカルに乳首を愛撫した。「このかわいらしい膨らみに羊毛の枕のようにぼくを包みこんでもらって、きみのやわらかな体にぼくを埋めたいよ」ランスが官能的に、満足げな猫のように胸の膨らみの上で顔を左右にすりつけると、ビロードの上からでも彼のあたたかな唇が感じられた。「まいったな、そうしたくてたまらない」

わたしだって。ハニーは熱に浮かされたようにそう思った。喉と胸の筋肉が張りつめて息をするのも苦しいほどで、ランスの手や唇に触れられるたび、そこに溶けた炎の痕跡が残っていく。彼のささやく言葉は、やさしく愛撫する彼の手と同じぐらい情熱的で、彼女を刺激した。

ランスの両手がドレスの背中にまわり、器用にファスナーを下げた。熱く官能的なもやに包まれていたハニーは、むきだしの背中にあたたかな手を感じるのは完璧に自然なことだと思った。しかし、黒いビロードのショールが肩からもどかしげに押しやられると、はっとわれに返った。わたしたち、なにをしているの？

「いや」ハニーは小声で言い、両手を胸にあてた。「できないわ、ランス。放して」

ランスが顔を上げた。彼の顔もハニーと同じぐらい呆然として赤く火照っていた。「きみを放す？」まるで意味がわからないというようにくり返す。「それはできない。わかっているだろう？」ランスは先ほどまでのやさしさとはかけ離れた、残酷なほどの激しさで口を押しつけ、ハニーの唇を開かせて濡れた甘い口のなかを舌で探った。そのエロティックな技巧に、ハニーは自分がなぜ抵抗していたのかを忘れそうになった。「ほらね？」息をしようとランスが顔を上げてあえいだ。彼の心臓がハニーの胸にハンマーのように激しく打ちつけている。「どうしたらやめられるっていうんだ？」

「運転手さんが……」消え入りそうな声で言い、無言で思慮深いタクシーの運転手に向かって顎を上げてみせた。ハニーはあまりに興奮していたため、観客がいることを忘れてもう一度ランスの腕のなかにとろけ、すべてを忘れてしまいたい誘惑に駆られた。

ランスがどきりとするほど淫《みだ》らな言葉をつぶやき、ほんの短いあいだ、自分のものと主張するかのようにハニーをぎゅっと抱いた。それから震える息を大きく吸いこみ、少しだけ抱擁を緩めた。「わかった」とぎれがちな声でうなるように言った。「一分だけくれ」

彼がゆっくりとハニーを放してほんの数センチ離れるには、一分より少しだけ長くかかった。「すまなかった」ぶっきらぼうに言い、震える両手でドレスのファスナーを上げる。「きみがぼくに対してかなり爆発的な影響を及ぼすことがばれてしまったな。ふつうはタクシーの後部座席で誘惑しようとすることなどないんだけど」信じられないというようにかぶりを振る。「きみが止めてくれなかったら、ぼくはためらいもせずにここできみを奪っていただろう」ハニーの肩にもう一度ショールをきつく巻きつけ、守るように腕のなかに引き入れた。「さあ、じっとしていて。そうすれば、ホテルに着くまでぼくは誘惑に抵抗できるかもしれない」

ハニーはランスの肩のくぼみに頭を預け、素直にじっとしていたが、彼はゆっくりとしか進まない車の列をいらだたしげに見つめた。「まったく、夜のこんな時間なのに、これではラッシュ・アワーと同じじゃないか」愛想をつかしたように言う。「どこへ行くにも永遠の時間がかかりそうだ」

「ヒューストンの高度成長の光と陰、よ」ハニーは、ランスの頬と顎の骨格はなんて美しいのだろうと思いながら、夢見がちに言った。

彼は、ハニーのものうげに翳《かげ》った瞳と腫《は》れた唇を見下ろした。一瞬、彼の目のなかで、おもしろがっている気持ちと欲望が葛藤《かっとう》した。「いまのぼくは完璧にヒューストンの急速な成長に同情、いや共感できるな」くぐもった声で言う。「もうそんなことどうでもいい」ランスの唇がさっと下りてきて、ハニーはまたもや彼の舌と歯が官能的な技を駆使するのを感じた。「待っているあいだになにかしたっていいだろう」彼の両手はふたたびショールの下にもぐりこみ、張りつめた胸を愛撫した。「きみが冷静になって考えなおしたら困るからね」

その心配はないわ。ハニーは悲しげにひとりごとをつぶやいた。そのあとに続いた熱く荒々しい時間に、彼女の体はバイオリンの名手に奏でられるストラディヴァリウスのように反応し、タクシーがホテルに着いたことにも気づかなかった。

だが、ランスは気づき、タクシーが明るく照らされた入口に停まる前にさっと体を離した。「助かった」熱をこめて言い、財布から札を確かめることもなく抜き取ると、にやにやしている運転手に渡した。運転手が呆然とした声で礼を言うのも無視し、ランスはタクシーのドアを開けた。「ほら、行こう」ぶっきらぼうに言ってタクシーを降りると、ハニーを引っぱった。「あと五分着くのが遅かったら、ぼくはもたなかっただろう」

わたしもよ。ハニーは心からほっとしながらそう思った。タクシーのなかにいた最後の何分かは、アストロドーム満杯の観客から見られていたってかまわないと思いはじめていたのだ。彼女はわがもの顔に抱いてくる腕のなかにいそいそとはいり、ランスにうながされてドアから贅沢なロビーにすばやくはいった。

「殿下、こちらを向いてください！」

驚いたふたりは顔を上げ、そこにまばゆいフラッシュが光った。「すばらしい……もう一枚！」

ハニーの耳にランスが小声で激しく悪態をつくのが聞こえ、腰にまわされた腕が守るようにきつくなった。彼は歩く速度を速め、ついにはほとんど駆けるようにしてロビー奥のエレベーターに向かった
ふたりの写真を撮ったとがった顔のカメラマンがぴったりついてくる。「ミス・ウィンストンは今回の旅の全行程に同行するのですか、殿下？」機関銃のような早口で質問を投げかける。「ヒューストンにいらっしゃる前から彼女をご存じだったのですか？　国王夫妻はなんと……」彼はエレベーターのなかまではいってこようとしたが、ランスが彼の胸を乱暴に押し、もう一方の手でペントハウスへのボタンを押した。エレベーターのドアは、しかめ面でいらいらしているカメラマンの顔の前で閉まった。

「通用口にまわるようタクシーの運転手に言うべきだった」ランスが怖い顔をして言った。

「こんな夜遅くまでロビーで粘っているレポーターがいるとは思わなかったよ」ハニーのこ

わばった青白い顔に気づき、ランスは不意に心配そうな表情になった。「大丈夫かい？」

「大丈夫」ぼんやりと言い、目にかかった髪を震える手で払いのけた。「どうして彼はわたしのことを知っていたの？」

ランスは肩をすくめた。「デイヴィーズが新聞発表でもしたんだろう。きみがぼくたちのスイートルームに泊まっていることをマスコミが嗅ぎつけたら、いずれあれこれ憶測が飛び交う。だから、この状況《アフェア》の対処として、もっとも思慮深い方法を取ったんだろう」エレベーターのドアが音もなく開き、ハニーはランスに先立って優雅な彫刻のほどこされたスイートルームのチーク材のドアまで進んだ。

思慮深い。状況の対処として思慮深い方法。とても無頓着に発せられた言葉だった。それはそうでしょう？　ランスはおそらく、わたしが殴られたように感じた二重の意味に気づいてもいないのだろう。わたしはたしかにもう少しでランスの情事《アフェア》の相手になるところだったのだ。あのフラッシュがわたしを激しく揺さぶって正気を取り戻させてくれなかったら、ほかの遊び相手と同じように、喜んで彼のベッドにはいっていたはずだ。

ランスがドアを開け、壁のスイッチを押して部屋を煌々《こうこう》と照らしてからハニーのほうを向いた。用心深く目を狭めている。「よし、聞かせてもらおうか」淡々とした口調だ。「どうしたんだ？」

「あなたはわかっていると思うわ」かすれた声で言い、ランスのほうを見もせずにドアを閉め、部屋の反対側の壁に掛けられたコローのリトグラフにじっと視線を向けたままなかへと進んだ。

「わかるもんか」ランスが荒々しく言った。「ぼくにわかっているのは、タクシーのなかにいたときは、ぼくがきみを求めているのと同じぐらい、きみもぼくを求めていたのに、いまは遥か彼方に行ってしまったということだけだ。なにがあった？」

「正気に返っただけ」ハニーがそっと言う。「たいした人ね、ランス。しばらくのあいだ、あなたのせいでくらくらしたもの」

「過去形なのか？」鋭く言う。「ぼくの魅力は長続きしないみたいだな。きみは完全に平静を取り戻したようだ」いらだちのこもった乱暴な声だった。「おい、ぼくを見てくれ。そのいまいましい絵がそんなにきみを惹きつけるはずがない」

ハニーはしぶしぶ振り返り、怒りで張りつめたランスの顔を見た。頭上の照明に照らされて輝く赤褐色の髪と力強く男性的な美しい顔を見つめていると、あのとろけるような感覚がよみがえってくる。男の人がこんなにきれいでいていいわけがないわ。ハニーは絶望的な気持ちになり、目を閉じて強く引きつける彼の磁力を締めだしたかった。「ゲームは割に合わないと思っただけよ、ランス」冷静な声を出すのはひと苦労だった。「あなたのひと晩かぎりの相手のひとりになりたくはないの。それにあなたの最新の愛人のようにタブロイド紙に自分の写真が載るのもお断わりだわ」ハニーの瞳の色は濃くなり、怒りに燃え上がっていた。「ああいう人たちの仲間入りはなるべくしたくないわね。あなたがとんでもなく高級なコールガールをリヴィエラじゅうに連れまわしていたのはほんの六カ月前じゃなかったかしら?」

「いいかげんにしてくれ。そんなのはぼくたちとはなんの関係もないじゃないか」ランスは憤然として言った。「言ったはずだ……」

「あなたはきっと、わたしたち女性みんなが聞きたがるすてきな嘘をつくんでしょうね」ハニーは目をぎらぎらと光らせ、彼の言葉を遮った。そして、体の向きを変え、女王のような威厳をたたえて自分の部屋に向かった。「今晩はもう聞きたいことは全部聞いたわ」

「聞いてくれ、ハニー、ぼくは嘘はつかない」ハニーの背後でランスが歯をきしらせるようにして言った。「階下であったことがきみにとってショックだったのはわかるが、冷静に考えてくれたら、あれはぼくたちが互いに感じ合っていることとはまったく関係のないことだとわかるはずだ。タクシーのなかで分かち合ったことが一方的なものだったなんて言わないでくれよ」

ドアのところで振り向いたハニーは、涙で目を光らせていた。「そんなことは言っていないわ」声はかすれ、唇はかすかに震えていた。「わたしはあなたが欲しかった。それを認めなければ、偽善者になってしまうわ。でも、ルビノフ王子の情事の新しい相手になるのは耐えられないの。そんなことになったら、どうすればいいのかわからない」力なく肩をすくめる。「わたしはそこまで強くないの」

　怒りが消え、ランスの表情がやわらいだ。彼はゆっくり首を振った。「きみはまったく強くない。やさしくて愛情深い女性だ。ぼくはそんなきみのすべてが欲しい」悲しげにほほえんでみせる。「だが、もう少しなら待てそうだ。逃げて、砂のなかに頭を突っこんで知らないふりをするといい、スイートハート。いずれ顔を上げなくちゃならなくなる。そのときには、ぼくが待っていてあげるよ」

「わたしは本気よ、ランス」不安そうな顔で、おごそかに言う。「こういう関係は望んでいないの。わたしの人生にはなんの役にも立たないもの」

「きみが本気なのはわかっている」ランスは青い目をきらめかせ、愛おしそうにハニーにほほえんだ。「だからといって、きみが心変わりをしないということにはならない。ぼくはすごく粘り強くなれると言っただろう」

　ハニーの背後でドアが閉まりかけたとき、ランスがそっと呼びかけた。「ハニー?」

　彼女は立ち止まった。

「明日の朝食は九時に運ばせる。荷造りの必要があるなら、今夜のうちにやってしまうといい。きっかり十時に島に向けて出発するから」

4

ハニーは眼下を眺めた。メキシコ湾の紺碧《こんぺき》の海に浮かぶ、きらきら輝くエメラルドのような小さな熱帯の島、それが〈ロンデールの阿房宮《フォリー》〉だった。島の直径は三キロもないぐらいで、人が住んでいるのは入り江を見下ろす丘の上に建った石造りの大きな屋敷だけのようだ。入り江は風雨から守られているように見受けられる。そのとなりには舗装された離着陸場がある。島にはその屋敷しかないと思っていたが、オレンジ色とクリーム色の二色に塗られたヘリコプターがそこに無事着陸したとき、そうではないことに気づいた。

アレックス・ベン＝ラーシドは離着陸場に置かれた小ぶりのダッフルバッグを取り上げると、ランス・ルビノフのほうを向きながら、問いかけるように黒い眉を片方だけ上げた。

「夕食の時間になったら屋敷に来ると、ジャスティンに言っておくか？」

ランスは首を横に振った。「今夜はやめておく」うわの空で返事をしながら、自分の小さな旅行カバンとハニーのかなり大きなスーツケースを手にする。「明るいうちにやっておきたいことがあるんだ。あとでなにか軽く食べられるものをキッチンで探すよ。ジャスティンはいつも冷蔵庫をいっぱいにしておいてくれるからな」

ランスは突然、からかうように目を輝かせてベン＝ラーシドの顔を見た。「それに、今夜はきみもあまり客をもてなそうという気分にはならないんじゃないか？　なんだか少しいらしているみたいだ。今夜はきみは早く寝てしまうつもりなんだろう。きみの例の赤毛ちゃんはどれぐらいすてきだったんだい？」

「独特の雰囲気があった。すごく独特の……」アレックス・ベン＝ラーシドは、メフィストフェレスのような悪魔的な笑みを浮かべた。「だが、ほんものの赤毛じゃなかった。もともとは北欧系のブロンドだな。ここにいるハニーみたいに」彼はハニーに向かって、おどけて会釈をしてみせた。「もちろんハニーほどは美しくなかったけれどね」

「それは残念だったな」とランスは言うと、唇をゆがめながらハニーの腕を取った。「でも赤毛だと思っていた彼女が、じつは自分にはないものを一生懸命に取り繕《つくろ》っていたなんて、うれしい話じゃないか」

ランスはハニーのほうを向くとそっと腕を取り、ヘリコプターから離れるように歩きだした。それから肩越しにアレックスに声をかける。「明日は十時に母屋でブランチをとるつもりだ。そのころにはきみが立ち直って、主人役《ホスト》をちゃんと務めてくれると信じているよ。ぼくはきみがどれほど無愛想なろくでなしになれるかわかっているからいいけど、知り合ってまだ間もないハニーを早々に幻滅させたくないからね」

ベン＝ラーシドのおもしろそうに笑う声が後ろから聞こえてきた。だが、ランスの歩調はどんどん速まるばかりで、ハニーにはちらりと振り返る余裕さえなかった。急きたてられるようにして離着陸場を離れ、空から見た浜辺へと続くなだらかな砂利道を下る。

「どこに行くの？」ランスのペースについていこうとハニーは息をはずませた。「どうしてアレックスは一緒に来ないの？」それでもランスは返事もしないで、水平線をじっと見ている。ハニーは横すべりしながら立ち止まり、彼の腕を振り払った。「なんとか言ったらどうなのよ、ランス」腹を立てて詰問する。

「えっ？」彼はうわの空で訊き返したが、すぐに少しばつが悪そうに謝った。「悪かったよ、ハニー。水面《みなも》に揺れる太陽の光に見とれていただけなんだ。この輝き、信じられないほどすばらしいと思わないかい？　ここに匹敵する場所と言ったらギリシャぐらいのものだ。アポロンの神託が行なわれた聖域、デルフィは黄金の水を浴びているように見えることがあるんだよ」そう言うと、ふたたび水平線をじっと見つめた。「もっとも、嵐のときのこの島はもっとすごいけど」

「それはさぞかし目を見張るような景色なんでしょうね」ハニーは刺々しい口調で言った。

「で、わたしをどこに連れて行こうとしているのか、教えてくれない？」

ランスはもう一度ハニーの腕を取った。「すぐそこだよ」ビーチの手前にあるカーブを顎で示す。「海辺に小さなコテージがあって、島にいるときはそこを使うんだ」

「ここにいるあいだ、あなたたちふたりは同じ家に泊まるわけじゃないってこと？」やさしく腕を押されて、ハニーは彼の品のいい顔に視線を向けたまま一緒に歩きだした。「じゃあ、あなたたちがそれぞれ島の反対側にいるときは、どうやって警護をしたらいいのか教えてもらえる？」

「島の反対側にいることはないさ」ランスは根気よく答えた。「母屋はコテージから歩いてたったの五分のところにある。それに警備について言っておくと、この島より安全な場所はない。ここに住んでいるのは、大きな屋敷の管理をしてくれているネイトとジャスティン・サンダース夫婦だけなんだ。ジャスティンが料理と家事をして、ネイトが雑用一般、なんでもやってくれる」彼は茶化すような目でちらりとハニーを見た。「ふたりとも六十代後半だから、もし、めちゃくちゃに暴れだしたとしても、アレックスとぼくでどうにかできると思うよ」

「それは見ものだこと」ハニーは不機嫌そうに言った。「ここに住んでいるのはふたりだけかもしれないけれど、絶対に上陸できない島なんてないのよ」

「ここはかなりそれに近いんだ。ボートで近寄れる岩の少ない入り江はここだけだし、もしヘリコプターで島のどこかに上陸しようとすれば音が聞こえないはずがない」ランスはいらだたしげに顔をしかめた。「肩の力を抜けよ。ヒューストンにいるよりよっぽど安全なんだから。きみの悩みは、浜辺で遊んでいるときに日焼けしないようにするにはどうしたらいいかという一点だけになるはずだ。ビキニは持ってきたんだろう？」

ハニーは首を振った。「一回も着たことがないの」ランスの言うとおりなのだろうと思ったら、急に安心した。上陸のむずかしい島なら、侵入者に目を光らせる仕事はかなり楽になるだろう。

「一回も？」ランスは疑うように片眉を上げた。「ぼく以外の人の前に裸で現われるというアイデアはどうかと思うよ。入り江はほとんど人目につかないが、屋敷からは丸見えだ。裸で泳ぐなら暗くなるまで待ったほうがいい」

ハニーは上陸可能な場所がないかどうかあたりを見まわしていたが、ランスの最後の言葉が耳にはいってきて、彼の顔に視線を戻した。「裸でって……」思わず大きな声で言う。「いったいなんの話をしてるの？」ランス・ルビノフの瞳のなかで青い悪魔が小躍りをしていた。

ハニーはしぶしぶ笑みを浮かべた。「とっても上品なワンピースの水着を着ているという意味で言ったのよ」きっぱりと言う。「わたしみたいな体型の人間がビキニを着ると、はちきれそうに見えちゃうから」

「それは大いにそそられるな」ランスはつぶやくとハニーを眺めまわした。全身をなめるように見つめられているうちに、ハニーの体はうずき、火照り、やがて深いところで炎が熱く燃え上がってきた。「きみのすばらしい肌を見たら、きっと息をするのも忘れてしまうだろう。ほんとうにぼくと一緒に裸で泳ぐ気はないのかい？」

「絶対にありません」ハニーは断固とした口調で言うと、顔をしかめた。

「なんだ、残念だな」横目でちらりとハニーを見ながら、ランスはむっつりと言った。「裸で泳ぐのはバスタブのなかだけにしなきゃならないみたいだな。ああ、でもそのほうがずっとくつろげるか」

ハニーは悲しそうに首を振った。まったく、ほんとうに救いがたい人だわ。彼の気をそらそうと、急いで質問の言葉を投げかける。「お屋敷はとても大きいみたいだけど、どうしてあそこに泊まらないの？」

ランスは肩をすくめた。「アレックスもぼくも自分だけの場所を確保しておきたいんだ。ふたりのライフスタイルに折り合いをつけようと思ったら、いま、この〈フォリー〉にあるよりずっと多くの部屋が必要になる。そうでなければ、ぼくはほんの数時間でアレックスのことをかんかんに怒らせてしまうだろう。ぼくのガラクタは黒板を爪で引っ掻く音みたいなもので、あいつが〝頭脳《ブレーン》〟って呼んでいる高性能コンピューターの機嫌を損ねるみたいだからな」

「ガラクタ？」

どういうわけか、ランスの顔に警戒するような表情が浮かんだ。「ちょっと絵を描くんだ」ランスは軽い調子で言った。「絵描きにありがちだけど、注文がはいるかどうかはどうでもいい」そう言うと顔をしかめた。「はっきり言って、下手の横好きだからね」

「あなたが絵を描くなんて、新聞で読んだ記憶がないわ」ハニーはゆっくりと言った。でもそう言えば、と彼女は考えた。あのワゴンの下で小さくなっていたとき、アレックスはランスの絵のことをなにか言っていなかった？「個展を開いたことはないの？」

ランス・ルビノフは首を横に振った。他人を寄せつけない険しい表情をしている。「まったくの素人《しろうと》だから」そっけない返事だった。「それにゴシップといえども、ぼくの人生に関する情報をなにもかも手に入れられるわけじゃない」岬を曲がると、石造りの真っ白なコテージがびっくりするほど急に目の前に現われた。「さあ、着いた。たいしたところじゃないけどね」

ランスがコテージのドアを開け放ち、先にはいるよう促した。そのとき、ハニーは彼の言わんとしていたことが理解できた。コテージは外からぱっと見たときに想像していたよりも狭い。どうやら前の持ち主は、この小さな場所に無駄にお金を使うようなまねはしなかったらしい。ランスとハニーはおもに生活の場となる部屋にまっすぐはいった。そこは居間とキッチンを兼ねているが、驚くほど質素で、禁欲的と言ってもいいほどだった。家具はないに等しい。あるのは黒い革張りのカウチ、チーク材のコーヒーテーブル、部屋の隅には深紅の革を使った作り付けの椅子とテーブル、そして、その反対側に置かれた時代がかった石油ストーブ。それだけだった。床にはカーペットやタイルの代わりに青灰色をしたつやのある石が敷かれている。この部屋に通じるドアはふたつあったが、ランスが向かったのは奥にあるほうだった。

「寝室はひとつしかない。バスルームはついている」とそっけなく言うと、ドアをさっと押し開けた。「もうひとつの部屋はアトリエとして使っている。絵を描くには北からはいる明かりのほうが具合がいいんだ」口を開きかけたハニーを、ランスはいらだたしげに手を振って遮った。「心配しなくていい。アトリエにはカウチがあって、ぼくはそこで寝られるから」彼は問いかけるように片眉を上げた。「もしも、きみが我《が》を通して、同じベッドで寝るというアイデアを絶対に認めてくれないならば、っていう話だけれど」

「認められないわ」ハニーは穏やかに言うと寝室を見まわした。さっきの部屋と同じように家具はほとんどなかった。深緑色の丈夫そうなデニム地のベッドカバーにおおわれたダブルベッド、それに実用一点張りのナイトテーブルがあるだけだ。「ここの気候を考えると、床が敷石というのはとっても理にかなっているんでしょうね。外がどんなに暑くても涼しそうだもの」

「きみが思っている以上に理にかなっているんだ」ランスはそっけなく言う。「だが、コテージを建てるときに、その程度しか実用的なことを考えつかないところが、ロンデールの間抜けなところさ。この島はハリケーンの通り道にまともにぶち当たるというのに、海に面した遮るものがなにもない場所に、コテージなんて建てるか？」ランスは悲しそうに首を振った。「熱帯低気圧が島に上陸するたびに、ここはすっかり水浸しになってしまうんだ」

「それで最低限の家具しかないのね」ハニーは考えこむように言った。「嵐が来るたびに母屋に避難しなくちゃならないなんて、不便じゃないの？」

「それほど頻繁にあることじゃないからね」部屋を横切り、ハニーのスーツケースをベッドの上に置きながら、ランスはのんきそうに言った。「島には年に数カ月しかいないし、ここにいるあいだにひどい嵐にあう可能性は限りなくゼロに近い」

「九月に来るんじゃなければね」ハニーは明るい口調で言った。ランスのあとについて寝室にはいり、ベッドに置かれたスーツケースのとなりにハンドバッグを放る。「島めぐりをするにはこの時期は絶対に季節はずれだって、いままで誰も教えてくれなかったの？」

「ぼくは仕事に取りかかるよ」はやる心をやっとの思いで抑えつけているランスの顔は、不思議なほど魅力的だった。「あとで会おう。きみはがっかりするぐらい面白みのない水着を着て、ビーチに行ってくれば？　お腹が空いたら、冷蔵庫になにかあるはずだから」

ランスが後ろ手にドアを閉めた。残されたハニーは、がっかりし、当惑したままドアを見つめた。熱っぽく口説いてくるランスを拒否するたびに心がかき乱されていたが、それももうおしまいだ。あっちに行ってくれ、邪魔をしないでくれと言われたようなものなのだから。けっしていい気になって、うぬぼれていたわけではなかった。前の晩のタクシーではあれほど燃え上がっていたのに、ホテルの部屋にはいる前にはランスにそっけない態度を取られ、ハニーはとても用心深くなっていた。ランス・ルビノフはわたしに気があると思っていたけれど、どうやら自分を買いかぶりすぎていたみたいだ。

ヒューストンからこの島に来るまで、ランスもアレックスも感じよくふるまっていた。でも、だからといって、わたしと本気でつき合いたがっていると思うほどわたしはばかじゃない。ふたりにとってわたしは妹のような存在に違いないのだから。アレックスはあからさまにプレイボーイぶりを見せつけていたけれど、わたしには兄のように接していた。ちょっとからかわれたりもしたが、ランスが示したのも結局はプラトニックな愛情だった。

そういえば、アレックスと比べるとランスのほうが、ほんの少しうわの空という感じだった。今朝、朝食をとろうとしてスイートルームの居間で顔を合わせたときからずっと、どこか興奮しているみたいだった。はやる心を無理に抑えつけ、熱に浮かされているように、どこか落ち着きがなかった。特別扱いを期待している小さな子どものようで、むしろかわいらしいぐらいだった。小さな男の子はお絵描き遊びに行ってしまって、わたしはバケツとシャベルを持たされ、ひとりで遊んできなさいと浜辺に追い払われるわけね。

どうして裏切られたような奇妙な気分になるのかしら？　ハニーはその理由を考えないようにしながら、ドアに背を向け、てきぱきとスーツケースの荷ほどきをした。ランスにけなされた水着を取りだして、じっくりと眺める。そんなに野暮ったくないわよ。ハニーはむきになった。たしかに大胆に肌を露出するわけじゃないけれど、このデザインはわたしの脚を長く、かっこよく見せてくれるんだから。それにこのベージュは色そのものが挑発的なのよ。ランスが愛しいキャンバスと一緒にあの部屋に閉じこもってしまったから、もう挑発する相手もいないけれど。

ランスは髪型についてなにも言わなかった。今朝はいつものように髪をまとめて、仕事向きのスタイルにしていたのに。まあ、どうでもいいことね。わたしのことを気にしないでくれてうれしいわ。ひとりにしてもらえてありがたいぐらいよ。男の人の目を気にすることなく楽しめるんだもの。ひと泳ぎしたら、島を探検して、そのあとでなにか食べるものをふたりぶん用意しよう。違う、用意するのは自分のぶんだけ。ランスは自分でなんとかできるんだから。それも部屋から出てきて、わたしに王子と同席する栄誉を与えようという気になってくれればの話だけれど……。ハニーはブラウスのボタンをはずしだした。あの手に負えない男に会う機会が少なければ少ないほど、わたしはいい気分でいられるんだから。

次の日の朝、ハニーはいらだちに顔をしかめて、〈フォリー〉の正面玄関に続く最後の数メートルを歩いていた。真鍮《しんちゅう》製の金具が取りつけられたオーク材のドアを強くノックしたときにもまだ顔をしかめたままで、スミレ色の瞳には怒りの炎が燃えていた。誰かと朝食をともにする気分ではないことはわかっている。でも、この、いわゆる楽園の島でこれ以上ひとりぼっちでいるのはごめんだった。

ドアを開けたのは、黒っぽい服に小花柄のスモックを着た小柄でぽっちゃりとした女性だった。

「初めまして。ジャスティンさんですね」無理やり愛想のいい笑みを作りながらハニーは言った。「ハニー・ウィンストンです。アレックス・ベン＝ラーシドが待っていると思うんですけど」

ジャスティンは穏やかで、親しみのこもった笑顔を見せた。「ベン＝ラーシド様ならテラスでお食事をなさっていますよ、ウィンストン様」ジャスティンは左側にあるアーチ形の門を示した。「わたしはいまちょっと料理の手が離せないものですから、そちらから行っていただけますか?」

ジャスティンは踵《きびす》をかえすと、そそくさと家のなかに戻っていった。ハニーが言われたとおりにアーチを抜けると、広々とした部屋があった。さっきまでいた無味乾燥なコテージとは天と地ほども違っている。大理石をモザイク風にちりばめた光輝く真っ白な床。あちこちに敷かれている色あざやかな小さなラグ。品のいいクッションの置かれた白い籐《とう》家具。ハニーはそういったものをにらみつけながら、フレンチドアに向かった。部屋は青々とした観葉植物と咲き乱れる花であふれている。どれも趣味がよく、手入れが行き届いていた。この光景がなににも増してハニーをいらだたせた。こんな気分じゃなければ、もっと慈しむように、愛情ある目で見ることができるのに。

機嫌の悪さが顔に表われていたに違いなかった。ハニーが敷石のテラスをつかつかと歩いていくと、アレックスは驚いたように黒い色の眉をひそめ、ゆっくりと立ち上がった。

「なにも言わないでくれ」彼はそう言うと、気品のあるガラステーブルのそばに置かれた、錬鉄製の上品な白い椅子を手で示した。「とにかく座ってコーヒーを飲もう。さてはランスがきみに嫌われるようなことをしたな。そうなるんじゃないかと思っていたよ」アレックスはテーブルの上に置かれたポットから、香り豊かなホットコーヒーを美しい陶製のカップに注いだ。「あいつは朝食に顔を出さないつもりなんだね？」

「知るもんですか」アレックスが示した椅子にどすんと腰を下ろしながら、ハニーはぶっきらぼうに言った。「昨日の午後から会ってないもの」不機嫌そうにアレックスをにらみつける。「それに、わたしは頭を冷やす必要なんてないわ。ちっとも怒ってなんかいないんだから。ただ、誰かさんはここに顔を出して、ちゃんと説明するぐらいの礼儀をわきまえているべきなんじゃないかと思っているだけ」

アレックスの唇に小さな笑みが浮かび、黒い瞳がおもしろがっているように輝いた。「なるほどね」のんびりと言う。自分のカップにコーヒーのお代わりを注ぎ、ポットをテーブルに戻すと、椅子に腰を下ろし、ゆったりと背中を預けた。「きみが礼儀を重んじて来たのだろうと、一緒に楽しく過ごそうと思って来たのだろうと、もちろん、ぼくは大歓迎だけどね」謎めいた笑みを浮かべ、けだるげな口調で言いながら、ジーンズをはいた脚を前に伸ばした。「コーヒーでも飲みなよ」穏やかな声でうながす。「ジャスティンが今朝はストロベリー・クレープを作ってくれる。落ち着かないと味もなにもわからないだろう？」

「落ち着いているわよ」むっとして言い返す。「全然、怒ってなんかいないわ」やれやれと言いたげな黒い瞳が正面からじっとハニーを見つめている。視線が合うと、彼女はしぶしぶ認めた。「まあ、ちょっとは怒っているかもしれないけど」そして、あわてて言葉を続けた。「でもランスのせいじゃないわ。このいまいましい島のせいよ。わたしは都会の人間だから、こんなにおいしい空気と、人の手のはいっていないすばらしい自然に囲まれても、どうしたらいいかわからないの」

「それにきみを楽しませ続けてくれる、自由奔放な道化者《スカラムーシュ》もいない」アレックスはやさしく付け加えるとコーヒーをひと口飲んだ。

「だから、ランスは関係ないって言ったでしょ」ハニーはアレックスに向かって思いきり顔をしかめた。「ルビノフ王子とはあくまでも仕事上のおつき合いだし、ボディーガード以外の誰かとして扱ってもらう権利なんて、わたしにはこれっぽっちもないんだから」いらだたしげに唇を噛む。「なにもすることがないという状況に慣れていないのよ」そう言うと、いいことを思いついたというように顔を上げた。「ランスが言っていたんだけど、あなたはここでもちょっと仕事をするつもりなんでしょう？　わたし、タイプライターを打つのはかなり得意なの。たぶん役に立てると思うんだけど」

アレックスはすぐに首を横に振った。「駄目だ」にべもなく断わる。「ランスに釘を刺されているんだ。どんな理由があっても、きみには近寄るなって。あいつの領域を侵して、あの赤毛の癇癪《かんしゃく》を破裂させる気はない」口をはさもうとするハニーを、手で制した。「きみがただのボディーガードだということはわかっている」カップを手に取ると、コーヒーをもうひと口飲んだ。「でもぼくもランスも気がついているんだ。ランスがこれまでとはまったく違うタイプの関係をきみと築こうとしているってことに。もしきみになにか頼んで、あいつの目の届かないところに連れだしたりしたら、かんかんに怒るだろうね」

「ランスはわたしが同じ島にいるかどうかだって知らないわよ」きっぱりと言う。「ひと晩じゅうアトリエから出てこなかったし、今朝、ドアをノックしたけど返事すらなかったんだから」ハニーは唇を突きだし、ふくれっつらをした。「わたしの任務の妨げになるんじゃないかという心配だったら、必要ないと思うけど」

「ランスが時間を忘れて、夜通し描き続けるのは珍しいことじゃない」アレックスは静かに言った。「とくに久しぶりに絵筆を握るときにはね。一日かそこら放っておいてやれば、やや礼儀正しい人ぐらいのレベルになって、また戻ってくるさ」そう言うと、含み笑いした。「あいつはいつだって、真っ先に学校を飛びだす子どもみたいなものだから」

ハニーはコーヒーを口にしたが、味はわからなかった。コーヒーカップの繊細な花模様を沈んだ表情でじっと見つめる。「ええ、わかっているわ」ハニーは言った。「アレックス、あなたも自分の趣味に没頭することはあるの？」

「趣味？」アレックスは黒い目をすがめてハニーの顔を見つめた。「ランスにとって絵を描くことは趣味じゃない。全身全霊を傾ける情熱だ。あいつがアトリエに引きこもる前に、作品を見せてもらわなかったのか?」

ハニーは首を振った。「わざわざなにかをする気分じゃなかったんじゃないかしら。わたしの頭を撫でて、遊びに行かせる以外のことはなにも」好奇心をくすぐられ、はっとして顔を上げた。「絵を描くことにそれほど情熱を注いでいるなら、どうしてタブロイド紙で読んだことがないのかしら? ランスは人目を避ける努力なんてまったくしていないんだもの。彼の生活なら誰でも知っているわ」

「へえ、そうだっけ?」アレックスはからかうように言った。「もっとよく知るようになれば、あいつは自分が大切にしていることは、なにがなんでも秘密にしておきたがる人間だということがわかると思うよ。もしゴシップ記事になにかが暴露されたら、それはランスにとってどうでもいいことというわけさ。あいつが絵を描くことを知っている人間がこの世に五人以上いるとは思えないね」アレックスはコーヒーカップを高く掲げ、乾杯のしぐさをした。

「誇りに思うべきだよ、ハニー」

「そんなに上手なの?」ハニーが尋ねた。

「上手かだって?」おもしろがるような笑みが唇の端に浮かんだ。「ああ、もちろん。見ればきみもすばらしいと思うはずさ。作品のひとつを見てみる?」

「ここにあるの？」

「図書室に」アレックスが立ちあがった。「祖父の肖像画がある。ランスが去年のぼくの誕生日にくれたんだ」黒い目が陰に隠れて見えなくなる。「きみも非常に興味をそそられると思うね」

本がずらりと並んだ図書室にはいったときのハニーの第一印象は、なんて小さい部屋なのかしらというものだった。しかし、すぐに、じつはかなり大きな部屋なのだということがわかって驚いた。机の奥の壁にかかっている大きな肖像画。この絵が部屋を小さく見せていたのだ。絶対的な存在感があり、部屋を小さく感じさせる不思議な力があった。カリム・ベン＝ラーシドは砂漠で暮らす人々が着る伝統的なローブをまとっていたが、肖像画によく見られるありきたりな箇所はそこだけだった。カリムはブーツを履いた脚を組み、大きな机についてふんぞりかえっている。モダンでしゃれた机と野性的なカリムが好対照をなしている。ランスが「したたかな乱暴者」と名づけたこの絵には、アレックスとよく似た力強くてどこか官能的な顔立ちと、きらきら光る黒い目がしっかりと描かれていた。

しかし、この絵に描かれているのはそれだけではなかった。髭を生やした顎。唇の曲線に表われているかすかなやさしさ。この組み合わせからは決断力の強さが感じられる。いえ、それとも、あざ笑っているのかしら？　ハニーはなにかに取り憑《つ》かれたように夢中になって絵に近づいた。違うわ。描かれているのはやさしさよ。でも漆黒の瞳の奥には、よく見なければわからないけれども悪魔がいる。ハニーはわけがわからなくなってかぶりを振った。最初に見たときにはあんな悪魔はいなかったのに。見れば見るほど、いろいろなものが明らかになっていく。

「どう?」楽しそうな声が聞こえた。ハニーはアレックスの視線を感じた。彼は戸口の柱に寄りかかったまま見つめている。

「思ったとおり、すばらしかったかということ?」絵から目を離さずに、ハニーは小さな声で訊いた。「こんなに力強い肖像画は見たことないわ」

「それはよかった」アレックスは静かにうなずいた。「それでも、これが最高傑作というわけじゃない。ランスは自分が愛情を感じている人の肖像画を描くのが好きじゃないんだ。本人いわく、客観的に見られないからって」

「でも、どうして個展を開かないの? 世界じゅうの画廊がこの才能あふれる絵を飾れることを誇りに思うはずよ」ハニーは首を傾げ、ランスがどれほど見事なテクニックを使ったのか見極めようとした。どうしたら額縁にはいった粗野な人物を、こんなにも生き生きと見せられるのかしら?

「それはランスに訊くしかないだろうな」とアレックスは言った。「ランスは気晴らしにちょっと絵をかじっているわけじゃない。そのことをきみも知っておいたほうがいいと思っただけなんだ。そうすれば、あいつのちょっと風変わりなところを受け入れやすくなるだろうからね」アレックスは少しおもしろがっているようだった。「たとえば、何日もきみを完全に放っておくような風変わりなところをね」

ハニーはしぶしぶ絵から目を離し、アレックスのほうを向いた。「ありがとう」心の底からお礼を言う。「前よりは理解できたわ」

「それはよかった」アレックスはほほえんだ。いつもは冷笑的なブロンズ色の顔が驚くほどあたたかい笑みでぱっと明るくなった。「これでランスには貸しができた」からかうように片眉を上げる。「貸しはかならず返してもらわないとね」

アレックスならきっとそうするに違いないわ。彼女を見下ろす肖像画と同じぐらい力強くて謎めいた顔を見ながらハニーは思った。「しょっちゅう従兄弟を弁護するはめになっているのかしら?」明るく尋ねる。

アレックスは首を横に振った。「いつもはわざわざそんなことしないさ。ランスが気にしていないのに、どうしてぼくが気にしなくちゃならない?」アレックスの顔から茶化すような表情が消えた。「だが、今回は、状況がちょっと違うと思った」

「違う?」ハニーは尋ねた。

「控えめに言っても、きみが関わっていると、ランスの反応がいつもとちょっと違うんだ。あいつは自分のせいできみを混乱させてしまうんじゃないかと、とても神経質になっているような気がする」

「神経質と言っても、絵を描くのを中断するほどではないわね。どう考えても」そう言ってから、あわてて付け加えた。「もちろん、そうしてほしいという意味じゃないけど」

「それはそうだ」アレックスはまじめに言ってから、いまにも笑いだしそうに唇をひきつらせた。「きみの言うとおり、きみたちふたりはあくまでも仕事上のつき合いだものな」ハニーをうながすように図書室のドアを手で示す。「きみがそう言い張る以上、きみを独占して朝食を楽しんでも、ぼくはこれっぽっちも罪の意識を感じなくていいわけだ。さあ、戻ってジャスティンのストロベリー・クレープを食べるとしよう。さっきよりは食事を楽しもうという気分になったんじゃないかな？」

ストロベリー・クレープはとびきりおいしかった。朝食を食べながらのアレックスのおしゃべりはとてもおもしろく、しかもあまり立ち入った話にならないように気を遣ってくれた。しかし、アレックス自身はゆっくり朝食を味わうことができなかった。ヒューストンから仕事の電話が二本、セディカーンから急ぎの電話が一本はいり、そのたびに席をはずした。

三本目の電話を終えてテーブルに戻ってくると、アレックスは悲しそうに首を振った。

たんだが」

「申し訳ない。ジャスティンには朝食が終わるまで電話を取り次がないでくれと言っておい

「これはあなたにとって休暇なのよね？」ハニーはコーヒーをひと口飲むと、軽い口調で尋ねた。「ランスが言っていたわ。あなたは仕事中毒《ワーカホリック》みたいなものだって」

「あいつも似たようなものなのに、よく人のことを言えるよな」自分のカップにお代わりを注ぎながらアレックスは言い返した。「あいつだって同じぐらい重症なんだぞ。自分のやっていることを仕事だと認めようとしないだけさ。絵を描くことは楽しい娯楽で、ぼくがやっている単調で面白みのない労働とはまったく違うと言うんだ」

「でも、あなたはそうは思っていないんでしょう？」ハニーはアレックスの顔を見つめながら注意深く尋ねた。

「なかなか鋭いね」アレックスは顔を上げて静かに言った。瞳の奥がきらりと光る。「そうだよ、ぼくはふたりともアーティストだと思っている。ぼくは違う絵筆を使って、より大きなキャンバスに描くというだけのことだ」アレックスは慎重に目を細くした。「それに、ぼくだって、考え抜いたすえに色を選んでいると自信を持って言える」

「でも、いつもおとなしい色を選ぶというわけじゃないのよね」ハニーは茶目っけたっぷりに言った。「とくに赤が好きだってことには気がついているのよ」

「誰だってちょっと変わったところはあるものさ」アレックスは顔をしかめながら言った。

「それなのにランスは、ぼくのそういうところをかならずみんなに知らせてしまうんだ」

「いつも赤い髪の人に夢中になっちゃうの？」ハニーは明るく尋ねた。

「物心ついたころからずっと」考えこむような表情になる。「もしかしたら、なにかランスと関係あるんじゃないかって思うことがよくあるんだ」

ハニーは目を丸くした。「それってつまり、あなたは……」

「違う、そういう意味じゃない」即座にぴしゃりと言うと、ひどく不愉快そうな顔をしてハニーをにらみつけた。「いまいましい警護の任務をしているときでも、そういうことを言うのは控えてもらいたいな」

「ごめんなさい」ハニーは笑いを隠そうとしながら言った。

しかしアレックスが険しい目でにらみ続けたところを見ると、どうやら失敗に終わったらしい。「ほんとうにやめてくれよ」念を押したが、やがてあきらめてため息をついた。「ぼくが言いたかったのは、ランスとのあいだにはなにか精神的なつながりがあるに違いないということなんだ」辛抱強く説明する。「ぼくはとても疑り深い人間だ。つねに疑ってかかるよう、祖父に教えこまれた。完璧に自分を守るためには必要なことだからと。これまで生きてきたなかで、百パーセント信頼しているのはランスだけだ。似たような髪の色の女性に惹かれるのは、そうじゃない人と一緒にいるよりも安心できるからかもしれない」

「赤い髪の人のほうが情熱的だからというわけじゃない。そういうことね？」瞳をきらきら輝かせながらハニーは尋ねた。

「いや、まあ、それもあるけど……」アレックスはほほえみで応えた。だが、そのとき急にハニーに腹を立てていたことを思いだしたかのように、けんか腰で言った。「この際だからはっきり言っておく。ぼくは同性に心惹かれたことは一度もない。赤い髪だろうとなかろうと。わかったか？」

ハニーは素直にうなずいた。「よくわかったわ」

「それならいいんだ」アレックスは肩の力を抜いた。「お互いに納得したところで、図書室に戻って、きみの読む本を何冊か選ばないか？　ランスが今度また人間界から身を引いてしまったときに役に立つかもしれないよ」

二時間後にハニーがコテージのドアを開けたときも、出かけるときと同じ静けさがただよっていた。寝室に向かいながら、閉まったままのアトリエのドアに思いをこめて視線を送る。ノックをしたいという誘惑はなんとか抑えた。まだ絵を描いているはずがない。でも、もしまだ描いていたとしたら、それは時間をかけて芸術に取り組んでいるというより、芸術にかける時間をいたずらにふやそうとしているとしか思えない。だめ、だめ、彼は放っておいてくれ、好き勝手にやらせてくれって思っているのよ。ハニーはそう自分に言い聞かせた。アレックスが教えてくれたように、わたしは立派な大人の女なんだし、わたしを楽しませてくれる人なんてまったく必要ないんだから。

腕いっぱいに抱えてきた本を寝室のベッドの上に置くと、すぐにベージュの水着に着替えた。昨日の午後泳いだせいで、水着はまだ少し湿っている。昼間で外はあたたかいのに、肌に触れる水着は冷たくじっとりしていて気持ち悪かった。ほんとうに別な水着も持ってくればよかった。そもそも着替えなんてそんなに持ってきていない。この島での生活にはかなり苦労しそうだわ。コテージには洗濯機すらないっていうのに、どうやって服をきれいに保てばいいの？　あとで丘の上のお屋敷に行って、〈フォリー〉にある洗濯機を使わせてもらえるかどうか、ジャスティンに訊いてみよう。

コテージを出るときになってもアトリエのドアはまだしっかりと閉まっていた。しかし、ハニーは前を通り過ぎるときに、固く決意してドアから目をそらした。泳いで戻ってきても、まだアトリエにこもっているようだったら、そのときはランスのプライバシーを侵害しよう。たとえ怒らせることになったとしてもかまわない。だって無事かどうかを確認しなくちゃならないもの。そうでしょう？　依頼人の姿を一度も見ないまま、丸二十四時間過ぎてしまったら、それこそ職務怠慢だわ。ハニーは満足げな笑みを浮かべながら、明るい気分になって浜辺へと走っていった。

「きみには常識っていうものがないのか？　こんなに長く外にいたら、黒焦げになるぞ」

懐かしい声を聞いてハニーの胸は高鳴ったが、目は開けなかった。クッションのようにやわらかい砂の上にビーチタオルを敷いて寝そべっているだけなのに、とても満ち足りた気分だった。

「日焼け止めを塗ってあるから」冷静に答える。「昨日ほど長い時間、外にいるわけじゃないし、昨日だってちっとも日焼けなんてしなかったわ」

「きみが昨日、外にいたのは午後の遅い時間だ」ランスが険しい声で言った。「太陽はずっと低い位置にあった」ハニーが返事をせずにいると、彼はいらだって毒づいた。「いいかげんに目をあけてくれないか？　なんだか死体に話しかけているような気分だ」

彼女はしぶしぶ言うとおりにしたが、すぐに後悔した。ランスはハニーが寝ているところからほんの数メートルのところに立っていた。しかも、とても不安そうな顔をして。腰骨に引っかけるようにしてはいている色の褪《あ》せた細身のジーンズは、力強い太腿にぴったりと張りついていて、外からでも筋肉の形がわかる。シャツは着ていなかった。彫刻と見まごうほど見事な肩と胸の筋肉からハニーは目が離せなかった。肌は赤褐色に近いのね。彼女は夢見心地で思った。赤茶色の胸毛は太陽の光を受けて輝き、生命力が陽炎《かげろう》のように揺らめいていた。ランスは持ってきた白いシーツを広げた。両手で持った布を大きく振り広げてハニーにかけると、その動きに合わせて腕と肩の筋肉がしなやかに波打った。

「これじゃ窒息しちゃう」ランスがとなりに膝をつくと、ハニーはいらだたしげな手つきでシーツを剝がしながら抗議した。

「いいかげんにしてくれよ」ランスはそっけなく言うと、もう一度、ハニーの顎の下までシーツを引き上げた。「真っ赤に日焼けして火傷《やけど》になるよりはましだ。ビキニを着ないのは賢い選択かもしれないな。きみが浜辺ではいつもとてつもなく無防備になってしまうなら、肌をおおっている部分は多ければ多いほどいい」

「大騒ぎしすぎじゃない？」不機嫌そうに言いながら体を起こし、顔にかかった髪を手で払う。その拍子にシーツが腰のところまで落ちた。ランスはもう一度引き上げようとしたが、ハニーは彼の手を邪険に払いのけた。「それにこの水着だって、それほど野暮ったいわけじゃないんだから」むっとして言う。

「気がついていたよ」そっけない口調で言ったものの、ランスはなまめかしい胸のふくらみから目を離せずにいた。「アトリエの窓からちらっと見たとき、結局、裸で泳ぐことにしたのかと思った。体じゅうを電気が走ったみたいにびっくりした。なにせ、その水着の色はものすごくセクシーだから」

「わたしに気づいていたなんて、全然知らなかったわ」ぶっきらぼうに言ってから、黙っていればよかったと後悔した。冷静でいようと思っていたのに。ランスのことなんか全然相手にしないつもりだった。ひとりぼっちで過ごしたこの二十四時間のことにだって、触れるつもりはなかった。失敗を取り繕おうと、ハニーはあわてて明るい口調で言った。「あなたが今夜は夕食をとるかどうか、今日の午後遅くにネイトに訊きに行かせるつもりだって、アレックスが言っていたわ」

ランスは顔を曇らせてため息をつき、炎のような赤銅色の髪に落ち着きなく指を走らせた。

「ぼくのせいでひどい一日になってしまった。そうなんだろう?」沈んだ声で尋ねる。「いまさら謝っても遅すぎるかもしれない。でも、二度とこんなことはしないと約束するから、許してくれないか?」

「アレックスの話だと、そういうのを守れない約束って言うのよ」目をそらしたまま、ハニーはかすれた声で言った。「それに、無理な約束をする必要はこれっぽっちもないのよ。わたしに礼儀正しくする義務なんてないわ。わたしはあなたに雇われているだけなんですから」

「ハニー!」ランスは顔をしかめた。「雇われていることを盾に言い逃れをされてもぼくが腹を立てないのは、きみをほんとうに傷つけてしまったと思うからだ」青い目に真摯《しんし》な光を宿らせて、静かに話を続ける。「いいかい、きみが怒るのは当然だ。ぼくが怒らせるようなことをしたんだから。もしきみが出かけたまま、あんなに長い時間ぼくのことを思いだしてもくれなかったら、ぼくだってものすごく怒ると思う」力なく肩をすくめる。「きみを納得させられるような理由なんてない。ひと晩じゅう、ただ夢中になって描いていた。今朝もちょっと仮眠を取るだけのつもりだったんだが、どうやらぐっすり眠りこんでしまったらしい」ランスの声は真剣そのものだった。「許してくれないか?」

謝る必要なんてない。そう言おうと思って顔を上げると、ハニーをじっと見つめる真剣な青い瞳があった。「ええ、許すわ」ハニーは代わりにそんな言葉を口にした。そして、しぶしぶではあるが正直に認めた。「寂しかったの」

「悪かったよ、ハニー」ランスがほんの少しハニーに近づくと、ふたりの距離はわずか数センチに縮まった。ランスは両手を彼女の肩に置いて、割れ物でも扱うようにそっと抱き寄せた。とても大切に思っている。そのことがハニーにも伝わった。「夢中になると、まわりが見えなくなることをもっと自覚すべきだった」ランスは残念そうに唇をゆがめた。「ほんの数メートルのところにきみがいるのに、いつもの悪い癖が出るなんて思ってもいなかったよ。少なくともおとといの夜にはまったく思っていなかった」

「じゃあ、恋敵《ライバル》がいたわけではなかったのね」ハニーは明るく言った。「才能がメラメラ燃え上がっていて、しかも芸術の女神があなたの耳もとでささやいているときに、あなたがどれほど熱中しているのか調べる方法はあるのかしら？」

「むしろきみに耳もとでささやいてほしいな」目を輝かせて答える。「それに、ぼくには特別な才能があるなんて言ったりしないさ。楽しい趣味でしかないんだから」

「アレックスはそうは言ってなかったけど」ハニーはランスを真剣なまなざしで見つめながら、ゆっくり言った。「それにアレックスの図書室にあった絵のような作品がほかにもあるなら、趣味なんかじゃないわ。あなたはとてつもなくすばらしい画家よ、ランス」

「今朝のアレックスはかなりおしゃべりモードにはいっていたに違いないな。きみに気に入ってほしいのは絵の才能じゃない。ほかにもぼくのすばらしい点を知りたくないかい？」

「いいえ」即座に答えると、とがめるような目をランスに向けた。「あっちのほうの特別な才能はみんなが知っている記録に載っているわ。わたしは公にされていない才能のほうに興味があるの。どうして個展を開いたことがないの？　あんなにすばらしい才能を世間から隠しておくなんてフェアじゃないわ。偉大な才能にはある種の責任がともなうのよ」

ランスはため息をつき、あきらめたような顔で首を横に振った。「絵のことになると、きみという人はその見事な白い歯で食らいついて、満足のいく答えを見つけるまで納得しないんだね」ランスの顔は真剣だった。「ほんとうのことを言うと、個展はできないんだ。これまでの悪事がぜんぶばれてしまうから」

ハニーが目を丸くした。「悪事？」

ランスはつらそうにうなずいた。「絵の専門家のなかにはぼくの技法に気づく人がきっと出てくるし、アレックスもぼくも刑務所は好きじゃない」

「いったいなんの話をしているの？」

「セディカーン石油会社は二年前に破産した」ランスはハニーを見ずに言った。「アレックスとぼくが世間にばれないように詐欺で稼いで、金だけは会社に注ぎこんできた。カリムじいさんが面目を失うのを、指をくわえて見ているわけにはいかなかったんだ」

「詐欺って？」ハニーはつぶやくように言った。

「ぼくが絵を描き、アレックスはその絵がしかるべき人の手に渡るように慎重に段取りを組んで、失われた傑作が奇跡的に発見されたかのように手はずを整える。一年半前のことだけど、ミュンヘンのとある地下室に埋もれていたレンブラントが発見されたのは知っているよね？」

ハニーはうなずいた。

「あれもぼくの絵なんだ」ランスは悲しそうに言った。「会心の作のひとつだった。手放したくはなかった」

「贋作《がんさく》ということ?」ハニーがかん高い声で言った。「あなたは贋作画家なの?」

「そんなふうに露骨に言わなくても」ランスはたじろいだ。「かなり手間暇がかかるし、ほかの画家の技法をまねするにはある意味、天賦の才能も必要なんだ。フェルメール自身が描いた絵より、ぼくのフェルメールのほうがずっと時間も労力も費やされているんだぞ」

「フェルメールですって?」ハニーはしだいに気が遠くなってきた。わたしは頭がおかしくなりかけているのかしら。

「ピカソの『鏡の前の少女』も去年の夏にアントワープで見つかった」ランスはさらりと言った。

「まあ、なんてこと」ハニーはため息をついた。あんなにすばらしい才能を、卑劣な信用詐欺で無駄にするなんて。なんだか気分が悪くなってきた。「あれもそうだったの?」

ランスは目をそらしたままゆっくりうなずいたが、ハニーは彼の両目が挙動不審の人のように光っていることに気がついた。この告白がランスにとって容易なことではないのは明らかだ。

ランスは考えこむように言った。「いちばん挑戦のしがいがあったのは『モナ・リザ』かな。あの絵には微妙な陰影が求められて……」ハニーがショックで口をぽかんと開けているのを見て、ランスはとうとうこらえられなくなった。いきなり吹きだすと大声で笑いだした。体をほとんどふたつに折り曲げ、痙攣しているように体を震わせながら大笑いしている。

「ああ、まったく、赤子の手をひねるようなものだな」涙を拭きながら、あえぐように言った。「ハニー、きみってほんとうに信じられないような人だ。教えてくれ、きみはブルックリン橋を買ったことがあるかい？」

「全部冗談だったの？」ハニーは狐につままれたような顔をして尋ねた。ランスがうなずくと、激しい痛みと怒りが体のなかを駆けめぐり、呆然となった。本気でランスをかわいそうだと思ったのに。「さぞかし間抜けに見えたことでしょうね、殿下」

ランスの顔からあっという間に笑みが消え、心配そうな表情になった。「ハニー、そんなつもりじゃ……」

「わたしは騙されやすいみたいだから」両目から涙をぽろぽろとこぼしながら、ハニーはランスの言葉を遮った。「それはそれは、おもしろかったでしょうね。でも、わたしは光栄に思うべきなのよね。あとでアレックスに話して大笑いできるような愉快な逸話《エピソード》を提供できたんだもの」ハニーは唇を震わせながら大きく息をついた。「わたしがここまで間抜けだなんて知っていた？　あなたに同情してしまうなんてね。あなたは物事を深く感じ取れる人だと思っていたのよ。まったく、わたしったら、どれほどおめでたいのかしら？　綺麗な蝶《ちょう》は考えたり感じたりはしない。ただ人生の上っ面をひらひら飛びまわって、いいところを見せようとするだけなのよ」ハニーは苦々しげに声を荒らげた。「そういう人たちだって、物事を正面から受け止めることもあるとか、ほんとうの姿は違うなんて、誰も思わない。そのことを忘れてしまうなんて、うっかりしていたわ。もう二度とこんな失敗はしないから」

ハニーは弾かれたように立ちあがって走りだしたが、数メートル行ったところでランスに追いつかれた。肩をつかまれ、ぐいと振り向かされる。「ぼくは蝶なんかじゃない!」激しい口調にハニーは少し怖くなった。「ぼくはなにもわかっていないし、からかったらきみを傷つけることになるなんて気づきもしない大ばか者かもしれない。でも、きみが思っているような冷淡なろくでなしじゃない。いつかかならずきみの神経の細やかさに合わせられるようになる。でも、誰にでも見せるために、心のうちをさらけだすのはいやだ。そう思うことのいったいどこがいけないんだ?」

「いけなくないわよ。誰にだって感情があるってことを認めるのならばね」とハニーはぴしゃりと言い返した。「でもあなたはそうじゃない。違う? あなたにとって絵を描くことは、きっとものすごく大きな意味を持っているんでしょう。そんなことはわたしにだってわかるわ。でも、あなたはアレックスに対してさえも、楽しい暇つぶし以上のものだということを認めようとしない。あなたが世界に与えられるものはとても特別なものなのよ。どうしてその事実とちゃんと向き合わないの？　どうして恥ずべきものみたいに隠し続けるの？」

　ランスはハニーと同じぐらいこわばった厳しい顔をしていた。「きみになにがわかる？」青い目をぎらぎら光らせ、吐き捨てるように言う。「そうだよ！　すごく大切だ。たぶん、ぼくの人生でたったひとつの大切なことだ。これで満足か？」

「いいえ！」ハニーは大声で言った。「どうして個展を開かないの？」

「とても大切だからだよ」ハニーと同じぐらい荒々しい口調で言い放った。「セレブの画家として有名になろうとしているとでも思っているのか？　絵を描くことには重要な意味があるんだ。仕事もしないでぶらぶらしているプレーボーイが遊び半分に描いた作品だと言われて、笑われたくない」

「でも、ちゃんとした批評家はそんなことしないわ」ハニーは反論した。「そんなことできないわよ。ひと目見れば、あなたがとても優れた画家だってわかるんだから」

「へえ、わかるんだ？」皮肉をこめて、ゆっくりと言葉を返す。「きみはちょっと騙されやすいということで意見が一致したみたいだな。ただ、食うや食わずの清貧の画家はちゃんと受け止めてもらえるが、王族の血をひいている者はそうじゃない。ぼくの絵が売れないとは思わない。でも買っていく人はお盛んな《ラスティ》ランスが描いた絵を飾って、話の種にしたいだけかもしれない。そこまではぼくにはわからない。だが、そんなことがあってたまるか。だったら、絵はさびれた倉庫に山積みにしておくほうがまだましだ」

思いがけずランスの激しい情熱を目の当たりにしてハニーは息をのんだ。彼の絵に対する情熱と、痛みをともなう苦しみを思うと、胸が張り裂けそうだった。「あなたはまちがっている」かすれた声でささやいた。「すごくまちがっている。そんなことにはならないわ」「いや、まちがっているのはきみのほうだ」ぶっきらぼうに言った。「これまでもいやというほど見てきているんだ。一生、作品を隠しとおすよりも、きみが望んでいるような成功のほうがはるかにいらだたしいと思い知らされるのが落ちだ」「でも、そんなのもったいないわ」この数分のあいだに次から次へとこみあげてきた感情が、突然、どうしようもないほどの苦痛となって襲ってきた。ハニーの目に涙があふれ、ゆっくりと頬をつたう。「許せないぐらいもったいない」ランスはひどく驚いた表情を浮かべたまま、ゆっくりと手を上げ、ハニーの濡れた頬に触れると、涙のあとを恐る恐るたどった。「ぼくのために？」不思議そうに言う。「いままで誰かがぼくのために涙を流してくれたことなんてなかったと思う。うれしいものなんだね」「あなたのために泣いているんじゃないわ」声を詰まらせながら、ハニーは言った。「あなたはいままでに仮面の下に隠しているほんとうの気持ちを誰かに示したことはあるの？　気持ちを明かす価値のある誰かに？」

「やっぱり気が変わった。うれしくなんかない」ランスはかすれた声で言った。「もうやめてくれよ、ハニー。こんなことには耐えられない」

「それは残念ね」涙がとめどなく流れ落ちる。「わたしだってうれしくないわ。あなたのためになんて泣きたくない。あなたにそんな価値はないもの」

「わかっている」謙虚と言っていいほど素直に認めると、ハニーを腕に引き寄せ、慰めるように抱きしめた。ランスはハニーのこめかみにそっとキスをした。「でも流してしまった涙は取り返せないよ。きみがぼくにくれたんだから、いまはもうぼくのものだ。心臓の近くのどこか特別な場所にしまっておいて、ひどく落ちこんだり、悲しいときに取りだすつもりだ」ランスはハニーをそっと揺すった。「そして、涙をじっと見つめて、自分に言い聞かせるんだ。『ほら、見ろよ。おまえの人生、そんなに悪いものじゃないだろう、ランス。ハニーはおまえのために泣いてくれたんだぞ』って」

「あなたはばかよ」ハニーは泣きじゃくりながらランスに腕をまわし、しっかりと抱きしめた。「あなたはどうしようもない大ばか者よ。それなのに、どうしてわたしはこんなふうに抱かれているの？」

ランスの手がハニーの髪をやさしく撫でていた。「道化者のアルルカンにはしっかり者の恋人コロンビーナがつきものだからだよ」そっとささやく。「やっとぼくも自分のコロンビーナを見つけたみたいだ。ほら、きみはこの腕のなかにしっくりおさまっている」

ハニーは赤茶色の豊かな胸毛に顔をうずめ、なめらかな頰にあたるやわらかい感触を味わっていた。石けんと潮風、そして力強く男らしい麝香の香りがした。しかし妙なことに、抗いがたいほど相手の体を求めてしまう磁力は感じなかった。こんなことはふたりが知り合ってから初めてだ。守られ、甘やかされている感覚と、苦しくなるほど切ないやさしさだけを感じていた。

ランスの手で上を向かされると、そこには驚くほど張りつめた表情を浮かべたランスの顔があった。「ハニー?」ランスは真剣な声で呼びかけた。

ハニーはすっかり戸惑って首を横に振った。ランスがなにを求めているのか、はっきりわかっているわけではなかったが、嵐の真ん中に放りこまれたようないま、自分が受け入れきれないほどのものを求められる気がした。「まだ待って、ランス。お願い、もうちょっと時間をちょうだい」

ランスはしばし考えこむようにハニーを見つめたが、ゆっくりとうなずいた。「もう少しぐらいなら待てると思う」彼がささやいた。「でも時間がたつにつれ、どんどんむずかしくなっていく。そのことは覚えておいてほしい。いいね、ハニー?」

ランスと同じぐらいまじめな顔をしてうなずいた。「ええ、覚えておくわ」

「よかった」とランスは体を屈めて、これ以上望めないほどやさしくキスをした。「きみはほんとうに魅力的だよ」

あなたもよ。ハニーが夢見心地で思っていると、ランスがしぶしぶ体を離した。なんて力強くて、美しくて、しかも驚くほどやさしいのかしら。

「行こう」ぶっきらぼうに言うと、ハニーの腰に腕をまわし、毅然《きぜん》とした態度でコテージのほうを向かせた。「ぼくの意志はあっというまにくじけてしまう。〝裏切りの騎士〟としても知られていたランスロットにちなんで名前をつけておきながら、そこにさらに地味な名を足してぼくの名前にしてしまうなんて、両親は趣味が悪いとしか思えない。でも、ぼくが光り輝く鎧《よろい》をつけた騎士じゃないことは保証できるよ」

そのとき、ハニーにとってはランスこそが騎士に思えた。我慢することと自分を抑えることと。このふたつは世間に知られているランスの性格には含まれていない。それだけに自分を律している姿はすばらしいとしか言いようがなかった。

「それで、夕食は〈フォリー〉に行って食べる?」からかうように片眉を上げて、ランスは訊いた。「きちんとエスコートすると約束する。きみが寛大にも許してくれた、不作法なふるまいを償うために」

ハニーは首を横に振った。「いいえ」穏やかに答える。「ほんとうは行きたくないんでしょう?」横目でちらりとランスを見ると、口もとに楽しそうに笑みを浮かべた。「アトリエに戻りたがっている。違う?」

ランスは顔をしかめた。「あんなまねはもう二度としない」ランスはそっけなく言ったが、ハニーは彼が否定していないことに気がついていた。「夜は全部きみのために使うつもりだ。もしアレックスが加わるのがいやなら、ふたりでなにか別なことをしよう。なにがしたい?」

　この小さな島にありとあらゆる選択肢がそろっているかのような口ぶりだった。

「そうねえ、パヴァロッティのコンサートと、バリシニコフ振り付けの『くるみ割り人形』のどちらかを選ぶなんてむずかしいわ」ハニーは眉間にしわを寄せ、ものうげに言った。「じゃあ、おもしろい本を読んで、早く寝ようかしら。本はアレックスがたくさん貸してくれたし、あなたはいったん絵に戻ったらわたしの邪魔をするとは思えないから、早く寝ることになると思うけど」

「言っただろう、ぼくは……」我慢しきれずにランスが口をはさみかけた。

「ええ、わかっている」ハニーはなだめるように言った。「でも、あなたももう学んだと思うけど、わたしたち田舎者は高い身分にともなう義務《ノブレス・オブリージュ》には慣れていないの」ランスにやさしくほほえみかける。「あなたには絵を描いていてほしいのよ、ランス」

「本気で言っているのか？」困ったような顔をして尋ねた。

「もちろんよ」ハニーは穏やかに答えた。「あなたが夜、姿を消してしまう前になにか簡単な夕食を作れるかどうか見てみるわ」

ランスは一瞬黙りこんだ。「アトリエでぼくのそばにいてくれないかな？」ためらいがちに提案する。「カウチはかなり座り心地がいいし、もし本を読むつもりなら、コテージのどこよりも明るいよ」

ハニーは驚いてランスの顔をまじまじと見た。「描いているときに、近くに人がいても気にならないの？」

ランスはなんとなく自信がなさそうに肩をすくめた。「わからない」素直に認める。「アトリエに人を入れたことがないから。ただ、きみがそばにいてくれたらいいなと思って。ぼくたちふたりとも、慣れるまでに時間がかかるかもしれないけど」ハニーの腰にまわした腕に力がはいった。「一緒にいてくれるかい、ハニー？」

突然、喉に熱いものがこみあげてきた。ハニーは必死にこらえ、あわててランスから顔をそむけると、目に浮かぶ涙を見られまいとした。「ええ、一緒にいるわ」そっと答えた。

5

絵を描くという芸術的な活動に打ちこむ男の人を見ているのが、こんなにそそられる経験だなんて、想像もできなかったわ。ハニーはうっとりとしながら思った。キャンバスを走る絵筆がたてる聞き取れないぐらいかすかな音。ランスが重心を移したり、別な絵の具のチューブに手を伸ばしたりするときの静かな気配。テレビン油や油絵の具独特のにおいさえも、どこか刺激的だった。ハニーは切なそうに笑みを浮かべた。テレビン油のにおいが官能的に思えるなんて、ほんとうに酔っているに違いないわ。いっそ素直になって、わたしが酔っているのは彼なんだって認めちゃったらどう?

目を険しく狭め、イーゼルの上のキャンバスを食い入るように見つめているランスの真剣な顔から、ハニーは目が離せなかった。部屋の反対側に置かれたクリーム色の合成皮革のカウチでくつろぐハニーからは、絵そのものは見えなかったが、代わりにランスの姿はよく見える。

むしろランス自身が絵画のようだとハニーは思った。ランスが着ているのは、この日の午後と同じ色褪せたジーンズに、コテージに戻ってきてからはおった着古したシャンブレー織りの青いワークシャツ。袖は肘までまくり上げられ、日に焼けた筋肉質の前腕があらわになっている。シャツのボタンは無頓着に腰のあたりまではずしたままだ。ハニーのところからは、ランスに合わせてしなやかに動く肩の筋肉や、シャツの明るい青を受けて深みのあるサファイア色に変わった目を見ることができた。

サファイア色の目が突然、ハニーに向けられた。彼女は膝の上に乗せた本をすっかり忘れて座っていた。赤銅色のランスの顔にこぼれんばかりの笑顔が弾ける。「大丈夫?」ランスはやさしく尋ねた。「退屈していない?」

「大丈夫よ。アレックスが貸してくれたこの推理小説がとてもおもしろくて」ハニーは臆面《おくめん》もなく嘘をついた。夕方、アトリエにはいってから何時間もたっているが、本は一ページも進んでいなかった。ランス・ルビノフという人の形を借りたこのうえなく胸をときめかせるミステリーに夢中になりすぎて、読書どころではなかった。「もう少しコーヒーはどう?」

「いまはいい」うわの空の答えが返ってくる。彼の注意は目の前にあるキャンバスに戻っていた。「そこにあるアフガン編みの毛布を使うといい。涼しくなってきたから、そんなショートパンツじゃ脚が冷えるぞ」

夕方のまだ早い時間のことだったが、ハニーがこの白いショートパンツに着替えて出てきたときにランスが見せた熱を帯びた視線を思いだして、彼女は口もとをほころばせた。いまならフェンスの支柱にだって脚の代わりができるわね。ランスの関心はわたしにはないんだから。ハニーは素直にベージュとバラ色の糸を使ったアフガン編みの毛布をかけると、満足げにあたりを見まわした。

アトリエはハニーの寝室よりもかなり広かったが、家具はずっと少なく殺風景だった。ハニーが座っているカウチのほかには、壁際に追いやられた絵の具の飛び散った大きな作業机しかない。上にはさまざまな絵の具や絵筆が散らばっている。イーゼルは部屋の中央に据えられている。キャンバスはいたるところに置いてあった。ビーチが見渡せる窓の下の壁に立てかけられているものもあれば、部屋の隅に無造作に積み重ねられているものもあった。ランスがクローゼットの扉を開け、棚からアフガン編みの毛布を取りだしたときに、完成している作品が何点か、なかに適当に突っこまれ、立てかけられているのをハニーは目にしていた。価値のある絵をわざとぞんざいに扱っているランスに文句のひとつも言いたい衝動にかられたが、この至福のひとときを台無しにするつもりはなかった。

夜の早い時間にアトリエのなかを歩きまわり、いい加減な扱いを受けているキャンバスを目にしたときには、うずくような痛みを感じた。見ているうちに、次から次へとすばらしい作品が出てきた。最後のキャンバスを脇に置き、ゆっくりとカウチに向かったときには、それぞれの絵が発する力と情熱にすっかり酔っていた。

　この絵を誰の目にもつかないところに隠しておくなんて、悲劇以外のなにものでもないわ。ハニーは思った。ランスに個展を決意させる方法がどこかにあるはずよ。どうすればいいのか、まだわからないけれど、あきらめるつもりはないわ。でも、いまはとりあえずここにいて、ランスの男らしい顔に浮かぶ、豊かな表情の変化を眺めていられればそれでいい。そして、ランスから放たれるすばらしい生命力をわたしに注ぎこんでもらおう。まるで光り輝くオーラのように彼を取り囲んでいる力を。それだけで充分だ。ハニーは腰をずらしてカウチに横たわり、クッションに頭を預けると、毛布を肩まで引き上げた。ペーパーバックは床に置いた。ランスはたぶん何時間もこっちを見ないんだから、部屋の向こうにいる赤い髪の男以外のものに関心があるふりを続ける必要なんてないわ。

　ハニーはあたたかく力強い腕に抱かれて運ばれていた。あのうっとりするほどたくましい胸に顔を押しつけていることにすぐに気がついた。ハニーは甘えて頬を寄せた。「ランス？」眠そうな声でつぶやく。

「しーっ」ランスがそっとささやいた。「眠っていていいよ、ベイビー。ベッドに連れていくだけだから。もう夜も遅い」

「絵は描き終わったの？」ハニーはうとうとしながら、あたたかくて頼もしい胸に顔をすり寄せた。

「ほとんどね。あとちょっと背景に手を入れるだけだ」

ハニーは弾力のあるやわらかなベッドにそっとおろされた。やがてマットレスが沈んだかと思うと、となりに腰かけたランスがハニーの着ている淡紫色のシャツのボタンを静かにはずしだすのがわかった。「そんなことしちゃだめ」ハニーは目も開けずに、眠そうな声で言った。抗議というよりは、形だけ文句を言っているようなものだった。驚くほどやさしい手つきのランスに服を脱がされるのは、なんだか自然で、当たり前のことのように思えた。

「このほうがくつろげるだろう」ランスの説明はもっともなような気がした。やがて喉の奥で静かに笑う声が聞こえた。「心配いらないよ、ハニー。今夜、きみを誘惑するつもりはない。へとへとで、これっぽっちも動けそうにないんだ」ランスはハニーが着ていたシャツをすばやく脱がすと、ブラジャーのフロントホックをはずした。「きみに寄り添って眠りたいだけだ。いいだろう？」

「いいわ」とハニーはつぶやいた。あたたかい腕に守られて夜の闇を締めだす。これ以上なにを望めばいいのか、まったく思いつかなかった。

ハニーの残りの服を脱がせてしまうと、ランスは少しのあいだ寝室を離れた。やがてベッドに戻ってくると、デニム地の上掛けの下にすべりこんだ。ハニーを引き寄せ、肩のくぼみに彼女の頭を乗せる。プラチナブロンドの長い髪が絹のようなカーテンとなってランスの胸に広がった。やわらかかな曲線を描くハニーの体に触れると、服をつけていないランスのあたたかい肌がぎゅっと引き締まった。だが、そこには性的な欲望はなかった。小さな男の子がお気に入りのテディベアを抱くように、ただ親愛の情をこめてハニーを抱き寄せていた。「なんてすてきなんだ」半分眠りに落ちながらランスは言った。「こんなふうに一緒にいられたら最高だろう、ハニー？」

ハニーも同じぐらい満たされてうなずいた。愛おしそうにランスにまわした手に力を入れる。すると、穏やかに眠りに落ちていった。

胸の先端をやさしく引っぱられ、熱をともなったかすかな快感がハニーの体じゅうを駆けめぐった。官能の波によって破られた眠りのヴェールの陰にもう一度隠れようと、ハニーはもぞもぞと体を動かした。やがて胸の頂をさわるテンポが速くなったかと思うと、あたたかく力強い手がもう片方の胸を包み、揉《も》みはじめた。眠りのヴェールは完全に剝ぎとられた。

目を開けると、ハニーは夜明け前の薄墨色のなかにいた。燃え立つように赤い髪をしたランスの頭が胸のところにあるのを見ても驚かなかった。ハニーの胸のふくらみに合わせて軽く丸めたランスの日に焼けた手が、彼女の肌の白さを際立たせていた。

「疲れて死にそうだったんじゃなかった？」ハニーは眠そうな声で言うと、手を伸ばしてランスの髪をまさぐった。

ランスは顔を上げて、茶目っけたっぷりの笑顔を見せた。「疲れているとは言ったけど、死にそうだとは言ってないよ。たとえ死んでいたって、たったいま、目を開けたときに映ったこの光景を見たら、イエスが生き返らせたラザロみたいに墓からよみがえったさ」ランスは頭を下げ、すでにボタンのように固くなっている彼女の胸の先をあたたかい舌でそっとはじいた。「きみの服を脱がせたとき、ここは真っ暗だった。そうじゃなかったら、あんなふうにまどろんだりはしなかった。ああ、きみはとびきりすてきだよ、ラブ」

「ありがとう」頬が染まるのを感じながら恥ずかしそうに言う。

「どういたしまして」ランスも同じように礼儀正しく返事をした。もう一度顔を上げたときには、青い目がきらめいていた。「きみがときどき見せるまじめくさった少女のような雰囲気がたまらなく好きだ。ぼくの心をかき乱すこのなまめかしい体つきとは、あまりにも対照的で」

ランスの手がもう一度、ゆっくりとじらすように胸を揉みはじめた。ハニーの体の奥がうずいたかと思うと、あっという間に痛いほどの渇望感へと変わった。「こんなこと、ぜんぜん賢明じゃないわ」固くふくらんだ胸の先端をランスの歯でエロティックにやさしく嚙まれ、ハニーはあえぎながら言った。

「いや」ランスが低い声で答えた。「きみと出会ってからしたことのなかで、一番賢明だと思うよ。もっと早くにこうしなかったなんて、ぼくはどうかしていたに違いない。出会ったときからぼくたちは求めあっていた。そのことはふたりともわかっていた。そうだろう、ハニー？」

ハニーはおずおずとうなずいた。「ええ、そのとおりよ」静かに答える。この単純な真実をとっくに受け入れていたことは、もはや疑う余地もなかった。ほんとうは心やさしいのに強がってばかりいるこの赤い髪をした道化役《スカラムーシュ》がわたしの前に姿を現わすまでは、誰かを欲しいと思ったことなんて一度もなかった。でも、初めて出会ったあの夜には気がついていたはずだわ。後戻りできないこのポイントを、いつか越えることになるだろうと。

ランスはゆっくりと深い息を吸いこむと、愛情のこもった甘い笑顔をハニーに向けた。ハニーは熱い想いがあふれ、喉が締めつけられるような気がした。「後悔はさせない。きみを満足させてみせる。約束するよ」

「わかってるわ」そっと答える。彼がいてくれる、そして、してくれることのすべてがハニーの心を満たしてくれた。ランスならこれからもずっとそうしてくれるだろう。「わたしもあなたを満足させられるといいんだけど」

「うれしいね。どうやってくれるのかな?」彼のもう片方の手が、ハニーの胸のふくらみを包みこんだ。「きみを見ているだけで、ぼくは自分を抑えきれなくなる」つんと固くなった胸の頂を親指で触れられ、胸を満たす官能の波に押し上げられたその瞬間、欲望が体を駆け抜け、ハニーはうち震えた。ランスの手がシルクのようになめらかな肌をそっとたどって下腹部のやわらかなところに伸びてきた。「きみはまるで命を与える最初のひと筆を待つまっさらなキャンバスのようだ」ついばむようなキスをしながら、ランスの唇がハニーのへそまですばやく下りてきた。彼の歯に腹部のやわらかいところを何度も軽く噛まれ、ハニーは激しくあえいだ。「情熱的な緋色《ひいろ》できみを彩りたい」ランスはそっとハニーの腿を押しひらいた。「そして達成感を表わす金色で陰をつける」火照っている体の中心をランスの手で愛撫されているうちに、ハニーは信じられないほどの興奮をかき立てられ、短いあえぎ声をもらし続けた。ランスは顔を上げると、満足げにほほえんだ。「やがてぼくの腕のなかで眠りに落ちたら、濃いバラ色で満足感を塗り足して、きみを輝かせる」経験豊富な巧みでエロティックな指遣いに、ハニーの体を熱い震えが走った。快感でぞくぞくする。「ありとあらゆる愛の色を使って、きみを塗らせてくれるかい、ハニー?」

「ええ、もちろんよ」ハニーはあえいだ。まるで炎で撫でられているようだった。「ねえ、ランス、お願い」

ランスはハニーにおおいかぶさると、太腿を分け、脚のあいだにすばやく移動した。体を前に倒し、ゆっくりと熱く甘いキスをする。「もう我慢できない」胸を大きく波打たせながら、絞りだすようにささやいた。「永遠かと思うぐらい、ずっと待っていた気分だ」

「じゃあ、もう待たないで」そうささやくと、ランスの顔を引き寄せ、唇を開く。ランスは湿った甘い口に舌を侵入させた。これまで感じたことのない興奮にハニーの舌は激しく応じ、ランスは喉の奥でうめいた。

ランスがすばやく腰を突きだすと、ハニーの悲鳴が彼の口にのみこまれた。ランスは顔を上げると、びっくりして動きを止めた。驚きの表情を浮かべ、ハニーを見下ろす。「ハニー?」困惑して声をかけた。

「気にしないで」ランスの肩をぎゅっとつかんだまま、熱に浮かされたようにささやいた。言葉では言い表わせない興奮が彼女を襲っていた。天にも昇るようで、それでいてじれったく、もっと満たされたくてもどかしかった。「お願い、やめないで」

「ああ、なんてことだ。思ってもいなかった」かすれた声で言うと、ランスは腰をリズミカルに突き動かしはじめた。火花が飛び散るような熱が送りこまれ、ハニーは興奮の頂へ駆け上がろうとしていた。腰にまわした手でヒップをつかまれて深く貫かれるたびに、もっとひとつに溶けあいたくて身をよじった。

腰を動かしながら耳もとでしきりに、もっと欲しい、すてきだと情熱的な言葉をささやきかける声を聞いているうちに、ハニーはランスが約束してくれた虹色の光に包みこまれた。ランスは教えてくれなかったわ。絶頂って太陽が信じられないぐらい強烈に輝き、最後にはすべての色が溶け合ってしまうことだなんて。

疲れきったふたりはしっかりと抱き合ったまま気だるく横になり、数えきれないほど多くの色が襲ってきた嵐の余韻に浸っていた。やがてハニーは彼の肩のくぼみに自分の頭を預けた。早鐘のように激しく打っていたランスの鼓動がハニーの手の下で徐々に落ち着きを取り戻すにつれ、ハニーも安らぎを覚えた。「あなたは教えてくれなかったわ」ハニーは夢見心地で言った。「与えあうときの深紅と、この心地よい疲れを表わすラベンダーの薄い紫色のことを」

ランスの唇がそっとハニーのこめかみに触れた。「ぼくだって、これまで知らなかったいくつもの色を自分のなかに見つけたよ」やさしく彼女の髪を撫でながら、かすれた声で言う。「あるなんて夢にも思わなかった色もあった。きみはすばらしい芸術家だよ、ハニー・ウィンストン」一瞬、髪を撫でる手が止まり、心配そうな声で言った。「きみにはものすごく驚かされた」

「わかってる」顔をしかめて言った。「友だちのナンシーにはっきり言われたわ。二十四歳にもなってヴァージンなのは、この地球上でわたしぐらいのものだって。あなたをがっかりさせるんじゃないかと、ほんとうはちょっと不安だったの」ハニーは顔を上げると、心配そうにランスを見つめた。「わたし、ちゃんとできた？」

ランスが慈しむようなキスをした。ハニーはそのやさしさに胸がうずき、喉が詰まった。「きみは最高だったよ、ラブ」彼はハスキーな声で言った。「あんなふうに感じたのは生まれて初めてだ。全身でぼくを抱きしめ、愛してくれているみたいだった。自分の幸運が信じられなかったよ」

「わたしも」静かにそう言うと、おもしろがるように目を輝かせた。「みんながみんな、お盛《ステ》んな《ィ》ランスみたいな有名な専門家に、セックスの奥深さを手ほどきしてもらえるわけじゃないのよね。わたしは例外なんだって思わなくちゃ。こんなに洗練されてない獲物を吟味するなんて無駄なこと、いつもはしないに違いないもの」

ランスは不機嫌そうに眉根を寄せた。「そんなふうに言われるのはおもしろくないね」ぶっきらぼうに言う。「ぼくたちは抱えているものが違うんだ。前にも言っただろう？　さあ、口を閉じて、こっちにおいで」ランスは彼女の頭を肩のくぼみに押し戻すと、きつく抱きしめた。「それに、ぼくはラスティ・ランスっていうあだ名が嫌いだって言わなかったか?」「いいえ」さらに近くにすり寄りながら、ハニーは答えた。「わたしは自分の名前をぞっとするほどひどいと思っているって、言っていなかったかしら?」「そんなようなことを聞いた気がする」ハニーの髪を指に巻きつけながら言った。「ぼくはきみの名前が気に入っているよ。呼ぶたびに愛の言葉をささやいているような気持ちになる」ランスはハニーのまぶたにそっとキスをした。「ハニーは甘い」唇が耳に移動し、耳たぶをやさしく嚙んだ。「ハニーはやわらかい」今度は口まで動くと、挑むように舌を差し入れ、貪《むさぼ》るように絡ませた。唇が離れたときには、ふたりとも息が荒くなっていた。「ハニーは熱い。もう一枚、絵を描きたくなってきた」

ハニーは目を丸くして驚いた。「えっ、もう?」

ランスは含み笑いした。「アトリエに何枚のキャンバスがあると思っているんだい?」穏やかに尋ねる。「ぼくはとっても多作な画家なんだ」ランスの手がハニーの胸に近づき、先端を軽く愛撫すると、体じゅうを官能の熱が走り、彼女はうち震えた。「それに、きみは絶え間なくインスピレーションを与えてくれる泉だとわかってきた」

今度は唇が胸に下りてきて、固くなったピンク色の頂を舌が触れると、ハニーもまた、さっきよりもさらにインスピレーションが湧いてくるのを感じた。「なんて美しいんだ。ぼくはほんとうにきみのことを描きたくなった。いまのありのままのきみを。モデルになってくれないか、ハニー?」

アレックスの言葉を思いだし、鋭い痛みがハニーの体を駆け抜けた。ランスは愛情を感じている人の絵を描くのが好きじゃない。アレックスはそう言っていた。ということは、ハニーは彼が〝愛情を感じている人〟に含まれないということだ。いったいなにを期待していたの? ランスは永遠の愛の絆を感じているそぶりなんて一度だって見せたことがないじゃない。彼が与えてくれるもので満足しなくちゃ。

「もちろんよ」ハニーはわざと軽い口調で答えた。「でも、ひどい女に描かれても文句は言えないわね。なにせ世界じゅうで一番たくさん、プライベートな女性の絵のコレクションを持っている人に違いないんだもの」

ランスはなにか言いかけたが、ハニーは手で口をおおって彼を黙らせた。「ひとつ条件があるんだけど」

ハニーが口から手をどかす前に、ランスは手のひらに何度もキスをした。「どんな条件?」

炎のように輝くランスの頭に手を伸ばすと、ハニーは自分の胸に引き寄せた。「わたしにもちょっとは芸術家の素質があるってわかったから」明るく言う。「自分の絵を描いてみたいの。どうしたらいいか教えてくれるでしょう?」

「ああ、もちろんだよ、スイートハート」青い目を輝かせてくすくす笑うと、敏感になっているハニーの胸の頂を軽く嚙んだ。「まずキャンバスを用意しなくちゃいけない」

そしてレッスンが始まった。

ハニーが目を覚ましたのは午後遅い時間だった。傾いた太陽の光が窓から射しこみ、殺風景な部屋が穏やかな表情を見せていた。

ハニーは満ち足りた気分で伸びをした。それから、心地よい気だるさを感じながらデニム地の上掛けを跳ねのけた。ランスは彼女を起こさずにいなくなっていた。がっかりして心が痛んだが、そんな思いをぎゅっと押しつぶした。たぶんアトリエに戻ったんだわ。彼に特定の愛人がいて、その人の誘惑と張り合わなきゃならないわけじゃないんだから。もっとも、ライバルになりうる人がいたとしたら、相手として不足のない敵になるつもりではいるけれど。

ハニーはすばやくシャワーを浴び、髪を洗うと、ヘアドライヤーを持ってこなかった自分の浅はかさにぶつぶつ文句を言った。潮風にさらされた長い髪は、こまめに手入れをしたり、洗ったりしなくちゃいけないのに。ああ、そうだ、外に出ればいいのよね。日が暮れる前に太陽の光が乾かしてくれるもの。

仕立てのいいネイビーブルーのショートパンツをはき、空色のブラウスをはおると、胸の下で裾を無造作に結んだ。コテージを出るときに靴を履いたりはしなかった。裸足で踏みしめる砂はクッションのようで気持ちがいいのだ。潮が満ちてきていた。海沿いを颯爽《さっそう》と歩いていると、波が爪先をなめるように洗っていく。ハニーはときおり両手で髪をとかし、そよ吹く風がその髪をやさしく乾かしていった。

日没が近かった。緋色からスミレ色へと移りゆく壮麗な光のグラデーションが、鏡のように穏やかな水面《みなも》に映っていた。ハニーは足を止めると、息をするのも忘れてじっと見入った。

「神々しい景色だ。でもぼくたちが一緒に描いた絵のほうがずっといい」

ハニーは振り返ってランスと向かい合い、熱い思いを秘めた笑みを見て顔を輝かせた。

「わたしもそう思う」穏やかに言う。「わたしたちのほうが色彩豊かで鮮やかだわ」

バラ色の夕陽を浴びてランスの肌は金色のつやを帯び、サファイア色の目の上では髪が炎のように輝いていた。ランスもまた裸足だった。白いシャツの裾をジーンズのなかにたくしこんでもいなければ、ボタンも留めていなかった。

「アトリエに戻ったのかと思ったわ」

驚くほどまじめな顔をしてランスは首を振った。「長い散歩をしていた。考えなきゃいけないことがいくつかあってね」

ハニーは体を寄せた。「まだ絵を描きに戻っていなくてうれしいわ」愛くるしい笑みを浮かべながらつぶやいた。「もう一レッスンしてもらえるように、あなたを誘惑できないかしらって思っていたの」

「つまり、〝誘惑する〟がキーワードっていうわけだな」ランスの瞳の奥で炎が揺らめきはじめた。「うれしいぐらい飽くことを知らないお嬢さんになったものだな、ハニーは。もうちょっと練習したら、ぼくにレッスンをしてくれるようになるんじゃないか？」

ハニーは一歩近づき、シャツをはだけたランスのたくましい胸に自分の胸を押しつけた。「今日の午後は、そんなわたしをいやがっていなかったわ」明るくほほえみ、ランスをじっと見つめる。

「ああ、いやがってなんかいなかった。そうだろう？」低い声で訊いた。「もっときみが欲しい。出かける前にきみを起こして、もう一度愛し合いたくてしかたなかった」

「どうしてそうしなかったの？」そう尋ねると、両手をランスの胸から肩へすべらせ、そのまま首にまわして、うなじに垂れる細かく縮れた髪を指に巻きつける。ハニーの唇が軽く顎に触れると、ランスははっと息をのんだ。

突然、首にまわしていたハニーの腕を邪険に振りほどくと、思いきり押しのける。「だめだ。ハニー、ぼくから離れていてくれ」厳しい口調だった。「もう充分に厄介なことになっているんだから」

ハニーは傷つき、困惑してランスを見上げた。「いったいどうしたの?」かすれた声で訊く。スミレ色の目に溜まった涙がきらりと光った。わたしがあまりにも積極的だから、からかっているんだわ、きっと。でも、からかっているふりをして、じつは本音が隠れているのかもしれない。ハニーはゆっくり後ずさりした。考えただけで心が引き裂かれそうになり、その痛みを隠すために目を伏せる。「少しは大目に見てくれないと」無理に笑顔を作りながら、明るく言った。「だってわたしは初心者なんだもの。なにがよくて、なにがいけないのか教えてくれなくちゃ」

「ああ、なんてことだ、きみを傷つけてしまうなんて」いらだたしげに髪をかきむしりながら、ランスはうめくように言った。「そういうことじゃないんだ。きみを拒絶しているわけじゃない」

「拒絶しているようにしか聞こえなかったけど」ハニーはそのまま彼を見ないで言った。

「でも謝ってくれなくてもいいのよ、ランス。よくわかっているから」

ランスは思わず一歩踏みだし、ハニーに手を伸ばしかけた。しかし、ふと動きを止めると、両手をだらりと落とした。「ハニー、ぼくはきみに夢中だ」ひどく怒ったような口調で言う。「きみに触れずにいるなんて絶対に無理だ。今日の午後、それがよくわかった。ぼくが知っている女性のなかで、きみほど心があたたかくて、人の気持ちに敏感な人はいない。そのあたたかさをほんの少し、このぼくに向けようとしてくれているのに、それを思いとどまらせるなんて絶対にできない」

「じゃあ、なにが問題なの？」スミレ色の目を上げ、戸惑った様子でランスの目を見つめた。

「あなたはわたしを欲しくて、わたしもあなたを……」

「そんなに簡単なことじゃない」ランスは顔をしかめた。「きみは初めてだった」

ハニーは驚いて口をぽかんと開けた。「いまになって心配するなんて、ちょっと遅すぎると思うんだけど」皮肉っぽく言う。「そんなことで思い悩むようには、ぜんぜん見えなかったわ」

「いいか、ぼくは自分勝手なろくでなしみたいにふるまった」ランスは眉をひそめた。「どうかしていたんだと思う。きみはぼくの心を酔わせてしまうんだ」自分自身にいらだち、こぶしに力がはいった。「きみに経験がないなんて夢にも思わなかった。ピルを飲んでいるものだとばかり思っていたよ」

「ピル？」ハニーにはわけがわからなかった。「それにどういう意味があるの？　もしかして、わたしが妊娠したんじゃないかって心配しているの？」おかしくてたまらないというように顔を輝かせ、はじけたみたいに笑いだした。

ランスの眉間のしわが深くなった。「まったく。おもしろがってくれるとはな」憤然として言う。「ぼくたちは島にいるんだ、わかっているのか？　本土に電話をして、飛行機で持ってきてもらうこともできるが、アレックスやほかの人にばれるに違いない。そうなったらきみが恥ずかしい思いをするんじゃないか。そう思ったんだ。ばかみたいだけど、きみを守ろうとしていたんだよ」

ハニーはかぶりを振った。愛情のこもった笑みが唇に浮かんでいた。「わたしのほうがあなたを守っているんだとばかり思っていたわ」やさしくランスに思いださせた。「心配しないで、ランス。妊娠はしていないわ」

「だからきみは騙されやすいって言うんだ」そっけなく言う。「心配すべきだろう。いったいどうして心配じゃないんだ？」

ハニーは思った。ほんとうは繊細なのに豪胆なふりをする、サファイア色の目をした愛しい赤毛のスカラムーシュの思いを知って、切ないほどの愛しさでいっぱいだからよ。だって、あなたの分身だったら、いないよりいたほうがいいもの。気むずかしくて移り気で、まるで少年のようなあなたを、わたしはこれから先もずっとずっと愛していくんだから。

ハニーは肩をすくめた。「どうしてそんなに取り乱しているのかわからないわ。起こるかどうかもわからないことを心配してもしかたないじゃない」瞳を輝かせて、にっこり笑う。

「あと何週間かはここにいるんだし、わたしにはなにが欠けているのかわかっちゃったんだもの。もし尼僧みたいに暮らすことになったら、呪ってやるから」ランスの顔に魅惑的なちょっと困ったような表情が浮かぶのを見て、ハニーは穏やかに言った。「一生こんな日が続くって思うほど、わたしはばかじゃないわ、ランス。なにがあっても責任を取ってなんて言わない。初めて本気で誰かを好きになる日を二十四年間待っていたんだもの。いま、このときを充分に楽しみたいの」

「なんて広い心の持ち主なんだ」ランスはそう言うと唇をぎゅっと結んだ。ハニーはランスの瞳の奥に苦悩の色がよぎるのを見たような気がした。「きみがこの関係を一時的なものだと思っているなら、ぼくも自分を、夜のうちに通り過ぎる船にすぎないんだと思うことにするよ。これから先のことは、ぼくしだいというわけだ」

「でも、あなただってどうしたらいいのかまだ決めかねている。そのことはとっくに認めていたでしょう?」上目遣いにランスを見つめながら遠慮がちに言った。ランスがハニーから目を離せずにいることに気づき、彼女は舌の先でそっと唇を湿らせた。「でも、もう決めたの。だから迷わない」

「ハニー」戒めるようにランスが言った。

「もう一枚、絵を描きたいわ、ランス」一歩踏みだしながら、ハニーがなだめるように言った。

ランスは思わず一歩退いた。「だめだ。きみにやさしくできるようになるまでは」

「あなたはいつだってやさしいわ」もう一歩近づきながら静かに言う。「あなたの腕に抱かれているときほど大切にされていると思ったことはなかった」

「そう思ってほしいと願っていたよ、ハニー」かすれた声で答える。「きみがあまりにもかわいくて、ぼくは息をするのを忘れてしまいそうなほどだ。きみには自分のことを宝物のように感じてほしかった」

ブラウスのボタンに手をかけると、ハニーはゆっくりはずしはじめた。「宝物は使ってこそ、よりかけがえのないものになるのよ」彼女は静かに言った。「食器棚にしまわれたままの銀食器が、どれほど醜く曇るか知っているでしょう？　わたしを食器棚にしまったりしないで、ランス」ハニーは肩をすくめるようにしてブラウスを脱ぐと、無造作に砂の上に落とした。

ハニーの手がブラジャーのフロントホックにかかると、ランスの目はハニーの胸に釘づけになった。「ビキニが着られないぐらい慎ましかった女性はどこに行った？」顔をしかめてそう言うと、舌の先で乾いた唇を湿らせる。

「太陽はもう沈んだわ。それに一緒に裸で泳ごうって誘ってくれたでしょう？」

「きみがそんなことを考えているなんて思いもしなかったよ」彼はそっけなく言った。ハニーは茶目っ気たっぷりにウインクをした。「じゃあ、ひと泳ぎしましょう」ブラジャーをするりとはずす。「それからベッドでひと泳ぎよ」

ランスは深く息を吸った。「なんてきれいなんだ」その声はかすれ、目はピンク色のバラを戴く瑞々《みずみず》しく張った丸い胸をじっと見つめていた。「すごくそそられるよ」

「それがレッスン全体の目的なんだもの」ハニーはそう言うと、口もとをゆるめた。もう一歩、ランスに近づく。「ねえ、色をコーディネイトして、微妙なニュアンスを出すにはどうしたらいいのか、そろそろレッスンしてくれてもいいころだと思わない？」

「こんなことしちゃだめだ、ハニー」体の横で両手を固く握りしめたまま、かすれた声で言った。「ぼくは人生で初めて正しいことをしようとしているんだ」欲望をかき立てるピンク色の胸の頂にじっと視線を注いだまま、ランスは知らず知らずのうちにもう一度、唇をなめた。「もうこれ以上、我慢できない。頼むから離れてくれ。じゃないと、きみを乱暴に犯してしまう」

ハニーはむきだしの胸のふくらみがランスのあたたかい素肌に触れるまで近づいた。「じゃあ犯してみて。協力するわ」スミレ色の目をいたずらっぽく輝かせ、ふざけた口調で言った。ハニーは爪先立ちになると、愛情をこめてキスをした。「わたしを愛して、ランス」

ランスは喉の奥から飢えた獣のような低いうめき声をもらすと、ハニーをぎゅっと抱きしめた。唇を重ね、ハニーの息ができなくなるほど激しく欲望のままに貪る。ランスの腕に力がはいり、ふたりは向かい合うようにして砂浜にひざまずいた。そのあいだもランスの両手は、ハニーのすべすべしたシルクのような背中のラインを夢中でまさぐっていた。「ハニー、きみが自分のしていることをちゃんとわかっているといいんだけど」くぐもった声でそう言うと、ハニーの顔や喉に燃えるようなキスを浴びせかける。「でも、きみにはぼくがわれを忘れていることがわかっていたんだな」

ハニーはランスの肩からシャツを脱がせ、袖から腕を引き抜いた。「わかっているわ」唇を肩に押しつけながら言った。「自分がなにをしているかはよくわかっている」

ランスの息は荒く、ハニーの唇は早鐘のように打つランスの鼓動を感じていた。「ひとつだけ約束してくれ、ハニー」かすれた声で言うと、ハニーを砂の上に押し倒し、両手でネイビーブルーのショートパンツの留め具をはずしだした。「中絶はだめだ」夕まぐれのほのかな明かりのなか、ランスは青ざめた真顔で言った。「どんなことがあっても、中絶をしてはいけない。いいね?」

ハニーはやさしくほほえみかけた。ランスのような生命力が満ちあふれている人から言われたいと願っていた言葉がここにあった。もっともっとわたしのことを、そして、わたしがどれほど愛しているかを知ってもらわなきゃいけないけど。「わかったわ」ランスを胸に引き寄せながら、静かにうなずいた。「どんなことがあってもね、ラブ」

6

息もできないほど強い風が吹き荒れ、ハニーの髪を盛大に巻き上げるなか、ふたりは〈フォリー〉の玄関ポーチに向かって最後の数メートルを走っていた。ランスはノックもせずに勢いよくドアを開けると、ハニーを急きたてて玄関に押しこみ、後ろ手でぴしゃりと閉めた。

ハニーは無駄だと思いつつも、なんとか髪を撫でつけようとしながら振り返り、笑顔でランスを見た。「ディナーへの招待にはいつ応じたらいいのか、あなたってほんとうによくわかっているのね、ランス。あの風だもの、もうちょっとで飛ばされるかと思った。いまのわたしはさぞかしひどい格好なんでしょうね」

「そんなきみも好きだよ」ランスはやさしく言うと、彼女の乱れたプラチナブロンドの髪、同じように風に吹かれた仕立てのいいクリーム色のスラックス、そしてチョコレート色のシルクのブラウスをなめるように見た。「まるで古代からやってきたみたいだ」そう付け加えて、自分の乱れた髪を撫でつける。「きみの肖像画の背景を変えるべきかもしれないな。ワルキューレなら、実に効果的な印象を与えるために嵐だって呼んだに違いない」

「だからといって、わたしの胸をあらわにして、角《つの》のあるヘルメットをかぶらせたりしないでね」顔をしかめながら、ハニーはそっけなく言った。

ランスは悲しそうに首を横に振った。「一糸《いっし》まとわぬきみを描こうとした、あの最初の日のレッスンで学んだよ。裸のきみはあまりにも目の毒だ」

ハニーの目がいたずらっぽく輝いた。「あの日はまったく描けなかったのよね。芸術家って曇りのない目で客観的にモデルを見るものだとばかり思っていたわ」

「目なんて曇りっぱなしだよ」茶目っ気のある笑みを浮かべて言う。「とくにきみがモデルのときにはね、かわいいハニー。客観的？　五十年かそこらのうちには、ちょっとは客観的に見ることをマスターするかもしれないけど」

ハニーははっと息をのんだ。心の奥深い場所が喜びに震えている。島に来て二週間がたって初めて、ランスがふたりの関係はけっして一時的なものではないとほのめかしてくれた。しかし、だからといって、一生そばにいてくれると思いこんだりはしない。

物心ついてからずっと、ハニーはこんなにも幸せな日々を送ったことはなかった。生まれてこのかたランス・ルビノフほど身近に感じた人もいなかった。体に震えが走るほど、熱く激しく互いの体を求めあったせいだけではない。ふたりの育った環境はまったく違うにもかかわらず、驚いたことに、互いを似たもの同士だと思っていることがわかったからだ。ふたりのあいだに結ばれつつある金色に輝く絆をランスも感じているのは、たぶんまちがいない。けれども、ふたりのロマンティックな恋物語は、〈ロンデールの阿房宮《フオリー》〉の外に出ても続くのだと、ランスが言葉にするのは初めてだった。

ハニーの胸のなかであたたかく広がる喜びが顔に出ていたらしい。ランスはいぶかしげに目を細めて彼女をじっと見つめていたが、不意に一歩近寄った。「ハニー」声がかすれている。「コテージに戻ろう」

「だめだ、戻るなんて許さないぞ」アレックス・ベン=ラーシドの声が、ふたりを包みはじめていたベルベットのような官能のかすみを切り裂いた。アレックスはリビングルームに通じるアーチ型の戸口に立っていた。「島に到着してからずっと、きみたちふたりを海辺の愛の巣から引っぱりだすことができなかった。だけど、つまらないひとり遊びにはもう飽き飽きなんだよ」

アレックスがものうげに歩いてくるのを見て、ハニーは頬が火照り、真っ赤になるのがわかった。彼は黒っぽいコーデュロイパンツに黒い長袖のシャツを着ている。この洗練されたヒョウのような男以上に、尊大で人に頼らない男に見える人間はそうはいない。

ランスはあからさまに疑り深そうな表情を浮かべると、ハニーは自分のものだと言わんばかりに彼女の腕をしっかりつかんで、アレックスのほうを向いた。「ぼくたちがいなくて寂しかったなんて、うれしいことを言ってくれるじゃないか」からかうように言う。「でも、きみがコテージのドアを何度も叩いていた記憶はないぞ。おい、認めろよ、アレックス。あれやこれやと駆け引きに忙しくて、ぼくたちの存在なんて思いだしもしなかったって」

「そんなことを認めるわけにはいかないな」とアレックスはにやりと笑って答えた。「ぼくは正当な理由もなく、恋人たちの若い夢を邪魔するような過《フォ・パ》ちは絶対に犯さない。あいにく自分の無礼を言い訳するような芸術家気質は持ち合わせてないんでね」

「いや、それはアレックス・ベン＝ラーシドが傲慢だからだ」ランスがすかさず返す。「それでも、勅命に匹敵する招待状を添えた手紙を送ってくるということは、過ちを犯すことをためらう気持ちを抑えつけたようだな」

「必死だったんだ」アレックスは顔をしかめた。「ひとりでいることには耐えられたかもしれないが、〝恐怖のゲルマン人〟をひとりで撃退する気にはなれなかった。彼女が電話をかけてきたんだ。きみと話がしたいと言って、三晩続けて」アレックスは腕時計に目をやった。「今夜もこっちの七時三十分に電話をかけてくるそうだ。ベティーナのドイツ人らしい効率のいい仕事ぶりは知っていると思うが、きみが試練に対して身構えるために残された時間はきっかり三分だ」

ランスはひどくうんざりした顔をした。「おい、アレックス、どうしてぼくはセディカーンにいるって言ってくれなかったんだ？　クランシーだったらごまかしてくれたのに。神様だってもう充分ぼくに試練を与えたと思っているはずだよ」

おもしろがるように目の奥を光らせながら、アレックスは首を横に振った。「それでも、彼女だったら、例の警察犬並みのしつこさを駆使してつきとめる。むしろ、あの性格は称賛すべきだな。まあ、彼女にはきみと話をする権利ぐらいはあるんじゃないか？」

「もういい」ついさっき撫でつけたばかりの赤褐色の髪を無意識にかきむしりながら、ランスは暗い声で言った。「いつか同じ目にあわせてやる」

「恐怖のゲルマン人？」ハニーは当惑した顔で尋ねた。「いったい誰の話をしているの？」

「男爵令嬢ベティーナ・ヴォン・フェルタンスタイン」アレックスをにらみつけたまま、ランスはうわの空で答えた。

まるでタイミングを計ったかのように、ジャスティンが玄関広間に姿を現わした。「ルビノフ様に男爵令嬢ヴォン・フェルタンスタイン様からお電話です」そう静かに告げると、家の奥に姿を消した。

アレックスが腕時計を見た。「三十秒も早くかけてきた」唇をひきつらせる。「これは非難すべきだ。よく叱っておくんだぞ、ランス」アレックスは玄関広間のずっと先にある扉を手で示した。「ぼくはハニーと一杯やっているから、図書室で電話を取ればいい」

ランスはぶつぶつ悪態をつきながら玄関広間を大またで突っ切り、図書室にはいるとドアをバタンと閉めた。

ハニーはアレックスのあとについて部屋の反対側にあるバーカウンターへ行き、黄色いクッションのバースツールにすべるように腰かけた。アレックスがカウンターの後ろにはいるのを目で追ってはいたが、心は宙をさまよっていた。

「ジンジャーエール?」下からグラスをふたつ取りだし、磨きこまれたチーク材のカウンターに置きながらアレックスが尋ねた。

「よく覚えているわね」ハニーが言う。「どうしてランスはあんなにうろたえているの?」

アレックスが自分のグラスにブランデーを注ぎ、クリスタル製のデカンターをカウンターの下に戻すのを見ながら、ハニーは執拗《しつよう》に尋ねた。

「ベティーナは、あいつの両親がバラ色に頬を染める将来の花嫁として選んだ許嫁《いいなずけ》なんだ」アレックスは説明した。バーをまわってハニーのとなりのスツールに浅く腰かけると、カウンターに軽く肘を乗せる。そしてハニーの驚いた顔に気がついて、あわてて付け加えた。

「ランスが選んだわけじゃない。彼女にはほとほとうんざりしているんだ。あいつの好みから言うと、彼女はちょっと強引すぎる。ただ、あいつはベティーナにそのことを納得させられずにいるんだ。むこうはすっかりその気になっているから、どうして自分と結婚して、すばらしきゲルマン人の血を引いた子どもをたくさん持とうとしないのか、理解できないんだよ」

「そういうことだったの」ハニーはゆっくり言うと、心を襲った激しい痛みを隠すためにグラスに視線を落とした。「ランスとしてはすごくもどかしいでしょうね」

「きみはわかってないみたいだな、ハニー」アレックスが静かに言う。「ぼくはランスが意にそぐわないことをするのをこれまで一度も見たことがない。あいつが望まないかぎり、強引に押しきられて結婚するなんてありえない。そして、そんなことを望むはずがないとわかる程度には、きみもランスのことを理解していると思うけど？」

顔を上げたハニーの目には涙が光っていた。「そう言いきれるほど長いつき合いじゃないわ」小さな声で言う。「わかりやすいタイプの人じゃないし、ランス・ルビノフの約九五パーセントは表に出てこないもの」

「じゃあ、励ましになればと思って言うけど、きみはほかのどんな女性よりもあいつの内面を調べるチャンスに恵まれていると思う」アレックスはやさしい声で言った。「あいつはどう見てもきみに夢中だよ」

ハニーは希望に胸が高まるのを感じた。「なによりの励ましの言葉だわ」心の底から言うと、感謝の笑みを浮かべる。「話してくれてありがとう、アレックス」

「あの女にはこれ以上、我慢できない！」ランスは大声で怒りを爆発させながら、勢いよく部屋にはいってくると、まっすぐバーカウンターを目指した。「ばかみたいにギャーギャーわめいて」ランスは自分でバーボンのダブルを作った。「それに骨つき肉をくわえた血だらけのブルドッグ並みのしつこさだ」

「独身貴族を謳歌しているんだと説き伏せることができなかったんだな？」アレックスは片眉を上げて尋ねた。

「まったく、あの女に血筋のことを言われると、自分がいまいましい種馬になった気分だ！」ランスは嫌悪感を込めて言うと、グラスの酒を一気に半分飲み干した。

「まあ、彼女はきみの過去の行ないから判断するしかないからな」アレックスはにやりと笑った。「これまでのきみの恋の結末ははっきりとわかっていないかもしれないが、きみの好みはまちがいなく知っている。彼女はこっちに来て、自分の主張を強引に押し通すつもりなんじゃないか？」

「たぶんな」ランスは顔を曇らせて答えた。「なんとか思いとどまらせようとして、いろいろ言ってみたけれど、ポストに向かって話しているみたいだった」

ハニーは突然、いたたまれなくなった。高貴な生まれのしつこい女の話以外はできないの？　スツールをすべり下りると、フランス窓のほうへゆっくりと歩いていく。激しい雨が窓ガラスを叩きつけていた。「コテージに戻る前に溺《おぼ》れ死んでしまいそうね」無理に明るい声で言った。「南国特有の気持ちいいスコールがちょっと降っている感じじゃないもの」

「今夜はコテージに戻るわけにはいかないよ」アレックスが落ち着いた声で言うと、ハニーはびっくりして振り返った。彼はやれやれというようにため息をついた。「きみたちがコテージでどれほど原始的な生活を送っているか忘れていたよ。ラジオすらないんだよね？　きみの言うとおり、これはただのスコールじゃない。正式には熱帯低気圧に分類される」厳しい顔をして唇を嚙む。「メキシコ湾に長く居座るようだと、発達して本格的なハリケーンになるだろう。いずれにしても、一日か二日はベティーナが不意にやってくるんじゃないかという心配はしなくていい」

「それはありがたい」ランスが力を込めて言うと、もう一杯飲んだ。「ささやかな願いが叶ったことに感謝だ」

「ネイトに頼んで、きみたちの荷物はコテージからこっちに運んでもらっておいた」アレックスが言った。「嵐が通り過ぎるまで、ぼくの客としてここにいてもらうよ。コテージは二、三時間のうちにすっかり水浸しだからね。ジャスティンに言って、ゲストルームを整えてある」

「ランスの絵は？」ハニーは心配そうに言った。

「まったく心配いらないさ」アレックスはなだめるように言った。「防水シートでしっかり包んでから、こっちに持ってくるように、ネイトに言っておいたから」

ハニーは安堵のため息をついた。アレックスなら細心の注意を払ってくれるってことぐらい、考えればわかったのに。だって、わたしと同じぐらいランスの絵を高く評価しているんだもの。

「もしも、絵に傷がついていないか確かめたければ、もう図書室にあるはずだ」アレックスはランスのほうを振り返りながら続けて言うと、ブランデーを飲み干し、空いたグラスをカウンターに置いた。

ランスは首を横に振った。「ネイトはとても慎重だから、きっとどの絵も大丈夫だ」気楽に言うと、自分の酒を飲み干す。「夕食のあとで確認しよう」

「いま、見ておくほうがいいんじゃないかしら？」ハニーは眉間にしわを寄せて主張した。

「万が一、傷があったら、そのままにしておくのはいやでしょう？」窓に叩きつける雨を不安げに見る。「あまり時間がないんだし」

ランスの唇がゆがみ、皮肉っぽい笑みが浮かんだ。「また描けばいいさ」

ハニーはひどく腹立たしげに強く息を吐きだした。「そんなばからしい返事をありがたく拝聴するつもりはないわ」食いしばった歯のあいだから言った。やがて、どうにも我慢できず、声を荒らげた。「あなたはそこらの三流画家じゃないのよ。まったくもう。あなたが描くものにはすべて大きな意味があるんですからね」

アレックスが低く口笛を吹いた。「長年続いている論争をたどることになりそうだな」そう言うと背筋を伸ばした。「ちょっと失礼させてもらって、図書室でどうでもいい電話を何本かかけてくるとするか。食事の用意ができたらジャスティンが知らせにくるだろう」

「行かなくていいわよ、アレックス」ハニーはきっぱりと言った。「同じ話を蒸し返しているだけだってわかっているから。ゲストルームはどこだったかしら？　部屋に行って、シャワーでも浴びてくるわ」

「左側の最初のドアだ」アレックスは即座に答え、スツールに座りなおした。「きみたちが論争をしないのなら、ぼくはここに残ってもう一杯飲むことにしよう」アレックスは問いかけるように従兄弟を一瞥《いちべつ》した。「ランス？」

「ああ、そうしろよ」彼はさっさとドアに向かうハニーの背中に陰鬱な目を向けたまま言った。「主よ、頑固な女性たちからぼくをお守りください」

ここにはいない〝恐怖のゲルマン人〟と同じぐらいハニーを非難していることが、はっきりと伝わってきた。不愉快であるのと同時に悲しくなり、心にちくりと刺すような痛みを感じる。なにも言わず、胸を張って急ぎ足で部屋を出ると階段を上った。少しだけ髪をかきむしって我慢するしかない。でも、もしあの部屋を出てこなかったら、アレックスの言うとおり、論争になるところだった。

アレックスは正しい。論争はちょっとやそっとじゃ終わらない。この問題だけが、ふたりで一緒に過ごす夢のように穏やかな日々に波風を立てる。どうしてランスには、神様から授けられたすばらしい才能を広く認めてもらう必要があるんだとわからないの？　あの独創性に富んだ才能は、クローゼットに無造作に放りこんでおくキャンバスみたいに、アトリエに隠しておくべきものじゃないのに。

一番上の階段に足をかけたままハニーは動きを止めた。ああ、神様、ネイトはクローゼットの絵もちゃんと持ってきたわよね？　なにも考えずに踵をかえすと、階段を駆けおり、玄関広間を抜けて図書室に向かう。ネイトは注意深い人だとランスは言っていたけれど、水が上がってくる前にわたしたちの荷物を全部まとめて、〈フォリー〉に持ってこなければならなかった。ものすごく焦っていたに違いないわ。クローゼットを確認し忘れていたらどうしよう？

ハニーは図書室に飛びこんだ。部屋を圧するような独特の雰囲気を持ったカリム・ベン＝ラーシドの肖像画には、今回ばかりは目もくれなかった。キャンバスは丁寧に防水シートに包まれたまま、壁に立てかけてあった。たくさんあるけれど、ほんとうにこれで全部？　ハニーは大急ぎで防水シートから絵を取りだすと、一枚一枚にざっと目を走らせた。この二週間でランスの絵のことは、まるで腹を痛めたわが子のようによくわかるようになっていた。ある意味、絵は子どもたちだった。彼は認めようとしないが、天賦の才が生みだしたランスの子どもたちだ。もう！　クローゼットにどの絵がはいっていたのか、どうして思いだせないの？　やっぱりネイトが全部持ってきてくれたのかもしれない。

いいえ、ちょっと待って。『秘密のラグーン』はどこ？　あの絵には、神秘的で穏やかな水辺と、その水辺を雨や風から守るように生えている木々が描かれていた。いったいどうしたらこんなに心に染みるような絵が描けるの？　ハニーはそうランスに訊いたことを思いだした。死にものぐるいで、もう一度キャンバスのすべてを大急ぎで調べる。たぶん、わたしが見落としただけよ。どうかここにありますように。やっぱりないわ！　ネイトは気がつかなかったんだ。ほかにも思いだせない絵は何枚ある？　ランスの美しい子どもたちは？

絶対にだめ。この忌々《いまいま》しい自然の脅威にあの絵を奪い去らせるわけにはいかない！

ハニーはなにも考えずに手を動かした。大急ぎで床に防水シートを広げ、丁寧にたたみ直す。かさばる包みを脇にかかえて図書室を出ると、走って正面玄関に向かう。コートやほかの雨具を取ってくる時間はなかった。たとえ雨具を使ったとしても、この激しい嵐では二、三分しのげるかどうかも疑わしい。

その点に関しては、ハニーの判断はこれ以上ないほど正しかった。痛いほど打ちつける雨に、ハニーはあっという間にずぶぬれになった。雨を叩きつける風は猛威をふるい、ヤシの木が植わっている丘から浜辺まで続く小道を進むのもやっとだった。

小道は泥沼と化していた。ハニーは斜面をなかば走り、なかばすべり落ちるようにして先を急いだ。いつもなら五分で行ける道のりにたっぷり十五分かかり、浜辺にたどり着いたときにはほとんどパニック状態だった。嵐は驚異的な速さで迫ってきている。コテージに着くころにはもう浸水しているんじゃないかしら?

雨は激しく降り注ぎ、幾重にも連なる雨のシーツに視界を阻まれ、ハニーはすぐそばにたどり着くまでコテージが目にはいらなかった。玄関前の階段につまずき、転ばないようにドア枠にしがみついた。そうでもしなければ、膝をついてしまうところだった。玄関前の階段はすでにすっかり水に浸かり、ドアの下からコテージのなかに水が流れこんでいる。ハニーはドアを開け、よろめくようになかにはいった。

家具を片づけたリビング・ダイニングルームには目もくれず、まっすぐアトリエに駆けこんだ。そこにも家具はなく、がらんとした空間があるだけだった。目にはいった絵はすべてネイトが避難させたことは明らかだ。しかし、ハニーがクローゼットの扉をさっと開けると、予想していたものがあった。陰になった隅のほうに三枚のキャンバスが立てかけられている。一枚は小さかったが、残りの二枚はかなり大きかった。ハニーにはそのうちの一枚が『秘密のラグーン』だとすぐにわかった。安堵のため息をつくと、棚をひとつひとつ調べて、見落としたものがないことを確かめる。それから、かけがえのないキャンバスを注意深くクローゼットから取りだした。

水はすでにアトリエのドアの下まできていた。あまり時間がない。ハニーは急いで防水シートを広げた。必要と思ったよりも多めに持ってきていた。丘を下りるだけでも荒っぽい道のりだった。保護シートを余分に持ってきてよかったとハニーは思った。こんなに苦労したのに、〈フォリー〉に戻る途中で絵を傷つけてしまったら、皮肉以外のなにものでもない。ドアの下から流れこみ、どんどん満ちてくる海水に注意しながら、大急ぎで絵を一枚ずつ防水シートで二重に包み、さらに三枚まとめて一緒に大きなシートでくるんでいく。終わったときには、少しずつ流れこんできた水が膝を洗うほどになっていた。急いで絵を胸に抱えると、アトリエの扉を開けた。小さく音をたてて、水が一気に流れこんでくる。膝まで水に浸かりながら苦労して正面玄関に向かうと、恐怖で体が震えるのを感じた。コテージのなかがこんなにひどいなら、外はいったいどうなっているの？

玄関前の階段を下りるのは、海に飛びこむようなものだった。打ち寄せる波は腰よりも高く、どんなにハニーが悪戦苦闘をしても、絵のはいった包みをまったく海水に濡らさずに小道にたどりつくのは不可能だった。このときにはすでに、小道の低いところまでもが荒れ狂う波の下に見えなくなっていた。打ち寄せた波が渦を巻きながら引くたびに、背後から抱きしめられ、水のなかに引きずりこまれるのではないかという恐怖が襲ってくる。しつこくまとわりついていた水からようやく逃れたときには、息はすっかり上がっていて、ハニーは苦しげにあえいでいた。

まるで酔っ払いのようにおぼつかない足取りで道の端まで歩いていき、背の高いヤシの木に寄りかかって、息を整えようとした。わき腹が鋭くさしこみ、疲労のあまり意識が朦朧《もうろう》としてくる。ハニーは片腕で木の幹にしがみつき、反対側の腕で絵を抱えた。世界にこれほど水があるとは夢にも思わなかった。目の前が見えないほど激しい雨に降りこめられ、どこからが海で、どこからがそうじゃないのか判断がつかない。

海がふたたび、ハニーの足を執拗に洗っていることにぼんやりと気がついた。この水から逃れるには、あとどれぐらい上まで行かなきゃいけないの？　幹にまわしていた腕を離し、両手で絵をしっかり抱えなおすと、もがくようにして小道を上りはじめる。そんなに遠くないはず。そうよね？　もう何キロも歩いた気がするもの。足がもつれ、小道にできたぬかるみに膝から崩れ落ちた。疲れきって動けなかった。次の一歩を踏みだす力をかき集めなくちや。ハニーはしばらくのあいだ、そこにじっとしていた。

「ハニー！　なんてことだ。死にたいのか！」

ハニーはゆっくり顔を上げたが、ランスが前に立っているのを見ても驚きさえしなかった。ランスもびしょ濡れだわとぼんやり思う。力強い太腿に張りついたジーンズはまるでもう一枚の肌のようだった。濡れたコットンのシャツを通して、赤褐色の素肌が透けて見える。厚い雨のカーテンが邪魔をして表情までは見えなかったが、彼がものすごく腹を立てていることは声からわかった。

すばらしいわ。ランスを怒らせることができたなんて。いま、わたしに必要なのはそれよ。さて、立ちあがって怒りと向き合ったほうがいいわね。ハニーがなんとか自分の足で立とうとすると、突然、ランスに引っぱり上げられ、ぬいぐるみのように揺さぶられた。それとも、そんなふうに感じているだけなのかしら。ハニーはぼんやりとした頭で思った。たしかに脚には綿が詰まっている。だって力がはいらないんだもの。ああ、倒れる。そう思ったとたん、脇に手が差しこまれ、ランスの胸にしっかり抱きしめられた。そのあいだずっと、ランスはときおり喉を詰まらせながら、これまで聞いたことのないような声で悪態をつき続けていた。

「落ち着けよ、ランス」アレックスの声がランスの肩の向こうのどこか暗いところから聞こえてきた。「それじゃ、彼女だって安心できないだろう」

「安心なんてさせてたまるか。できることなら、ひっぱたいてやりたいぐらいだ。彼女を見てみろよ、まったく！」ランスは声を荒らげた。「その忌々しいキャンバスを彼女から取りあげて、始末してくれないか？　死にものぐるいでつかんでいて離さないんだ」

「だめ！」ハニーはあえぎながらもはっきり言うと、絵をしっかりと抱きしめなおした。誰にも渡すものですか。

いつの間にかふたりの横にはアレックスがいた。ランスの刺々しい声とは対照的にアレックスの声はとてもやさしかった。「ぼくに渡してくれないか、ハニー。ちゃんと大切に扱うから」

そうね、アレックスなら大切に扱ってくれるわ。ハニーはぼんやりとした頭で考えた。腕の力をゆるめると、絵を取りあげられた。両腕が体の横にだらりと落ち、なんだか不思議な虚脱感に襲われた。「そうね、絵のことは任せたわ、アレックス」ハニーが言った。「とっても疲れちゃった」うとうとしながら体の力を抜き、ランスの腕に身を委ねる。耳もとで半分うめくような、半分すすり泣くような、奇妙な声がしていたが、いい気持ちで眠りに落ちかけているハニーは聞いていなかった。

次に意識を取り戻したとき、ハニーはあたたかい湯が張られた泡だらけのバスタブに入れられようとしているところだった。びっくりして眠りから呼び起こされたせいで、目覚めはとても不愉快だった。

「もう水はうんざり」心の底からいやそうに文句を言いながら眠い目を開け、怒ってランスをにらみつける。「ふやけてしまって、しわしわなのよ」

「それは残念だったな！」雨に濡れたクリーム色のシャツの袖を片手でまくり上げ、もう一方の手でハニーを支えながら言った。「それぐらい我慢してもらわないと。いまのきみは泥だらけで、ワルキューレというよりはタールでできた人形みたいだ。いいか、ぼくがきれいに体を洗って、ベッドに運ぶまでおとなしくしているんだ」

ハニーは言い返そうと思って口を開いたが、泡だらけのタオルを巧みに扱う情け容赦のない手ですぐにふさがれ、あっけなく黙らされた。ハニーの肌が血色を取り戻し、赤ん坊のように桃色に輝くまで、ランスはお世辞にもやさしいとは言えない手つきで頭から足の先までごしごしとこすった。それから同じように機械的に淡々と手際よく髪を洗った。ランスの表情は石のように硬く、感情を押し殺している。その表情を見ているうちに、アレックスのことを思いだした。アレックスはどこ？

「絵は？」ハニーはそう叫ぶと、バスタブのなかでぱっと起き上がった。「絵はみんな無事だったの？」

「まずそのことを訊いてくるだろうとアレックスが言っていたよ」ランスはタオル掛けにかかったバスタオルを取った。「アレックスが開けてみたが、どれもみんな完璧な状態だった。これできみもほっとしただろう？」ランスは立ち上がると、ハニーをバスタブから抱えだし、大きなタオルで包んだ。「絵のほうが、いまのきみよりもよっぽど状態がいい。その膝はいったいどうしたんだ？」

「膝？」ハニーはぼんやりと尋ね、下を向いて初めて気がついた。驚いたことに両膝ともにひどいあざができていた。しかも片方の膝頭は傷だらけだった。「きっと泥のなかで転んだときにできたんだわ」当惑して顔をしかめる。「痛みを感じた覚えはないんだけど」

「ショック状態だったんだろう」ランスは乱暴に言うと、ハニーの髪を力を込めて拭いた。

「まだちゃんと話ができないみたいだ。まさか、どこかで頭を打ってはいないだろうな？」

ハニーはゆっくり首を横に振ると、不機嫌そうにランスをにらみつけた。「話ならちゃんとできるわよ」むっとして言う。「あなたがどう判断を下すかはわからないけど。だって、ひと言もしゃべらせてくれないじゃない」

「沈黙は金と言うが、きみの場合は黙っているほうがずっと賢明だ」歯を食いしばりながら低い声で言うと、彼はハニーを抱きあげ、となりのベッドルームに運んだ。ベッドの端に彼女を座らせ、そのまま部屋の反対側にあるドレッサーにドライヤーを取りに行く。「おしゃべりになるのがちょっと遅すぎたな。きみの髪を乾かしているあいだは口を閉じていてくれ。これで肺炎にならなかったら、運がよかったと思うんだな」

ハニーは口を開いたが、ランスが髪を乾かしはじめ、今度は耳をつんざくようなドライヤーの大きな音に邪魔されてしまった。

ハニーはあたたかい風を受けながら素直に黙って座っていたが、ふつふつと怒りが込み上げてきた。絵を何枚か助けだそうとしただけなのに、ランスはまるでわたしが重大な罪を犯したみたいな態度を取っている。これっていったいどういうこと？　感謝の言葉なんて期待していなかった。でもこんなに邪険にされる筋合いはないわ。アレックスだって、この赤毛の乱暴者よりはずっとやさしかったじゃないの。

ランスはドライヤーのスイッチを切ると、ベッドのそばにあるライム色のクッション付きの豪華な椅子に無造作に放り投げた。「まだ少し湿っているけど、それぐらいで我慢してくれ」ランスは背を向けると、大股でバスルームに向かった。「ぼくがシャワーを浴びてくるまで、ベッドにはいってあたたかくしていろよ」ランスはびしょ濡れのクリーム色のシャツのボタンを手早くはずした。「でも眠るな。まだ膝の手当てが残っているんだからな」

ハニーは立ち上がり、バスタオルがずり落ちないようにしっかりと握りしめた。「手当てなんかしてくれなくてもいいわよ」冷ややかに言い返す。「自分でできるから。あなたがシヤワーから出てくるまでには、ディナー用の服に着替えておくわ」

「ディナー!」濡れたシャツを引きはがし、カーペットに投げ捨てると、ランスは棘《とげ》のある声で吠えるようにあざ笑った。「今夜はディナーのことは忘れるんだな。きみの愚かな行動のおかげで、ぼくたちはみんな楽しく食事をする気分じゃないんでね」ランスはバスルームに姿を消し、扉をバタンと閉めた。

ハニーは敵意のこもった目で扉をにらみつけると、ドレッサー代わりに部屋の隅に置かれていた花嫁道具を入れる韓国製のチェストまで、怒りにまかせて大股で歩いていった。ランスに嫌われているだけでなく、食事抜きでベッドに追いやられるなんて! わたしだってみんなで仲良く食事をするような気分じゃないわ。でもお腹が空いているのよ。忌々しいことに。

引き出しのなかで最初に目についた寝間着《ねまき》を引っぱりだすと、ハニーは満足げにうなずいた。それは丈が腿まであるぶかっこうなコットンのナイトシャツで、胸のところでガーフィールドが馴れ馴れしい笑みを浮かべていた。色じかけで機嫌を直してもらおうとしているなんて、死んでも思われたくない。ランスは絶対にまちがっているし、彼がそのことに気がつくのを確かめるつもりだ。二分後には黄緑色と白で竹の模様が描かれたベッドカバーを折り返して、シーツのあいだにすべりこんだ。腹立ちまぎれに枕を叩いてふくらませてから、顎の下までシーツを引っぱって体を落ち着かせ、怖い顔でランスを待ち構えた。

しかし、ランスが腰に白いタオルを巻いただけの姿でベッドルームに戻ってくると、ハニーは心ならずも決意が揺らぐのを感じた。どうしてこんなときでもこの人は憎らしいほどセクシーなの？　暗い気分で考える。筋肉質で、赤銅色のなめらかな肌、あふれでる男らしい魅力。ランスがハニーのほうに歩いてくると、いまではすっかり馴染みとなった脚のあいだを掻きまわされるようなうずきを感じた。ハニーはなんとかそれを無視しようとした。ランスはまだ険しい顔をしている。ハニーは苦々しく思いながら、来《きた》るべき戦いに備えて身構えた。

「膝の手当てはしたのか？」ベッドの端に腰をかけ、ランスはぶっきらぼうに尋ねた。

「もちろんしたわよ」ハニーは思わず嘘をついてしまい、気まずそうにランスから視線をそらした。ランスの傲慢な態度と不当な怒りにあまりにも腹を立てていたので、膝のことはすっかり忘れていた。ともかく、怪我はそれほどひどくなかった。

「それならいい！」短く言うとタオルを取る。ランスがベッドサイドテーブルに置かれたスタンドのボタンを押すと、部屋は突然、暗闇に包まれた。彼はシーツのあいだに体をすべりこませ、ベッドの端に体を落ち着けた。マットレスが沈む。「おやすみ」

おやすみですって？　それだけ？　わたしのことをあんなふうにあしらっておいて、どうしてそんなに冷淡で、無関心でいられるの？　わたしは傷ついているのよ。しかも体よりも心を傷つけられたというのに、わたしに不満を口にするチャンスさえ与えずに、彼はひとり静かに眠ろうとしている。いったいどういうつもりなの？　これ以上、頭にくることなんてある？　そうね、〝静かに〟というのは言葉をまちがえているかもしれない。氷のように冷たい大きなベッドの端と端にいるとはいえ、ランスが横になったときにはその筋肉の緊張が伝わってきた。感情を抑えつけてはいても、彼の発するぴんと張りつめた雰囲気が、まるで電気の通っている電線のようにバチバチと音をたてているのがわかる。まだ怒っていることをハニーに伝えようとしていることは明らかだ。ふたりがひとつのベッドで一緒に寝るようになってから、ランスの腕に抱かれずに眠るのはこの夜が初めてだった。ランスはヒマラヤぐらい遠く離れたところにいて、ヒマラヤと同じぐらい冷たい人間なんだと思えば、どうってことないわ。ハニーはそう自分に言い聞かせた。あたたかくて愛情あふれる抱擁に慣れてしまったから、それがないとちょっと寂しく感じる。ただそれだけのことよ。突然、お腹がぐうと低く鳴った。もうたくさん！　うんざりよ！

ベッドカバーを勢いよくめくってベッドから飛びだすと、固い決意で鎧張りのあるクローゼットに向かった。

「どこへ行くつもりだ？」ランスの驚いた声がハニーの後ろの暗闇から聞こえてきた。

「お腹が空いたの！」ハニーはけんか腰で言った。「あなたはわたしのことをちゃんとした食事なんて摂る資格がないって思っているかもしれないけど、わたしが階下《した》に行って、冷蔵庫をあさるのまでは反対できないわよ。あなたは飢えに苦しむ芸術家を気取っていたいのかもしれないけれど、わたしはただの現実的な私立探偵なの。なにか食べたいの！」

　すぐに後ろでぱっと明かりがついた。ハニーはクローゼットにローブがあるかどうか調べはじめた。悪態をつくランスの小声が聞こえる。だが、その声を無視して、彼女は白いパイル地のローブをハンガーからはずし、乱暴にドアを閉めてから、振り返った。

「ガーフィールドか？」

「えっ？」ハニーは訊き返し、ランスに向かって不機嫌そうに顔をしかめた。見るとランスの視線は胸もとにプリントされた流し目の猫へと注がれている。「だって、好きなんだもの」むきになってハニーは言った。「個性があるし」そう言いながら、パイル地のローブに腕を通そうと身をよじらせる。「それに人間味もね！　わたしの知っている〝ある種の人たち〟よりよっぽど」

「ガーフィールドか」ランスは驚いたような声でくり返したが、やがてはじけるように笑いだした。「まいったな、ガーフィールドとはね！」

　ハニーは腰に手をあててランスをにらみつけた。なんて頭にくる男なの！　気が立ったライオンみたいにどなりつけるだけでは気がすまなくて、今度は失礼なことにこのわたしを笑い物にするなんて！

ハニーの怒りは彼をおもしろがらせるだけのようだった。まだ彼女の不機嫌な顔とけんか腰の態度を眺めては大笑いしている。「なにがそんなにおかしいのかしら？」ハニーは冷淡に言い放った。

「こんなに高貴な雰囲気のワルキューレの胸から、流し目をしてくる猫になんて、いままで出合ったことがなかったものでね」シーツのひだで涙をぬぐいながらランスはあえぐように言った。「おかしくてたまらないのもわかるだろう？」

「高貴なのはわたしじゃないわ」スミレ色の目をぎらりと光らせて、ハニーは鋭く言った。「わたしなんてただのみすぼらしい奴隷よ。そんなふうに無礼で無愛想で偉そうで、まったく理性に欠けていてもいい特権を持っているのは、王子様、あなたのほうでしょう！」最後まで一気にまくしたてる。ハニーはいらいらと部屋を行ったり来たりしていた。「そのうえあなたは、わたしを飢え死にさせようとしてるのよ！」

「悪かった」ランスの青い目は楽しそうにきらめいていた。「最後のひとつは、ほかのどれよりも罪深いようだ」唇にはやさしい笑みが浮かんでいる。「ベッドに戻っておいで、ハニー。その子猫ちゃんが、ぼくにうなり声をあげるだけじゃなくて、満足げに喉を鳴らす方法も知ってるのか見てみたいな」

「戻ったら、うなるだけじゃすまないわよ」ハニーは歯を食いしばって言った。そのまま背を向けて、腹立たしげな足どりでドアへ向かう。

ハニーがドアの取っ手をつかもうとしたそのとき、不意に体を抱き上げられた。そして、そのままじたばたともがいているうちに、ベッドへと連れ戻されてしまった。ベッドカバーの上に下ろされたとたんに、ランスがおおいかぶさってきた。ハニーの両腕を頭の上で押さえこみ、ばたばたしている脚にはたくましい太腿を押しつけ、がんじがらめにする。「さあ」怒りに満ちたハニーの顔に笑いかけながら、ランスが言った。「喉を鳴らしてごらん、ハニー」

今夜、さんざんな目にあったあとで、この追い打ちはやりすぎだった。突然、ハニーの両目から涙があふれ、ゆっくりと頬を伝っていく。

いままでにやにやしながらいたずらっぽく彼女を見下ろしていたランスだったが、その涙に感電したような衝撃を受けた。まるでハニーに殴られたかのように身をこわばらせ、怯《おび》えているような顔つきになった。「やめろ」ランスはぴしゃりと言った。「ぼくのせいで泣いたりしないでくれ。泣きやむんだ。聞いてるのか？」

ハニーはなにを言われているのかわからなかったが、一度あふれてしまった涙はどうにも止められそうにない。「あなたのせいで泣くわけないじゃない」激しい口調でハニーは言った。「わたしはただ怒ってるだけよ」

「そう、怒らせたかったのさ。でも、きみは泣いちゃいけなかったんだ」非難するように言う。ハニーを見下ろす彼の目には苦悩の表情が浮かんでいた。「泣いたりするなよ。まったくもう。なにもかも台無しだ」

ハニーはひどく当惑してランスを見上げた。彼はすっかり取り乱している。「なんの話をしてるのかわからないわ」ハニーは震える声で言った。「言っている意味がわからない」

「もういい！」かすれた声でランスが言った。「どっちにしろ手遅れさ。まるで自分の内側がばらばらに砕けてしまったみたいに感じるよ」彼女は面食らうほどいきなり体が自由になったかと思うと、今度はランスの両腕に骨が折れそうなほどの強さで抱きしめられ、息が止まりそうになる。ハニーを固く抱いたまま、ランスは体の向きを変えた。しかし、自分のものだというように激しく抱きしめているのにもかかわらず、その抱擁はなぜかまったく官能的ではなかった。「動かないで。なにも言わないで。ただきみを抱かせてくれ。いいね？」

「わかったわ」小さな声で答える。さっきまでのハニーの怒りは、彼の声に初めて感じられた絶望の色のせいですっかり消えてしまった。たとえ動きたくてもランスにそんなにきつく抱きしめられていては身動きなどできなかった。「ランス？」不安そうにハニーは言った。

「いったいどうしたの?」

「きみが泣いたりしなければ、なにもかもうまくいったんだ」ランスはハニーの髪に顔をうずめ、小さな声でつぶやくように答えた。「きみが眠りにつくまで我慢できるはずだったのに」

「なにを我慢するの?」とまどいながらハニーは訊いた。そして、信じられないことにようやくハニーにもわかりはじめた。彼の体がマラリアにかかったようにぶるぶると震えているのが伝わってきたのだ。「ねえ、ランス、どうしたの? 具合でも悪いの?」

「具合が悪い? ああ、そうさ」ランスは短く陰気に笑うと、吐きだすように言った。「怖くてたまらないんだ。自分が壊れてしまいそうだよ。今晩、きみがいなくなったのに気づいてからずっと、恐ろしくて気が狂いそうなんだ」ハニーへの抱擁がきつくなった。「どうしてぼくたちのところへ来ないで、ひとりで出て行ったりしたんだ? あのハリケーンのなかでコテージに戻るのがどんなに危険だったのか、わかってるのか? 死ぬところだったんだぞ。まったく! あんなくだらないがらくたのために、危ないことをしていいわけないだろう」

「あの絵はがらくたなんかじゃないわ」ハニーはとっさに言い返した。「あなたのほかの絵と同じようにすばらしい作品よ。ほかの絵と一緒に屋敷にないと気づいたときに、きっとわたし、救いに行くことしか考えられなくなっていたんだと思う」

「どうしてあんなキャンバスのなぐり描きに、そこまでばかげたことができるんだ?」しぼりだすような声でランスが尋ねる。

「あなたの一部だからよ」ハニーは素直に答えた。「だめにしたくなかったの」ハニーの唇がこわばったランスの頰をやさしくなぞる。それから、ちょっとからかうような口調で続けた。「ねえ、覚えている? わたしはあなたを守るために雇われたのよ。あんなに大切なあなたの人生の一部になにかあったら、わたしの職務怠慢になってしまうわ」

「それと引き替えに自分自身を台無しにするところだったんだぞ」ランスは嚙みつくように言った。

「あまり時間がないのがわかってたの」ハニーは彼の腕から逃れようともがいた。自分の腕で彼を抱きしめ、慰めてあげたいのに、何もできないと感じるのはやりきれなかった。ようやく腕をランスの体のまわりにすべりこませると、抑えきれない独占欲に突き動かされて彼をさらに引き寄せた。

「ぎりぎりのところだったんだ」ランスは厳しい口調で言った。「あと十分遅かったら、助かる見こみはなかった。きみを追ってアレックスと丘を下りていくとき、おそらくもうきみは流されてしまっているだろうと思っていた。二度と会えないいんじゃないかと思って、頭がおかしくなりそうだったよ」つぶやく声がかすれている。言葉は聞きとりにくかったが、そこには驚いているような奇妙な響きがあった。「あの絵がそんなに大切だったのか？」

「ええ、大切だったわ」ハニーは静かに答えた。ランスの髪を撫でている彼女の手つきは、まるで母親のような慈愛に満ちている。「あなただって自分の作品を同じように感じてることをそろそろ認めてもいいんじゃない？　絵になにかあったら胸が張り裂けてしまっただろうって思っているはずよ」

顔を上げたランスの苦悩にゆがんだ表情と怒りのこもったサファイア色の瞳を見て、ハニーは思わず息をのんだ。「きみを危険にさらすほどの価値はない」ランスが厳しい口調で言った。「そんな価値があるものなんてないんだ。あんなことは絶対にもう二度としないと約束してくれ」

自分のなかに喜びの感情が急にわきあがってくるのをハニーは感じた。それは家庭に明るく灯る暖炉のようなあたたかさに満ちていた。「ええ、約束するわ」声を詰まらせて言いながら、まばたきで涙を隠す。

ランスの頭がゆっくり下がってきて、ハニーの肌に触れそうになる。「いままでこんなふうに感じたことなんてなかった」静かな声だった。「なにかが近づきすぎたときは、いつも笑いと皮肉の陰に自分を隠してきたんだ。でも、ハニー、今夜はそうはいかないみたいだよ」ランスは彼女にとびきり甘いキスをした。彼はいつまでも唇を離そうとせずハニーは喉にやさしい痛みを感じるほどだった。「きみはあまりにも大切な存在になってしまった。いまきみを失ったら、もう耐えられるかどうかわからない」ランスはふたたびハニーのシルクのような豊かな髪に顔をうずめた。「ハニー？」

「なに？」夢でも見ているような気分でハニーは答えた。いまのかすかなつぶやきは、たしかにある意味での約束なのではないかしら？

ランスの言葉は妙にぎこちなかった。「そんなにきみにとって大切なんだったら、展覧会をするよ」ハニーがはっと息をのむと、ランスは急いで付け加えた。「だけど、ぼくらがこの島を離れたあともぼくと一緒にいると約束してくれなくちゃだめだ。ひとりでそんなうさんくさい真似事をしたくはないからね」皮肉っぽく言う。「きみがこのちっぽけな島のことを、つかの間のロマンスの場所だとしか思っていないのは知っているけど、もしぼくに個展を開いてほしいんだったら、きみは私立探偵に戻りたいという欲求を抑えてくれ」

わたしがランスから離れたがっているなんていうばかげたことを、いったいどうして思いつくのかしら？　ハニーはおぼろげに、いつか自分が言ったことを思いだした。ふたりのあいだに永遠の関係など期待していないという言葉だ。けれど、あれはランスに責任を感じさせないようにするために言ったのだ。

「でも、ランス……」言いかけるとランスがすばやく頭を起こし、ハニーの唇を自分の唇でおおってしまった。

「だめだぞ。説得しようとしたって無駄だ」顔を上げてランスが言う。「きみがぼくと一緒にいて精神的な支えになってくれなければ、うまくいかないよ」

「そうなの？　どうやらわたし、芸術の未来に責任があるみたいね」ハニーは茶目っ気たっぷりに笑みを浮かべ、明るく答えた。「わたしがいかに正しくて、自分がどれほどおばかさんだったかをあなたに思い知らせるまで、ずっとそばにいて手を握っていてあげることになるかもね。あと百年もしたら、あなたが王子様だろうとただの労働者だろうと、誰も気にしなくなる。そのころには専門家たちがルーヴル美術館であなたの絵をほれぼれと眺めるようになるわ」

「なるほど」ランスは唇の端を上げてしぶしぶ笑ってみせた。「ぼくたちはとなり同士の雲の上に並んで、のんびりくつろいでいて、きみは下界を見おろしてぼくを肘でつつきながら言うんだ。〝ほら、言ったでしょう〟って」

「わたし、〝ほら、言ったでしょう〟って言う人は大嫌い」ハニーはランスに向かって顔をしかめた。「わたしはそんな俗物じゃないの」それから真顔になって言った。「ランス、あなたは絶対に成功するわ」

「ぼくたちのうち片方でも、そんなに自信があるとは頼もしいね」ランスは皮肉っぽく言った。「まあ、時間がたってみないとどっちが正しいのかはわからないんじゃないかな。アレックスに、〈パーク・バーネット・ギャラリー〉の手配をしてもらってもいいよ。何年も前からそうすればいいのにって言われてきたんだ。少なくとも彼は喜ぶだろう」

「彼にはものを見分けるセンスがあるのよ」すぐにハニーは答えた。「それに、優秀な実業家はみんなそうだけど、才能を無駄にするのが耐えられないんだわ」

「それはぼくも同じさ」ランスの瞳がきらりと光った。「だからきみの才能を無駄にするつもりもないんだよ、スイートハート」腕が伸びてきて、ハニーのそのふくらみを手のひらで包み、その重みを確かめた。「ほんとうにお腹が空いてるのかい?」切なそうな口調でランスが尋ねる。

「もちろんよ」きっぱりとハニーは言ったものの、彼に触れられて、かすかなうずきを感じていた。

「そうだと思った」ふてくされた声でランスは言った。「階下《した》に行って、一緒に冷蔵庫をあさらなくちゃならないな。その食欲を満足させないかぎり、きみのことを誘惑できないのは明らかだ」ふざけてハニーにキスをしたランスの顔が笑みでいっぱいになった。「で、そのあとには、ラブ、きみの魂でぼくを満足させてくれるんだろうね!」

7

太陽が明るく照りつけるなか、ハニーは自分自身もその熱に負けないぐらいの輝きを放っているように感じながら、軽い足どりでテラスへ出ると、テーブルについた。

アレックスが険しい顔つきで目を通していた公的文書らしき書類から顔を上げた。さっきまでの気むずかしそうな顔をまるで別人のようにやわらげてあたたかな笑みを浮かべる。

「やあ、おはよう。このすばらしい日に、きみも万事が順調みたいだね」アレックスはけだるげに言うと、書類を朝食の載ったテーブルの皿の脇に無造作に放った。それからコーヒーポットに手を伸ばし、ハニーのカップを満たしてから自分にもお代わりを注ぐ。「今朝はランスはどこだい?」

「あなたが即席で造ってくれたアトリエに、ジャスティンがコーヒーを持って上がっていったところよ」コーヒーを飲みながらハニーは言った。「わたしの肖像画の背景を嵐に変える作業をはじめたがっていたから」茶目っ気のある笑顔をアレックスに向ける。「あなたがまだコテージをきれいに片づけてくれてないから浜辺に戻れないって、かなりご機嫌ななめだったわよ。あそこのほうが、光の具合がずっといいんですって」

「恩知らずの人でなしめ」アレックスが言った。「ハリケーンからまだ三日しかたっていないんだぜ。しかもコテージは完全にめちゃくちゃだ。この島にはたくさんの人手があるわけじゃない。いま、ネイトができるかぎり急いでやってくれているのに」

「知っているわ」あたたかいクロワッサンを手にとり、たっぷりとバターを塗りながらハニーは穏やかに答えた。「ランスもわかってるのよ。頭ではね。ただ、絵を描きたくてしかたないの」そう言って顔を上げ、スミレ色の目を輝かせた。「ランスはあなたの独創力と行動力をとても尊敬しているからこそ、それをちょっとだけコテージの掃除に向けてくれたらと思ってるのよ」

アレックスは顔をしかめて首を横に振った。「本国に連絡して、膨大な支援を要請しなくちゃならないみたいだな。あの赤毛の悪魔は欲しいものはなにがなんでも手に入れる。ぼくはそのことをずっと昔に悟ったんだ」からかうように黒い眉を片方だけ上げる。「きみも気づいてるんだろうとは思うけど」

ハニーはみるみる自分の頬が火照ってくるのを感じた。「ええ」瞳にやさしい輝きをたたえて、静かに答える。「気づいているわ」

ハニーの向かいにいるアレックスの顔に、一瞬、不思議なほどやさしい表情が浮かんだ。だが、それはすぐにいつもの皮肉たっぷりな表情におおい隠された。「あいつがコテージに移れて喜ぶのと同じくらい、ぼくとしてもここを出ていってもらえたらありがたいって、ランスに言ってみたらどうだい？」彼は軽い口調で言った。「ぼくのような旺盛な性欲をもつ男にとっては、きみたちが自分たちのために作り上げたエデンの園で仲間はずれっていうのは、そう簡単なことじゃないんだよ」

顔を上げたハニーの目が彼の目と合った。「あなたにそんな思いをさせていたの？」ショックを受けて尋ねる。「アレックス、ごめんなさい。わたしたちのことをさぞかし無神経だと思っているでしょうね」

「無神経じゃないさ。ただお互いに夢中なだけだろう？」アレックスはそっけなく言った。「きみたちの態度を非難したりできないさ」そう言って顔をしかめる。「ただ、ランスがぼくみたいな独り者の前で、あんなにあからさまに満足げな態度をとるのはちょっと控えてほしいね。当事者じゃなく傍観している側には慣れていないからさ」

その言葉は、以前ランスから聞いたアレックスの疲れを知らない女性関係からすると控えめすぎる表現だった。彼はそちらの方面はかなり旺盛で、いつでも遊び相手を求めていた。ハニーは自分のことで頭がいっぱいで、なぜアレックスがこの数週間、欲求不満を解消できる女性もともなわずに〈ロンデールの阿房宮《フォリー》〉に滞在することを決めたのか、疑問に思いさえしなかった。彼の言うように、ランスとハニーの仲をただ見ているのは、そう簡単なことではなかったはずだ。

「わたしたち、すごく自分勝手で思いやりがなかったわ。そうでしょう、アレックス？　許してくれる？」ハニーが心から悔やんで言った。

「許すよ」アレックスはからかうようににやにや笑った。「でも、それは単にぼくの試練が終わりを迎えたからさ。何日かのあいだ、ぼくは自分のお相手を呼ぶことにしたんだ」彼はさりげなく腕時計に目をやった。「実は、あと数分でヘリコプターが到着することになってる」

「お相手？」ハニーはとまどいながら尋ねた。そして冷たい不安が体じゅうに広がるのを感じた。「男爵令嬢のこと？」

アレックスは驚いて眉をあげた。「ベティーナかい？　まさか！〈スター・バースト〉で会った赤毛の女の子だよ」

ハニーはほっとして、からかうように笑った。「ああ、じつは北欧系の金髪で、独特な雰囲気のある彼女ね。お名前は？」

「レオーナ・マーテル」そう答えながら、彼は立ち上がった。「離着陸場まで一緒に来て、

「ランスは午後に絵の背景を仕上げてしまうまで、わたしのことを思いだしもしないでしょうから」
「それじゃあ、きみのすてきな相棒がいない隙に」アレックスはハニーを自分の前を歩くよう、うやうやしく身振りでうながした。「もちろん」ハニーも椅子を後ろに引いて立ち上がった。
彼女に会ってみる？」

アレックスが言っていたように、たしかにレオーナ・マーテルは男好きのする女性だった。つい先ほど、ヘリコプターから降りてくる小柄だが豊満な体つきの赤毛の女性の腰にアレックスが手を添える光景を目にしたときに、ハニーはそう思った。赤い髪であろうとなかろうと、レオーナはどんな貪欲《どんよく》な男も満足させられるぐらい情熱的に見える。アレックスの腕のなかへしなだれかかり、彼の顔を引き寄せてレオーナはいつまでもキスをしていた。

アレックスもお返しに情熱的に抱きしめているうちに、われを忘れちゃったみたいね。ハニーは楽しい気分で見守った。彼がようやく頭を上げてハニーの含み笑い見ると、その赤毛の女性をさらに抱き寄せて頭ごしに茶目っ気たっぷりのウインクを送ってきた。ハニーはこらえきれずにくすくす笑いだす。アレックスはますます顔をほころばせながら、ハニーに紹介するために女性を振り向かせた。

「ハニー、レオーナ・マーテルを紹介するよ。レオーナ、こちらはハニー・ウィンストン」ヘリコプターのパイロットに離陸許可の合図を出しながら、アレックスは言った。「レオーナはライス大学の法科大学院生なんだよ、ハニー」

「はじめまして、マーテルさん」ヘリコプターのエンジンがかかりローターがうなりをあげるなか、ハニーは礼儀正しく言った。もしこの見事な赤毛の女性が法科大学院生なのであれば、彼女は相当の大金持ちに違いない。スカイブルーのスラックスと亜麻色のシルクのブラウスは見るからにオート・クチュールだし、彼女の豊かな赤毛の巻き髪は一流のプロの手でカットとスタイリングが施されていた。

もっとも、感嘆の気持ちは相手も同じようだった。ハニーの挨拶がいかにも型どおりの社交辞令だったのに対し、赤毛の女性のほうはハニーの長いプラチナブロンドに切なそうなまなざしを向けていた。「わたしの髪も、あなたのとほとんど同じ色だったの」彼女は言った。「街ではみんなが立ち止まってわたしを見つめたわ」

「いまでもそうなんじゃないですか?」ハニーは礼儀正しく言った。「あなたはすごくきれいですもの、マーテルさん。たいていの男性は赤毛が好きだわ。歌ではどう歌われようともね」

「それについては保証する」アレックスは、レオーナ・マーテルの首筋にかかるつややかな赤い巻き毛になにげなく触れながら言った。

レオーナはアレックスの言葉を憤慨するような目で受け止めた。ハニーはぎょっとした。だが、鋭い視線はほんの一瞬のうちに消え、すぐに甘い愛らしさが取って代わった。「それだけが大事なことだったのよ」レオーナはそっと言った。「ついこの前染めたばかりで、まだしっくりきていないように感じてしまって。このままでいいかどうか悩んでいるところだったの」レオーナは振り返ってハニーを見た。その顔にははりつけたような笑みが浮かんでいる。「どう思います？」彼女が明るく尋ねた。「あなたは、そのすてきな髪を染めたりしますか、ウィンストンさん？」

ハニーは首を横に振った。「しないでしょうね」穏やかに答える。「それに、わたしだったらあなたのようにきれいに手入れをしておけないわ」

アレックスが赤毛の女性の腰に腕をまわした。「さあ、家へ戻って、ジャスティンに新しくコーヒーをいれてもらおう」やさしく勧める。もの欲しげな視線が絡みつくようにレオーナに注がれていた。彼は問いかけるようにハニーへ目を向けた。「きみは？」

ハニーはしょんぼりと首を振った。いまアレックスの頭にはコーヒー以上のことがあるはずだ。ハニーは自分がまさに邪魔者になっていることに気がついたのだ。「わたしはいいわ」ハニーは言った。「コテージへ行って、ネイトの掃除がどのぐらい進んでいるか見てこようかと思うの。できたらランチで会いましょう」

「できたらね」アレックスが同じ言葉をそっとささやいたので、ハニーは笑いを押し殺し、陽気に手を振ると、浜辺のほうへと下る小道を歩きはじめた。

ハニーはコテージへ行って気の毒なネイトを急かすつもりはなかった。きっとアレックスはここ数日でネイトにずいぶん無理を言ってきたに違いない。裸足で入り江をぶらぶらしているときにハニーが船を見たのは、それから一時間近くたってからのことだった。最初は光の加減で見える錯覚だろうと思った。太陽の輝きが水面に映り、ときどき不思議な蜃気楼《しんきろう》を生みだすことがある。ハニーは立ち止まり、手をかざして、ものめずらしそうに目を凝らしてみた。ヒューストンの航路を運行する貨物船かタンカーかもしれない。それからハニーはいぶかしげに眉根を寄せた。その水平線に浮かぶ白い点は、どちらだとしても明らかに小さすぎる。もっと小型の船かなにかだ。しかし、海の上を進んでいるようには見えない。碇《いかり》を下ろし、穏やかな波の上で静かに揺れているようだ。待機しているようにも見えた。心にわきあがってきた不安を振りはらおうとしながら、ハニーは踵をかえし、〈フォリー〉へ向かって、来た道をゆっくりと引き返しはじめた。どうせ一、二時間で行ってしまうような船のことで心配するなんてばかげている。きっとただのなんでもない漁船かなにかに違いないわ。

それにしても、その船が島へ上陸できる唯一の入り江に停泊しているというのは、おかしな偶然だった。たまたまにしてはちょっと変だ。考えをめぐらせるにつれ、ハニーの足どりは無意識のうちに速くなった。それはこの日に起こったふたつめの日常とは異なる出来事だった。ひとつめはレオーナ・マーテルの到着。そして今度は地平線に待機している小型船。いったいなにを待っているのかしら？

　このふたつになんらかの関連性なんてあるはずがない。レオーナ・マーテルはアレックスの招待で来たのだから。それでも、まだなにかがハニーのなかで引っかかっていた。レオーナ・マーテルにはどこかしっくりしないところがあった。彼女と初めて会ってから、なにかがおかしいとハニーは心の奥で感じとっていた。

　つんのめるように立ち止まり、ハニーは息をのんだ。あの髪だ！　レオーナ・マーテルは明らかに金髪のままでいたかったのだ。ハニーの髪を見たときの彼女の表情があからさまにそれを物語っていたではないか。それにアレックスに投げかけたあの奇妙な怒りのこもった視線も。なぜ、自分の髪をとても気に入っている天然のブロンドの女性が、突然、髪を赤く染めたりしたのだろう？

「大変！」ハニーは息をのみ、恐怖に目を見開いた。それから〈フォリー〉へ向かって駆けだした。正面玄関から飛びこむと一段飛ばしで階段を上り、二階の通路を抜けてランスのいる仮設のアトリエへと無我夢中で急ぐ。

部屋へ駆けこんできたハニーに、ランスは心ここにあらずといった目を向けた。「ランス……」ハニーは息を整えようとしながら、あえぐように言った。「あなたと親しい人たちのあいだでは、アレックスの赤毛への執着は有名で、もはや物笑いの種になっているって、前に彼が話してくれたことがあるの。それはほんとう?」

「なんだって?」うわの空で訊き返しながら、ランスはイーゼルへ視線を戻した。「ああ、もちろんほんとうさ」

「どうしよう!」ハニーは取り乱してうめくように言うと、背を向けて部屋から飛びだした。アレックスの部屋へと続く通路を猛然と駆け抜ける。ああ、すぐにその関連性に気づかなかったなんて、わたしはなんて救いようのないばかなんだろう。この島に来てから、ランスのこと以外すっかり頭から抜けていた。ランスとの平穏で満ち足りている関係に気持ちを奪われて、ここへ来た目的を忘れていた。任務を思いだしたタイミングがどうか間に合ってくれていますように。ハニーは祈った。

アレックスの部屋に飛びこみ、あわてて人影のない主寝室を見まわす。ようやく部屋の向こう側にあるドアが半開きになっていることに気がついた。水の流れる音しか聞こえてこない。それだけでもハニーの背筋は恐怖で凍りついた。裸の無防備な人間をバスタブで溺れさせるなんて、どんなにたやすいことか。間に合わなかったかもしれない。ハニーは寝室を突っきり、ドアをぱっと開けた。

埋めこみ式のバスタブの真ん中に横たわっていたアレックスは、ハニーの闖入《ちんにゅう》を唖然《あぜん》とした顔で見上げた。バスタブは巨大で、かつて歴代の宮殿を優雅に飾っていたような青い筋のはいった大理石造りだった。

ハニーはアレックスにすばやく安堵の視線を送ると、次の瞬間には彼にまたがっている女へと注意を向けた。

「やめなさい！」ハニーが鋭く叫ぶと、赤毛の女がアレックスと同じ驚いた顔をして肩越しに振り向いた。その顔を見るやいなや、ハニーはふたりのいるバスタブに飛びこんだ。すばやくレオーナのうなじの巻き毛をわしづかみにし、ぐいっと一気に彼女をアレックスから引き離す。

「ハニー、なんだって言うんだ、やめろ！」あわてて体を起こそうとしながらアレックスは叫んだ。

その声にかまってなどいられなかった。赤毛の女は、あれほどか弱そうに見えたのに、驚くほどの力強さで抵抗してくる。ハニーはプロフェッショナルとしての能力を総動員して女を押さえこまなければならなかった。裸の人間がこれほどすべってつかみにくいとは知らなかった。まるで油まみれの豚をつかまえようとしているようだ。

「ハニー、本気できみをやっつけるぞ」アレックスがどなった。「彼女を放せ！　くそっ！」

決着をつけるにはこうするしかないわ。ハニーは赤毛の女の体を回転させ、自分は反動で一歩退き、その勢いで女の顎へ右クロスを一発お見舞した。

赤毛の女は低くうなり、青い目がゆっくりと焦点を失っていった。倒れこむところをハニーが抱えこむ。そして、水中からその体を引き上げ、大理石の床に横たえた。

「なんなんだよ」アレックスはうめき、両手で目をおおった。「ハニー、どうしてぼくの言うことを聞かなかった？」

「いま話してる時間はないの、アレックス」ハニーは自分の体を埋めこみ式のバスタブの外へと引き上げた。「彼女が意識をとり戻す前に、なにか縛るものを探さなくちゃ」アレックスの返事を待たずにハニーはバスルームを出て行ったが、すぐに寝室のカーテンから拝借してきた紐を手に戻ってきた。女の腕を背中でしっかりと縛りあげ、それからアレックスへ向き直ってにっこりと笑う。「彼女、ガラスのようにもろい顎をしてるのね。まだ気を失ったままよ」

アレックスは、やりきれないというような暗い目つきで意識のない女の姿を見つめ、悲しげに言った。「ハニー、とんでもないことをしてくれたな」

「あなたはわかってないのよ、アレックス」バスタブの上のラックからタオルを取りだしながら、ハニーはてきぱきとした口調で言った。まず自分の足をふき、それから少し考えたあとで、タオルを一枚、女のぐったりした裸の体にそっと投げかけた。「彼女は見せかけとは全然違う人間よ。あなたとランスの暗殺計画に関わってるのはまちがいないと思う」

「ぼくもそう思うよ」アレックスは赤毛の女に視線を向けたまま、陰鬱な表情で答えた。

「〈スター・バースト〉で出会った最初の夜から、そうじゃないかとは思ってた」

「思ってたって……」ハニーは驚きに口を開いた。「じゃあなぜなにも言わなかったの？どうして彼女を〈フォリー〉へ招待したりしたのよ？」

「誰も信じるなって教えられてきたと言ったろう？」アレックスは、憂鬱そうな視線をハニーの呆然とした顔へ移した。「彼女はちょっと積極的すぎたんだ。ほんとうの赤毛じゃないとわかったときに、彼女が暗殺者たちの〝ユダの山羊《おとり》〟だと考えなければ、つじつまが合わないと気づいた」彼は肩をすくめた。その茶褐色の肌がつややかな赤銅色に光っている。不意に、彼が完全な裸であることをハニーは意識しはじめた。ああ、バブルバスの泡が立っていてくれてよかった！「いっそ戦いの場を自分のホームグラウンドに移して、やつらがこちらの網にかかってくるかどうか試してみようと思ったんだ」

「それなら、どうしてわたしがバスタブに飛びこんだときに、彼女から離れろなんて言ったの？」ハニーは当惑した顔で尋ねた。

アレックスはひどく不満げに顔をしかめた。「だって二週間ぶりだったんだぜ。ちくしょう！」彼はうなった。「どうしてノックアウトするのは、ことがすんでからにしてくれなかったんだ？」

ハニーはぽかんとしてアレックスを見つめた。「ことがすんでから？」急にくすくすと笑いはじめ、埋めこみ式のバスタブのふちへ座りこむと、足を組んであぐらをかく。彼女は満面の笑みを浮かべ、スミレ色の目をいたずらっぽく輝かせた。「ほんとに、なんてことしちゃったのかしら、アレックス、ごめんなさいね。わたし、彼女があなたを溺れさせようとしていると思ったのよ」

アレックスはむっとしてハニーを見返した。「言っておくけど、あの瞬間にぼくを殺そうとする女性なんて、この世にひとりもいないからな」

「おっしゃるとおりよね」ハニーは唇をゆがめ、おごそかに言った。「でも彼女のことはそんなに大きな損失じゃなかったでしょう？　結局、ほんとうの赤毛じゃなかったんだから」

「この状況ではそれでも充分だったさ」アレックスはそっけなく言った。「貸しができたな、ハニー」

「借りができたわ」ハニーはあっさりと同意した。「きっとこの世界のどこかに、あなたが信用できる赤毛の女性がいるわよ」

アレックスは皮肉っぽく唇をゆがめた。「それはどうかな。でもきみは私立探偵なんだろ？　そういう女性を見つけだしてきてくれよ」

「ほんとうに見つけてくるかもしれないわよ」ハニーは思惑ありげに言った。

「この状況について、論理的で完璧な説明があるんだろうね」部屋の入口から、ランスが慇《いん》懃《ぎん》に声をかけた。「どちらでもかまわないけれど、ぼくにご説明をいただけないかな？」彼はゆっくりと部屋に足を踏み入れ、気を失っている女性へ興味ありげに目をやった。「これがきみの死を招く妖婦《ようふ》ってわけか、アレックス。実に美しいね」

「あなたも彼女のこと知っていたの？」ハニーはむっとして尋ねた。「どうして誰もわたしに教えてくれなかったの？　あなたたちふたりがこんなふうにわたしになにも知らせてくれないなら、いい仕事なんて期待されてもできっこないわ」

「きみはぼくのボディーガードじゃなかっただろう、ハニー？」アレックスは言い、ふたたびバスタブへもたれかかった。「それにランスはきみの仕事ぶりには満足以上の気持ちだと思うよ」

「ああ、満足なんてものじゃない」ランスは青い瞳を輝かせながら、まじめくさってうなずいた。

「船のことも知ってるに違いないわね」不機嫌な顔でふたりの男たちをにらみつける。

「どっちの船だ？」アレックスが不審そうに片眉を上げた。「ぼくらのか、やつらのか？」

「どっちのって？」ハニーは口ごもった。「入り江に停泊してる船だけど。二隻あるってこと？」

ランスはレオーナ・マーテルの脇に屈みこみ、彼女のまぶたをあげてその生気のない瞳を慎重に調べていたが、うわの空で答えた。「きっともういないよ。おそらくアレックスの部下たちが、いつもどおりの手際のよさで悪者たちを始末したはずだ」顔をしかめてアレックスのほうを見る。「彼女、完全に失神してるぜ、アレックス。こんなにひどく殴らなくちゃならなかったのか？」

「ぼくに言うなよ」皮肉たっぷりの笑みを浮かべてアレックスは異議を唱えた。「そこに座ってる、きみの美しきアマゾネスがやったのさ」そして称賛のまなざしをハニーに向けた。

「やれやれ。しかし、彼女の右クロスはすごかったぜ」

「お褒めの言葉、ありがとう」彼らの話もまともに耳にはいらないまま、ハニーは機械的に答えた。「アレックスの部下たちって？」

「ああ、正確にはカリム・ベン＝ラーシドの部下たちだ」ランスは立ち上がり、ハニーが座っているほうへ歩きながら続けた。「セディカーン石油は独自の保安部隊を持っていて、カリムはそれを有能な部隊として鍛え上げている。あの老練の虎が充分な警備もつけずに、大事な孫をこの地球上にふらふらさせておくと思うか？」

「だからあなたはボディーガードを断わったのね」ハニーは考えこみながら言った。怒りがこみあげてきてつんと顎を上げる。「わたしなんて、まったく必要なかったということじゃない！」

ランスは彼女のそばに膝をついた。「必要だったよ」彼はやさしく言った。「すごく必要だった」ハニーの右の手をとり、よく見て眉をひそめる。「関節に怪我をしているじゃないか」黒ずんだ部分の皮膚に唇をあてやさしく撫でた。「もっと注意しなくちゃだめだよ。こんなに強く殴ることはなかったんだ」

ハニーは不信感でいっぱいの目でランスを見つめた。怒っているのと同時に笑いだしたくなる。そのうえ、甘やかなやさしい気持ちにもなっている。いまでは彼への愛情の大半を占める気持ちだ。それらが入り混じってハニーの心は揺れた。「次のときには覚えておくわ」彼女はそっけなく言い、かすかに唇の端を上げて笑った。

「その勇ましい姿を見たかったよ」ランスはハニーの手を裏返し、手のひらに長いキスをした。「見事なものだったんだろうな。きみをワルキューレとして描いたのは正解だったよ」

「きみたちの邪魔をしたくはないんだけど、風呂のお湯が冷めてきたんだ」アレックスがのんびりと言った。「あと一分待つから、ぼくがバスタブから上がるまでに、ハニーを連れて出てってくれよ」彼はふしだらな声色をつかって含み笑いをしてみせた。「そうしないと、彼女はきみのような赤毛の道化者《スカラムーシュ》で手を打つことで、なにを逃すのか気づいてしまうぞ」ランスは立ち上がり、ハニーの腕をとって立たせた。「とにかく、びしょぬれの服を着替えたほうがいい」気づかうように言うと、いまだに意識の戻らない裸の赤毛の女へちらりと目をやった。「彼女はどうするつもりだ？」

「どうもしないよ、残念なことに」アレックスは悲しげに言い、そのあとハニーに向かって怖い顔をしてみせたので、彼女はこらえきれずにくすくす笑った。「船に無線連絡して、彼女を引きとりにモーターボートを浜辺へよこすように指示する。やつらは全員セディカーンに送還されて裁判にかけられるだろう」

ランスとハニーがその場を立ち去ろうとアレックスに背を向けた。ランスが愛情のこもった手つきでハニーの腰へ腕をまわす。それを見て、アレックスの黒い瞳にはなぜか切なそうな影がちらついた。

「ハニー！」

ハニーは顔だけ振り向かせると、問いかけるようにアレックスを見た。

「約束を忘れないでくれよ」

アレックスに向かって、ハニーはゆったりとほほえんだ。「忘れないわ」やさしく彼女は答えた。

「なにを約束したんだい？」ふたりの部屋に戻り、後ろ手にドアを閉めながらランスが興味深そうに尋ねた。

「それはわたしたちの秘密よ」ハニーは肩越しに、からかうように返事をした。それから韓国製の衣装だんすの引き出しを探り、白い下着のセットをとりだした。「あなたとアレックスも充分わたしに隠し事をしていたじゃない」ハニーはいらだたしげに言って、顔をしかめた。「部外者みたいな扱いを受けるのはいい気分じゃないわ。わたしはちゃんと資格を持ったプロフェッショナルなのよ。戦力になるかもしれないとはまったく思わなかったの？　そのあたりのかよわくて無防備な足手まといとは違うわ。そのことは知ってるでしょう？」

「ああ、よく知ってるとも、そのとおりだ」ランスは青い瞳を輝かせながら、ゆっくりと答えた。「アレックスはきみの強烈な右クロスに感嘆しっぱなしだ。ぼくが気をつけてなければ、きみを保安部隊にスカウトしかねない」

「あの女とその一味はどうなるの？」ハニーは心配そうな顔になった。「わたし、彼らはあなたがたの元首《シーク》ではなくて、アメリカの国務省へ引き渡されるものだと思っていたわ」

「そのことは、詮索《せんさく》したり、ましてや調べたりしないほうがいい」ランスの顔が険しくなる。

「セディカーンのような絶対君主制のもとでは、正義の裁きは迅速かつ厳格に下される。アレックスは、カリムがこの地球上で唯一気にかけている人物なんだ。彼を脅かした者はいかなる恩赦《おんしゃ》も受けることはないだろうね」

「あなた以外は、でしょう」ハニーはやさしく訂正した。「カリム・ベン＝ラーシドは相当あなたのことを気にかけているんだわ。これまでの寛容さを考えればね」

ランスは肩をすくめた。「かもな。カリムのような獰猛《どうもう》なじいさんの本心はそう簡単にはわからないよ」

「それでもあなたはカリム・ベン＝ラーシドがとても好きなんでしょう？」ハニーは穏やかな声で言った。「あなたが描いた彼の肖像画にすべてが表われているわ」

「自分が誰かに好意を持っているからといって、相手も同じだとはかぎらないんだよ、かわいいハニー」皮肉まじりにランスは言った。「もう遠い昔に学んだことだ」一瞬、そのサファイア色の瞳に寂しげな影がよぎったが、すぐに消えた。ランスは忍び足でそっと部屋を横切ってハニーのほうへ近づいてくると、媚《こ》びるように尋ねた。「着替えの手伝いは必要ない？」

ハニーはきっぱりと首を振った。「魂胆が見え見えよ」しかめつらをしてみせる。「あなたはわたしの肖像画を仕上げなきゃならないでしょう？　それにわたしはデイヴィーズに連絡して最新の状況を報告しなくちゃならないわ。国務省から仰せつかった任務もこれで終わりね。危険がなくなったいま、ボディーガードはもう必要ないもの」

「いや、必要だ」ランスはハニーの額にキスをしながらやさしく言った。「あらゆる危機からぼくの身を守ってほしいな」彼がさらに体を寄せる。ハニーの胸のふくらみがじらすようにかすかに彼の胸に触れた。「風邪を引く危険とか」ランスはハニーの唇の端にキスをした。「孤独に陥る危険とか」唇が耳へと移り、そっと息を吹きかける。「欲求不満の危険」両腕でハニーを包みこみ、彼女の髪に顔をうずめた。「肖像画は後でもいいさ」かすれた声でランスは言った。「そういうすべてから、どうやってぼくを守れるのか、やってみせてくれよ」

彼の両手が彼女の濡れたカーキ色のショートパンツのファスナーに止まった。ハニーが気がつくと、自分の手でしっかりつかんでいたはずの白いショーツがいつのまにか床に落ちている。

「わたし、ほんとにデイヴィーズに電話しなければならないの」かすかに息をはずませてハニーが言うあいだにも、ランスの手はすばやく彼女の白いシャツのボタンをはずしていく。

「こんなの全然プロフェッショナルらしくないわ、ランス」

ランスはハニーのブラを取ると、シャツと一緒に腕のほうへ押し下げてカーペットの上へと落とした。「デイヴィーズだって待っててくれるよ」彼は言った。「いままでアマゾネスと愛を交わしたことはないんだけど……」低いささやき声で続ける。「それって、ぼくのセクシーなハニーと愛し合うのとは違うのかな?」

きっとランスはすぐに気がついてしまうだろうとハニーは思った。彼に本気で誘惑されたら長くは抵抗していられないし、そう多くの誘惑さえ必要ないのだ。いつものように、彼が腕を伸ばしてきて彼女の胸を大きくてあたたかい手のひらで包みこむと、ハニーはまるでバターがとろけるように力が抜けていくのを感じた。彼が親指と人差し指で予感にふるえるバラ色の胸の頂をもてあそぶ。すると、しだいにそれはつんと固くなり、ハニーの口から小さなあえぎ声がもれた。まぶたを閉じ、押し寄せる恍惚《こうこつ》の波に流されてしまわないように必死に彼の肩にしがみつく。「ランス、話し合わなきゃいけないことがあるの」彼女はとぎれとぎれに言った。ランスは頭を下ろしていき、彼のせいですでに燃え立つようにとがった胸の先端に舌で愛撫をしている。「状況は変わったのよ。わたしがここにいる必然性はなくなったの」

「これ以上必然的なことなんてない」ランスがささやいた。「話をやめて、スイートハート。きみのことを愛したい。どんなにきみを求めているか、感じないかい?」

感じないわけがなかった。ハニーは狂おしい陶酔感で満たされ、彼女自身の渇望がほのかな揺らめきからしだいに燃えさかる激情へとゆっくり変わっていく。ランスの言うとおりだ。

いまは話をするときではなく、回を重ねるごとに激しさと美しさを増していくあの神秘の営みに身を任せるときなのだ。

ハニーは目を閉じたまま、腕を広げて両手をランスの豊かな髪にうずめ、彼の頭をふたたび彼女の胸へと導いた。「だったらわたしを愛して、ランス」ハニーはかすれた小さな声で懇願した。「愛して」

8

「ランス、話があるのよ」いらだったハニーは声を荒らげて言った。「あなた、昨日の朝からわたしを放ったらかしだったのよ。もうこれ以上は待てないわ」

ランスは黒いシャツのボタンをかけ終えると、心ここにあらずといった笑みを浮かべて顔を上げた。「今晩ベッドで話をしよう」はぐらかすように言うと、彼はシャツの裾をジーンズにたくしこんだ。「もう仕事に行かなくちゃならない」いたずらっぽい目がきらりと光った。「このたくましい体に対するきみの飽くなき欲望のおかげで、まる一日ぶん、仕事を棒に振ってしまったんだ。その穴埋めをしないとね」そう言いながらも視線は惜しむように彼女の姿を眺めまわしている。「それにしても、ぼくをベッドに逆戻りさせてまた一からやりなおそうっていうんじゃないのなら、そのシーツは上げておいたほうがいいな」

ハニーはとっさにシーツを引き上げて腕の下にはさみ、顔をしかめて彼をにらんだ。今朝のランスはいいかげんなごまかしばかりだが、その態度は昨日からずっと同じだった。いくら真剣な話をしようとしても、五つ星の勲章をつけた陸軍大将並みの巧みな戦略でかならずはぐらかしてしまう。もっとも、つけている勲章は淫らな夜の秘め事で手に入れてきた将軍だけれど。ハニーはいたたまれない気持ちで考えた。この数週間、ありとあらゆる肉体的な愛を交わしてきたと思っていたのに、昨晩のランスは、それらがただ表面をなぞっていただけだったことを明かしてみせた。ハニーには、そのうちのいったいどれぐらいがほんとうの情熱のものだったのか、わからなくなっていた。

「いまじゃなきゃだめよ」彼女は穏やかだが、わずかに鋭さのある口調で言った。「あとではだめ。いまよ、ランス」

ランスは反論しようと口を開きかけたが、思いなおしたようだった。まぶしい笑みを向けてベッドまで近づいてくると、彼女のそばに腰を下ろす。「わかったよ、いま話そう」ランスは素直にうなずいて、ハニーの手を両手で包んだ。「なんなりと。ぼくはきみの言いなりだよ」そう言って彼女へすり寄り、身を屈めて鎖骨の下のなめらかなくぼみをそっと噛んだ。

空いていたほうのハニーの手が無意識のうちにランスの首へ伸び、彼のうなじにかかる燃えるような深紅の髪を指に絡めた。ランスはなんて美しいのかしら。ハニーはうっとりと考えた。地味な黒いシャツさえ、彼をいままでよりいっそう生き生きと見せている。きらめく赤褐色の髪、サファイア色の瞳、ブロンズ色に日焼けした肌。それらが微妙なコントラストを生みだしていた。ランスの腕が伸びてきてシーツをそっとハニーの腰まで引きおろし、唇が熱くやわらかなキスの痕跡をつけながら胸の頂へと下りていった。

「ランス」ハニーはささやき、彼の首にまわした両手に力をこめた。ランスがハニーの背中をベッドへとそっと押し倒したときに、彼女ははっとわれに返った。ランスったら、またはじめようとしてる！

「だめよ、まったくもう！」ハニーは声を上げて、思いきりランスの体を押しのけた。その勢いで彼は危うくベッドから落ちそうになる。「だめよ、だめだったら！」ハニーはしっかりとシーツを上半身に巻きつけ、ベッドの反対側に体を寄せた。それから、膝をつき、けんか腰でランスをにらみつける。「話をするのよ！」

ランスは明らかに傷ついた顔をして、不機嫌そうに言った。「とにかくはっきりさせておきたいことがあるというわけか。なぜいまじゃなきゃいけないのかわからないけど」顔をしかめる。「言うなら言って、さっさとすませてくれよ」

ハニーはすばやく深呼吸した。「いいわ、そうする」彼女は続けた。「この島にはもういられないの。いいかげんに事務所へ戻らなきゃ。ここにいる理由は、昨日、あなたの命に対する脅威が去った時点でなくなったんだから」

「くだらないな！」ランスは吐き捨てるように言った。「きみが離れる理由もないだろう？

ここでこうしてるのは好きなんだろう？　一緒にいられて最高じゃないか。ベッドのなかでも外でもさ。いったいどうしたらヒューストンに戻りたいなんて思うんだ？　あのマーテルとかいう女がつかまらなかったら、喜んでいつまでもここにいたはずだぞ」

「でもつかまった。それがすべてで重要なことなのよ」ハニーはむっとして反論した。「わたしはおとぎ話みたいな楽園の島でぶらぶら暮らしてるわけにはいかない。そんなふうには生きてこなかったもの。わたしには仕事とその責任があるのよ」

「個展が終わるまで一緒にいるって約束したじゃないか」頑固に言い張るランスのサファイア色の瞳は怒りでぎらぎら光っている。「きみの大切な仕事とやらは、それまで待たせておけるんだろう？　それとも、きみにとっては個展なんてもうどうでもよくなったのか？」

「どうでもいいはずがないじゃない」ハニーはうんざりしたようにため息をついた。「来月の展覧会には、あなたに会いにかならずニューヨークへ行こうと思っている。この関係を終わりにしようとしてるんじゃないのよ、ランス。もし来てほしいって言ってくれるなら、週末には喜んでここへ戻ってくるし、もしも個展の準備ですごく忙しくなければ、あなたのほうから会いにくることだってできるわ。わたしはただ、この関係をもっと現実的に考える時期が来ているんじゃないかと思うの」

「気のきいた提案というわけか」ランスの口調はとても険しかった。「冷静沈着かつ現実的で、分析も完璧。まさに私立探偵に期待するところだよ。きっと実行スケジュールも立ててくれるんだろうね」

冷静かつ現実的？　心のなかでひとつひとつの言葉を反芻《はんすう》するごとに、ハニーは生傷ができたような痛みを感じた。それでも、ランスに尊重してもらうためには、まず自分が自尊心を持たなくてはいけない。ふたりの関係が始まったときから、いつかこういう時がくることは予想していたのだから。

「しなければならないときには、そうするというだけよ」ハニーはそっけなく言った。「それに現実的であることにはなんの不都合もないわ。あなただって、わたしたちが永遠にこんなことはしていられないってわかっているでしょう？　ふたりとも自分自身の生活に戻って、それぞれの道に目を向けなくちゃならないときが来るのよ」

「そんな方法をとらなきゃならない必要はないさ」ランスは彼女を見ずに、ためらいがちに言った。

「いいえ、あるわ」静かに答えたが、ハニーの顔は青ざめ、ひきつっていた。「わたしはあなたよりも、もっとずっと仕事や自立した人生を手放すことができないの。ランス、たとえあなたのためであろうと、誰かに頼りきりで自分の意志のない人生を歩むつもりはないわ」

ランスは苦々しく唇をゆがめた。「ほんとうにきみは雄弁だな。ぼくとの人生が、まるで歯の根管治療で歯医者に行くのと同じような軽いことのように聞こえる」

「ばかなこと言わないで」もどかしげにハニーは言った。「あなたのことを、ほんとうにすばらしいパートナーだと思ってるのは知っているでしょう？　それは言うまでもないはずよ。あなたとの関係は続けていきたいと思ってる。ただ、わたしの立場に合うやりかたでないと困るのよ」

「なるほどね！」激怒した顔で吐き捨てるように言う。それから、はじかれたように立ち上がり、怒りに燃えた目でハニーをにらみつけた。「きみが言ってるような冷静で面白みのないちっぽけな関係できみのほうは満足かもしれないけど、ぼくはそんなのにつき合わされるのはごめんだ。そんなもので満足できるか。いいか、ぼくは自分がしたいようにするからな！」ランスは背を向けると、怒りをあらわにして大股でドアへ向かった。

「関係を完全に終わりにしたいの？」ハニーは彼の背中に問いかけた。たったいまなじられたばかりの冷静さを必死に取り繕い、心のなかの張り裂けそうな不安を悟られまいとする。

ドアの前で振り返ったランスの顔は真っ青で、サファイア色に光る目は鋭く磨きあげられた刃のように光っていた。一瞬、ハニーがよく知っているはずの芸術家肌の恋人の姿は消え、すっかり表面をおおってしまう硬い鋼の光が戻っていた。「そうじゃない」抑えた声でランスは言った。「すべてを手に入れたいんだよ。ハニー、きみを手放したりはしない。心を決めさえすれば、きみにとってはもっと簡単でいい話のはずだ」

バタンと大きな音をたててドアを閉め、ランスは姿を消した。

なんて人なの。どうしてランスにはわからないのかしら？　わたしの望みは、ただ彼の腕のなかに飛びこんで、これからの人生を彼に捧げることなのよ。それなのに、こんなふうに冷静さを貫かなくてはならないのがどんなにつらいことか、ランスは気づいてもくれない。世間に彼の愛人と思われるのが、わたしにとってはどういうことなのか、わからないのかしら？　わたしはきっと自分自身を嫌いになるだろうし、もっと悲しいことに、自分をそんな人間にしてしまったランスさえも、いつか憎まずにはいられなくなるだろう。

わたしの主張が正しいと彼に納得してもらう方法がなにかあるはずだわ。ハニーは顔をしかめて考えた。しかし、いまこの時点では、なにも頭に浮かんでこない。ただ、説得を続けなくてはいけないことだけはわかっていた。ランスの人生でなんの役割も果たせずに生きていくなんてできそうもないし、かといって彼の言うことも受け入れられない。その中間に、なにか納得できる答えがあるはずだ。あとでまた、ランスが落ち着いたらもう一度話をしてみなければ。

あるいは、アレックスに相談して、ランスとの話し合いのあいだにはいってもらうのはどうだろう。この数週間のうちに、ハニーはアレックス・ベン＝ラーシドに対して兄妹のような親近感を抱くようになっていたし、それはアレックスも同じようだった。そうだわ、わたしの考えをランスに理解させてちょうだいと、アレックスに頼んでみよう。

そう心に決めると、ハニーはシーツをベッドへ放り、足早にバスルームへ向かった。歯を磨き、すばやくシャワーを浴びて、髪に艶が出るまで勢いよくブラッシングをする。二十分後には身支度が整った。時計にちらりと目をやって時間を確かめる。急げばまだアレックスがテラスで朝食をとっているところをつかまえられるだろう。一日を始める前に、手紙を読みながら、ゆっくりコーヒーを楽しむのがアレックスの日課だということは知っている。ハニーはすばやく白いジーンズとゆったりしたボートネックの赤いチュニックを身につけ、サンダルを履くと、ベッドルームを飛びだして階段を駆け下りていった。

しかし、せっかく急いで身支度をすませてきたのに、ハニーがテラスへ駆けこんだとき、そこにアレックスの姿はなかった。テーブルはいつものように隅々まで優雅にセッティングされていたが、今朝の用意はふたりぶんだけで、ちょうどジャスティンがおなじみのホットコーヒー用ポットをテーブルに置いているところだった。

「ベン＝ラーシドはもう食事はおすみかしら？」ハニーはがっかりして尋ねた。もう書斎で実務にとりかかっているのなら、邪魔するような図々しいことはできない。

ジャスティンは首を横に振り、はきはきと答えた。「一日だけヒューストンへお戻りになりました。朝早くお発ちになったので、あなたに伝言を残していかれましたよ」竹製のテーブルマットを広げながら、彼女は続けた。「昨晩、デイヴィーズ様と電話でお話しされたそうなんですが、あのお荷物が彼のところに届けられずにセディカーンへ送られたことで、デイヴィーズ様がちょっとつむじを曲げていらっしゃるようなんです。それで彼をなだめに行くことにしたそうですよ」

〝お荷物〟というのはレオーナ・マーテルとその一味のことだ。ハニーは愉快な気持ちになった。職権が侵害されたことで腹を立てるなんて、デイヴィーズもたいしたことないわね。でもアレックスなら怒っている彼をまちがいなく上手になだめるでしょう。おかげでわたしがアレックスと話せるのが遅くなるのはありがたくないけれど。

「夜には戻ってくるのかしら?」定位置になった自分の席に腰を下ろしながらハニーは尋ねた。

ジャスティンはうなずくと、ポットを持ってハニーにコーヒーを注いだ。「今晩か、あすの朝になります。あなたとルビノフ王子は、きっとおふたりだけで楽しく過ごされるだろうとおっしゃっていましたよ」ジャスティンがなにげなく口にした最後の言葉を聞いて、その伝言を家政婦に伝えるときにアレックスの黒い瞳がいたずらっぽく輝いている様子が目に浮かんだ。「ルビノフ王子も朝食をご一緒になさいますか?」

「いいえ、アトリエへ仕事をしにいったはずよ」ハニーは小さな声で答えた。「いまからコーヒーを運んでもらえるかしら？　それからお昼になったらサンドウィッチも。きっと一日じゅう仕事をしているでしょうから」

ジャスティンはもう一度うなずくと、静かに家のなかへ姿を消した。残されたハニーは不機嫌な顔で座ったまま、テラスから見える息をのむほど美しい海の風景をぼんやりと眺めた。コーヒーを飲み終えて少し食べようと思ったものの、結局ハニーはわずらわしそうにテーブルの向こうへ皿を押しやった。浜辺へ行って、しばらくのんびり過ごしてみるのがいいかもしれない。こんなに気持ちが張りつめた状態では、とても読書なんてできそうにないから。

浜辺へ向かう小道をしばらく下っていると、もういまは耳慣れたヘリコプターのローターの振動音が聞こえてきたので、ハニーは驚いて足を止めた。とっさにアレックスが帰ってきたのかと思ったが、すぐにその可能性を打ち消した。あのアレックスが仕事を終わらせずに戻ってくるはずがない。

ハニーは手をかざして見上げ、すぐにそれが丘のふもとの離着陸場でよく見かけるオレンジ色のヘリコプターではなく、鮮やかな青と白をしていることに気がついた。それでもそのヘリコプターが〈フォリー〉を目指して飛んでいるのはまちがいない。機体が離着陸場へ向かって蝶のようにたどたどしく降下していくのを興味深く見守りながら、ハニーはいぶかしげに目を細めた。それから、離着陸場へ向かって丘を下る道を早足で急いだ。

ハニーが到着すると、背中に〈サンベルト・ヘリコプター・サービス〉というロゴがはいったカーキ色の制服の白髪まじりの男が、ヘリコプターから降りてくる女性に手を貸しているところだった。女性は黒髪で、きれいな珊瑚《さんご》色のパンツ・スーツに身を包んでいた。

その女性はハニーに気がつくと、鋭い視線を投げてよこした。「ああ、無理もないわね」明るく大きな声が響いた。「写真よりずっとすてきよ、ハニー・ウィンストンさん」そう言うと、彼女は朗らかな親しみのこもった笑顔を見せた。「自己紹介をさせてね。ベティーナ・ヴォン・フェルタンスタインよ。ねえ、アレックスとランスはどこに隠れてるの？　わたしの出迎えにあなたひとりで来させるほど卑怯な人たちじゃなかったはずだけれど」

ベティーナ・ヴォン・フェルタンスタイン？　じゃあこの人が、あのアレックスが言っていた〝恐怖のゲルマン人〟ということ？　その女性が想像していたイメージとあまりにかけ離れていたので、ハニーは思わずぽかんと口を開いた。頭に思い描いていた妖艶な美女はどこ？　目の前の女性にはなまめかしさなどひとかけらもなかった。もし物腰がこんなに優雅でなければ、その小柄でぽっちゃりとした姿は、みっともなくさえ見えたかもしれない。美しいとはお世辞にも言えなかったが、その上気した顔の肌はつややかに輝き、上品な鼈甲《べっこう》の眼鏡の奥では明るい鳶《とび》色の大きな瞳が生き生きと光っている。

「どうやらわたしもあなたの想像とは違ったようね」男爵令嬢は敏感に察してそう言うと、ハニーの驚いた顔を疑うように目を細めて見つめた。「あの人たちにどんなこと言われてたのかしら？」彼女は肩をすくめておてんば娘のように笑い、目を光らせた。「あんまり好意的なことじゃないのは確かね」

「そんなにたいした話はなにも……男爵令嬢」ようやく口をきけるようになってハニーは答えた。「たまたま話題に出たときぐらいにしか……」

「そうなの？　電話作戦がほとんど影響を与えてないみたいでがっかりだわ」彼女はしかめつらをしてみせた。「でも、だからこそわたしがいまここにいるんだけど。電話って大嫌い。都合よく簡単に切ってしまえるでしょう？」

ハニーは笑いをこらえ、その場にふさわしいおごそかな態度で答えた。「ええ、たしかに。ただ、いらっしゃるのをアレックスにお知らせしなかったんですね。残念ですけれど、彼は今朝ヒューストンへ発って、おそらく明日まで戻りません」

「知っていても計画を変更したかどうか」男爵令嬢はそっけなく言った。「実際のところ、ますます計画を早めたかもしれないわね。アレックスとわたしはかならずしも心の友というわけじゃないの。でも、ランスはもちろんまだここにいるわね」質問ではなく断定だった。

ハニーはうなずきながら、なんとなく落ち着かない気分になった。その露骨な押しの強さにもかかわらず、この男爵令嬢に対して好意を感じずにはいられないのだ。「ええ、彼はいます。ただ、いまはアトリエで仕事をしているんです。そちらまでご案内しましょうか?」

「あとでいいわ」男爵令嬢は言った。「ここまで会いにきた相手は、じつはあなたなの」彼女はヘリコプターのパイロットのほうを振り向くと、簡潔に指示を与えた。「ここで待っていてくださる、いいわね? すぐに戻ってくるから」パイロットがうなずくのを待たずにハニーのほうへ向き直ると、グッチの大型バッグを肩にかけた。「さて、邪魔されずにふたりでゆっくり話をするには、どこへ行くのがいいかしら?」

「浜辺を散歩するのはどうでしょう?」ハニーはゆっくりと言った。この女性の名は雑談のなかでしか耳にしていなかったし、この島に彼女がやって来るなどとアレックスはひとことも言っていなかった。なぜ、男爵令嬢はわたしに会うためだけに何千キロもの距離を飛んできたのだろう?

「よさそうね」ベティーナ・ヴォン・フェルタンスタインはそう言ってから、自分の履いている凝った作りのハイヒールを見下ろして顔をしかめた。「島に来るんだから、こういうことも起こりうるって予想しておけばよかったわ」そう言うと、平然と靴を脱ぎ、なんでもはいりそうな大型バッグにそれを放りこんだ。「替えのストッキングを常備してるのは運がよかったわ。戻ってくるまでにびりびりに破けているでしょうから」彼女はハニーに先に行くようにとうながした。「案内してちょうだい、ハニーさん。あなたのきれいな長い脚について行けるよう、がんばってみるわ」そう言う彼女の口もとから笑みが消えた。「ゴージャスであるためには背も高くなきゃいけないのよね」

ハニーはいぶかしげにちらりと男爵令嬢を見たが、そのままおとなしく浜辺へ下りるヤシの並木の小道を先に立って歩いていった。男爵令嬢はしばらく黙っていたが、丘のふもとにたどり着いて道幅が広がり、ふたりが並んで歩けるようになると、ふたたび話しはじめた。

「あなた、身のこなしもスマートね」男爵令嬢は悲しげに言った。「たいていの背が高い女の人の姿勢が全然なってないのにはびっくりしてしまうわ。色気も身長もあるあなたみたいな人と張りあうために、わたしが何年バレエを習ってきたか知ってる？　ウィンストンさん、あなたバレエを習ったことはあるの？」

ハニーは首を横に振りながら、孤児院で過ごした質素な少女時代のことを思いだした。

「残念ながらありません、男爵令嬢」礼儀正しく答える。

「信じられない」嘆くように男爵令嬢が言った。「神様って不公平だわ」鼈甲製の眼鏡の奥から賢そうな瞳がハニーを見つめている。「しかも、わたしより若いし」

「それほど変わりませんよ」慰めるようにハニーは言った。まったく、まさか自分がこの小柄で風変わりな、ランスとの恋のライバルを慰めるような立場になるなんて。「いま二十四歳です、男爵令嬢」

「そしてわたしは三十一」男爵令嬢はそっけなく言った。「ランスよりも一歳年上なの。ねえ、ベティーナって呼んでちょうだい。お行儀よく話してたんじゃ、率直な話ができそうもないもの」さらに彼女は続けた。「あなたのことはハニーって呼ぶわ。ちょっとおかしな名前よね。どうして変えないの？」

男爵令嬢が本音を話すのをためらっているとは気づかなかったわ。ハニーはほほえましい気持ちになった。「ええ、そうね。でも、わざわざそうするほどのことでもないし」明るい口調で彼女は言った。「どうしてわたしがここにいるってわかったのかしら、男爵……ベティーナ？」

「座らない？」ベティーナは唐突に言い、足を止めた。「砂が熱くて、すごく歩きづらいの」ハニーがうなずく前に、彼女は体を投げだすようにヤシの木陰になった砂の上に座りこんだ。「新聞であなたの写真を見て、この人に関しては知りうることをすべて知っておくべきだと思った」男爵令嬢は厳しい口調になった。「実際、ランスの表情が多くのことを物語っていたし」

「新聞？」彼女のとなりに腰を下ろしながら、ハニーは当惑に眉をひそめて訊き返した。そして、島へ出発する前日の夜にホテルのロビーで遭遇したカメラマンのことを思いだした。

いまとなってはもうずいぶん昔のことのように思える。「あのときのランスとわたしの写真が載ったのね？」

男爵令嬢はショルダーバッグのなかから折りたたまれた新聞紙を取りだした。

「載ったのよ」そっけなく彼女は言った。「いやらしい当てこすりと、ランスの不名誉な過去についてのスキャンダラスな注釈がくっついててね。ランスのご両親がそれを読んでわたしに連絡してきたときには、かなりご機嫌が悪かったわ」

「ランスのご両親を知っているの？」尋ねながら、うわの空でハニーは新聞を広げた。そこに写っている自分がランスの腕のなかで驚いた顔をしているのをちらりと眺めたが、それよりハニーの目をひいたのはランスの表情だった。欲望とやさしさの入り交じった目つきで彼女を見つめ、必死にかばおうとしている。その姿に、ハニーの心のなかで静かな喜びがわいてきた。

「ほんの子どものうちから、家族ぐるみで親しくしてきたわ」ベティーナは穏やかに言った。「ランスがセディカーンにいるとき以外は、ほとんどいつも一緒だった。国王はつねにわたしを許嫁として認めてくださってきたの」

「そう聞いてるわ」ハニーは静かに言いながら、丁寧に新聞をたたみなおしてベティーナに返した。「それなのに、まだ結婚は実現していない」

「だけど、いずれね」ベティーナは確固たる自信を込めて言った。「わたしってかなり頑固な女なのよ、ハニー。この結婚はランスにとって、望ましいというだけじゃなくて必要なことでもあるの」

「王家の純血を守って汚さないために？」無意識に唇を湿らせ、鋭い口調でハニーは言った。新聞に写ったランスの表情から読みとれるメッセージに励まされながらも、目の前の女性の絶対的な自信に不安を抑えられない。

「まさか、そんなことじゃないわ」男爵令嬢は言った。「選ばれた血筋にはもちろん敬意を払っているけれど、活躍している指導者たちが私生児として生まれているケースがあまりに多いことを考えると、ひたすらそれだけ信じる気にはなれないわね。ランスに対して血筋を理由にしてるのは、単にわたしが彼にほんとうのことを言えないからよ」

「ほんとうのこと？」ハニーはためらいがちに尋ねた。

「彼のことを愛してるの」ベティーナは誠実さに満ちた声で素直に言った。「これまでずっと彼を愛してきたわ。子どものころから、学んだり努力したりすることはなにもかも彼の妻としてふさわしい女性になるための準備だった」真剣な顔で話す。「ハニー、わたしはランスが伴侶《はんりょ》に求めることならなんでもするわ」

「どうしてそんなことをわたしに言うの？」ハニーは真摯な表情を浮かべるベティーナの小

さな顔から目をそらし、穏やかに寄せては返す波打ち際をぼんやりと目で追いながら尋ねた。突然、この状況をもう楽しいとは思えなくなった。ランスが相手が誰であれ、ほかの女性と親密な結婚生活を送ることを想像すると胸が締めつけられる。「あなたとランスのあいだのことは、わたしには関係ないじゃないの」

「ふつうなら、心の奥底に秘めた気持ちを知らない人に打ち明けたりしないわ」ベティーナは率直に言った。「ランスのガールフレンドの誰かと話をしなくちゃと思ったのは今回が初めてよ。あの写真を見て、わたしたちは会っておいたほうがいいと思ったの。不安に駆られたわ。あんなふうに誰かを見つめるランスはこれまで見たことがなかった。だから、とんでもない過ちが起きてしまう前に、あなたと話をつけておきたかったのよ」

「わたしが脅威になるって、認めてもらえたということなのかしら?」張りつめた声でハニーは訊いた。「申し訳ないけれど、わたしたちのあいだに話し合うべきことがあるのかどうかわからないわ。明らかに、わたしたちふたりはランスの人生においてそれぞれまったく違う役割を果たしている。お互いを邪魔するような理由なんてどこにもないでしょう?」

「ああ、そのことはわかってるのね」ベティーナはほっとしたようにため息をついた。「よかったわ。彼に愛されて、あなたはもっと確固たる立場を求めているんじゃないかって心配していたの。もちろん、それは絶対に不可能なことだから」

心を突き刺すような突然の痛みに襲われ、ハニーはうろたえた。「ええ、もちろん」小さな声で答える。

ハニーの手をとり、しっかりと握りしめた男爵令嬢の目にはあたたかい同情があふれていた。「すべてを手に入れることは誰にもできないのよ」彼女はやさしく言った。「みんなが妥協をしなければいけないわ」

「それであなたはなにをあきらめたの、男爵令嬢？」ハニーはまばたきで涙を隠した。それから、反論するように顎をつんと上げてベティーナを見ると、刺々しい口調で尋ねる。「いったいなにを妥協するっていうの？」

「あの新聞の写真でランスがあなたを見つめているように彼に見つめてもらいたいという望みをわたしは捨てたの」静かにそう言ったベティーナの顔の表情には、ハニーの感じている苦痛とそっくり同じものが浮かんでいた。「彼がわたしのことを、あなたのように愛したり求めたりするようにはけっしてならないのはわかっている。そのことを受け入れたの」

「なぜ？」ハニーは急に厳しく問いつめた。「どうして、自分のことを求めていない男性を求めたりできるの？」

「きっとわたしへの愛情を感じるようにはなるから」穏やかな口調だった。「愛情にもいろいろあるわ。もし彼の情熱を得られないなら、わたしは、信頼や感謝の気持ち、それに親愛の情を得られるようになりたい」寂しそうに彼女は笑った。「すべてではないけれど、それで充分よ」

　この女性を気の毒に思ったりしない。ハニーはむきになってそう考えた。ふたりのあいだに生まれたこの奇妙な共感は、男爵令嬢が敵対心をむきだしにしてくるよりもずっと危険だ。自分と同じぐらいランスを愛しているライバルと戦うのは、なんてむずかしいことなんだろう。

「それがあなたがわたしに言いにきたこと？　ランスの人生のなかに、わたしの現実的な居場所はないって言うの？」ハニーは鋭く尋ねた。

「いいえ、違うわ」ベティーナは首を振って穏やかに答えた。「言いにきたのは、わたしたちどちらにも居場所はあるということなの。わたしは現代的な考えかたをする女よ。だからわたしが彼に与えられないものをあなたが与えられるという事実を受け入れたの」うんざりしたように肩をすくめる。「魅惑、セックス、愛の秘技……あとはなにかしら。いずれにせよ、ランスはわたしにはそういったものを見いだせない。それを与えるのはあなたよ」ベティーナは遠くを見た。「あなたたちふたりがまともな分別をもって行動するかぎり、どんなに長く続こうと、わたしはその関係を黙認するということを知っておいてほしかったの」

「なんて寛大なのかしら」ゆっくりとハニーが言う。だが、その声には皮肉っぽい響きはなかった。自分が男爵令嬢の立場だったら、同じような提案ができるとはとても思えない。

「そうでもないわ」ベティーナは低い声で言った。「さっき言ったようにあなたのことを徹底的に調べることにしたのよ、ハニー・ウィンストンさん。あなたとランスが恋人同士でいるとしたら、あなたに彼への真の愛情があるから。これが大前提だわ」ベティーナは険しい目つきでハニーを見た。「だから、なにが起ころうとも、けっして彼を傷つけないで。わかった？」

「わかったわ」ハニーの声がかすれた。「わたしも彼をとても愛しているの。知っているでしょう？」

「それが、わからないのよ」ベティーナは静かに言った。「でも、いまからそれを見極めるわ。ハニー、あなたの愛はどのぐらい寛大かしら？」

「どういう意味？」

「ランスから離れてほしいの」ベティーナはそう言ったが、ハニーの目に浮かんだ抗議の涙を見て片手を上げた。「ずっとじゃないわ。それは期待してないって、いま言ったじゃない？　来月のニューヨークでのランスの個展までのあいだよ」

「個展のことを知っているのね」消え入りそうな声でハニーは尋ねた。

「この前の晩に、アレックスが電話で言ってたわ」ベティーナが顔をしかめた。「ニューヨークではランスに会えるという望みを持たせて、わたしを遠ざけようとしたんでしょうね。その話を聞いてすぐに、これでランスとご両親のあいだの問題がすべて解決するかもしれないって思いついたの」ベティーナは寂しそうに笑った。「わたしがあの図書室にある肖像画一枚しか見たことがないって、知ってた？　彼の作品を全部見せてもらって、個展を開くように説得したのはあなただった。そのことがどれほどうらやましいかわかる？」

「ご両親とのあいだになにがあったの？」そっけなくハニーは訊いた。ベティーナとの話し合いがいまはますますつらく感じられる。「ずっと疎遠だったと聞いているわ」

「ランスはいつもご両親に認められ、ほめられたいと願ってきたのよ。今度の個展でそれが叶うかもしれない」ベティーナは静かに言った。「ご両親を展覧会に来るように説得して、仲直りができるように後押ししたいの。問題点はひとつだけ」

「つまり、わたしね」かすれた声でハニーは言った。喉が締めつけられ、ずきずき痛んだ。

ベティーナはうなずいた。「もしあなたたちの関係が続いていたら、きっと世間の注目を集めてしまうわ」唇が悲しそうにゆがむ。「ランスはいつもそう。言うまでもないけれど、わたしが仲直りの説得をしようとしているときに、ご両親を怒らせる必要はないでしょう？」ベティーナの鳶色の目は真剣だった。「ハニー、あなたは自分の気持ちよりランスの幸せを優先できるぐらい彼のことを愛しているかしら？　たった一カ月ちょっとのことよ。

またすぐに関係をもとに戻せるわ」

「ランスにまったく会うなということ?」ハニーは尋ねた。週末だけの恋人になるのさえむずかしいと思っていたのに。体じゅうに震えるような切なさが走る。

「会うのが得策ではないのはわかるわよね?」ベティーナはいたわるような表情をして、やさしく言った。「あの新聞記事のあとでは、あなたたちの関係をそっとしておくのは無理だと思うわ。なにかをするんだったら正しいやりかたをしなければ」

「あなたのその割り切りのよさは、わたしにはまねできないわ」抑えようと思っても、ハニーは声の震えを止められなかった。「やりとおせるかどうかわからない」

「もちろんできるわよ」ベティーナはきびきびと言った。「できるだけやりやすいようにするから。午前中に、ヘリコプターであなたをヒューストンにお送りするわ。それからわたしはまた戻ってきてランスにすべてを説明する。あなたは自分で彼に話す必要もない。だって、すごく話しにくいと思ってるでしょう?」

「ええ、話すことなんてできないわ」みじめな気持ちでハニーは答えた。「すっかりあなたの計画どおりね」

「わたしの割り切りのよさは、たいてい効率のよさとセットになってるの」ベティーナが鳶色の瞳を輝かせた。「もし必要だと思えば、ヒューストンから彼に電話をすればいいわ」そう言って顔をしかめる。「お薦めはしないけど。だって、電話って、すごくいらいらするから」

ハニーは動揺して髪を手で撫でつけた。「わからないわ。なにもかも展開が速すぎて。ちょっと考えてみないと」

「もちろんよ」男爵令嬢は即座にうなずいた。「焦ってあとで後悔するような決断をさせるつもりはないわ」そう言って立ち上がると、珊瑚色のパンツ・スーツについた細かい砂を丁寧に払った。「ヘリコプターのところに戻ってあなたのこと待っている。あなたは愛情深くて頭のいい女性よ。正しい選択をするって信じてるわ」遠ざかっていくぽっちゃりとした後ろ姿をハニーは見送った。靴も履いていないストッキングだけの足のせいで、午後の日差しを受けた砂浜の熱さにときおり小さく飛びはねたりしているが、そこには断固たる威厳が備わっていた。

断固。まさに彼女にぴったりの言葉だわ、とハニーは思った。男爵令嬢が大胆に登場して、ハニーの人生はなにもかもあっという間に令嬢の価値観に塗りかえられてしまった。ベティーナはとても聡明で深い愛情を示していた。あれほどの人を無視するのは容易なことではない。彼女はランスとその家族を長年知っているのだから、ランスにとってなにが一番いいのか、わたしよりずっと正確に判断できるはずだ。

わたしが自分から進んで一カ月以上もこの状況から遠ざかれば、ベティーナのような手強いライバルにとってはものすごく簡単に手間が省けることになるんじゃないかしら？　頭に浮かんだその考えに、ハニーは顔を曇らせた。それが男爵令嬢の狙い？　いや、そうではない気がする。ベティーナの顔にはあまりにも誠実さがあふれていた。それに痛みも。そもそも、ランスと自分の関係が、一カ月の別れにも耐えられないようなら、それは断《た》ってもいい関係だったということだ。ふたりの関係には、これからもうまくやっていく気があるのなら解決しなければならない多くの問題が、すでに浮き彫りになってきている。むしろ一カ月の間を置くことで、お互いがお互いの言いぶんをもう少しよく考え、理解することができるようになるかもしれない。

　そうと心が決まったいま、こんなところに座っている理由はない。ベティーナがランスの愛に対する挑戦状をつきつけてきたら、わたしはその試練を受けなければならないことはわかっていた。ハニーは立ち上がり、ぼんやりと体についた砂を払うと、離着陸場へと向かう道を歩きはじめた。

　ベティーナはヘリコプターに寄りかかっていたが、ハニーが姿を見せると、緊張した面持ちでゆっくりと体を起こした。

「あなたと一緒に行くわ」ハニーはきっぱりと言った。「その代わり、いますぐよ。行く前にランスに会いたくないから」そうでなければ、彼のもとを離れる勇気は二度と出そうにない。すでにハニーは体を貫かれるような痛みを感じているのだから。

「賢明ね」ベティーナはうなずいた。「荷づくりはいいの？」

ハニーは首を振った。「アレックスが、ジャスティンにお願いして送ってくれるわ。あの家には戻りたくないの」

「じゃあ、行きましょう」きびきびとした口調で言い、ベティーナはヘリコプターのドアを開けた。彼女はハニーのあとから乗りこむと、パイロットに簡潔に指示をして自分の座席へついた。「シートベルトをして」自分のベルトを締めながら、ベティーナが言った。

ハニーがすぐに言われたとおりにすると、まもなく機体はらせんを描きながら上昇をはじめ、空中で水平飛行に移ると、東の方角へ向けて飛びはじめた。ハニーは衝動を抑えきれず、真っ青な海に浮かぶエメラルドグリーンの点を振り向いて見た。それがまちがいだったと気がついたときには、もうその美しい色はにじんで混じり合い、ハニーの目からは涙があふれていた。

ベティーナは同情するようにハニーを見ていた。「あなたは正しいことをしているのよ、ねっ？」やさしく彼女は声をかけた。「そう考えれば少しは楽でしょう？」

「そうかしら」かすれた声でハニーは答えた。「だったらなにかがまちがっているんだわ。

だって、ぜんぜん楽じゃないもの」最後にひと目と〈ロンデールの阿房宮《フオリー》〉のほうを振り返る。けれど、もう遅かった。ハニーの目に映る風景から、すでに島はその姿を消していた。

9

「はっきり言って、あなた頭がおかしいんじゃない？」ナンシーは椅子の背にもたれて、ぶっきらぼうに言うと、デスクのそばに置かれた来客用の椅子に座っているハニーをじっと見つめた。「その彼にぞっこんだって認めておきながら、まるまる一カ月ものあいだ身を引くだなんて」唇を皮肉っぽくゆがめる。「あなたが聞いたのとは逆かもしれないけれど、離れていることは愛情を育てたりしないわよ。とくにあなたのすてきな王子様みたいに、言い寄ってくる女たちがまわりにたくさんいる男の場合はね」

ハニーはたじろいだ。今回のことを決意して以来、その考えに彼女も苦しんでいたのだ。たった数時間のうちに決心は揺らぎ、すでに疑いが頭をもたげはじめている。ベティーナの言うことがほんとうに正しいのかどうかを疑っているわけではない。ランスはやはりこの機会に両親と仲直りをすべきだ。家族は大切だし、そのことを誰よりもよく知っているのは家族のいないこの自分なのだから。たとえハニーにできることはなにもなかったとしても、このままランスを親きょうだいとの絆が断たれた孤児のような気持ちのままでいさせるわけにはいかない。

しかし、その一方で、自分が選んだ行動の結果に向き合うのが怖いというのも否定できなかった。ナンシーの意見は彼女自身の結婚の破綻《はたん》という苦い経験に毒されているのかもしれないが、やはり自分が大きな危険を冒しているのはまちがいない。

島でのきらめく蜜月のあいだじゅうずっと、言葉でなにか約束が交わされることはなかった。情熱的な言葉はあったし、笑いもあった。相手の気持ちや考えをさりげなく探り合ったこともあった。そのときにはそれで充分のように思えたのだ。まるでふたりとも、現実離れした自分たちの理想郷を、外の世界の考えかたで汚されるのを恐れているかのようだった。ランスがひとたび現実の世界に戻ったとき、その魔法は解けずに続くのだろうか？

「だったらいまのうちにわかったほうがいいわ、そうじゃない？」ハニーは明るく答えた。自然に笑みが浮かぶ。「わたしはこれからも変わらないし、片思いの恋愛をうまくコントロールするような能力なんてないもの」

「あなたには恋愛自体をうまくコントロールする能力がありません。そういうことよ。どうしてもっと地味なところからはじめて、だんだんいい男にレベルをあげていくことができなかったわけ？」ナンシーは大袈裟《おおげさ》にお手上げだわというしぐさをしてみせた。「まったく、最初のお相手が、よりによってお盛んなランスだったとはね。それじゃ、夢中になって、彼と恋に落ちるのも当然よ！　どうして、まじめでおとなしい株の仲買人とか中古車のセールスマンを選べなかったの？」

「たぶん、あなたみたいに趣味がよくないのよ」そう言って、ハニーは重く沈んだ気持ちとはうらはらに唇をとがらせた。「どうやらわたし、王子様タイプに弱いみたい」

「あのね、王子様になんてそうそう出会わないわよ」ナンシーはうんざりしたように言った。「お願いだからイタリアには近づかないでね。あちこちの茂みから王子様が飛びだしてくるに違いないもの」

「気をつけるようにするわ」ハニーはスミレ色の目を輝かせ、まじめな顔で答えた。「ねえ、わたしたちの探偵事務所の財務状況はどうなの？」

「いつもよりはいいわ。ゴメス夫人の件の報酬と、国務省のデイヴィーズからの支払いで、先週、入金があったから」ナンシーは答えた。「どうしてそんなことを訊くの？」

「一週間か二週間、ここを離れるつもりなの」ハニーは言った。「戻ってくるまで、あなたのお給料と請求の支払いに足りるだけの残高があるかどうか、確かめておきたくて」

「どこに行くのか伺ってもかまわないかしら？」皮肉たっぷりにナンシーは尋ねた。「あなた、常習欠勤社員になりかけているわよ。わたしが郵便配達員に疑われるわね。テレビの私立探偵みたいに、あなたという架空の人物を作りあげてるんじゃないかって」

「言わないほうがいいと思う」ハニーは静かに言った。「どこにいるのか知らなかったら、あなただって無理やり誰かに言わされることもないでしょう。ランスがわたしを探すのをあきらめるまで、しばらくのあいだ姿を隠す場所を男爵令嬢が用意してくれたわ。何日かおきには電話して、すべて順調かどうか確認するから」

「わたしにその執念深い追跡者たちを追い払わせるつもりね」ナンシーはため息をついた。「どこに行くか言わないのは正解かもね。わたし、強引な脅しには屈しないと思うけれど、もし、あなたのランスがその噂の魅力を全開にして向かってきたら、陥落しそうだもの。デスヴァレーの氷山みたいに溶けちゃうかも」

ハニーもまったく同感だった。わたし自身が、最初に彼に会った瞬間から、あの魅力に抗うなんてできるわけがないと痛感したんじゃなかったかしら？　でもそのことは考えないほうがいい。考えたら、いま自分がしようとしていることがますますやりにくくなるだけだ。

「あなたなら大丈夫よ」ハニーは言った。「明後日、落ち着いた先から電話するわ」

三時間後には、ハニーはスーツケースの荷づくりをすませ、ワンルームマンションのキッチンでガスと水道の元栓を確かめていた。冷蔵庫に腐るようなものは残っていないし、やり残したこともない。あとはアパートの管理人宛てに不在を知らせるメモを残しておけばいい。

ちょうどメモを書き終えたところで、電話のベルが鳴った。

「ハニー、たったいま彼から電話があったわ」電話口に出たとたん、ナンシーが息を切らしながら話しだした。「もう街にはいないと言っておいたけど、彼が信じたとは思えない。あと一、二時間のうちには、きっと誰かがそこを訪ねて行くんじゃないかな」

「どこから電話をかけてきたかわかる?」ハニーは不安げに唇を噛んだ。もしランスと顔を合わせたら、ただでさえ揺らいでいる決心は一瞬のうちに崩れてしまうだろう。しかもランスがその気になれば、人を惹きつけてやまない彼の魅力はハリケーン並みに強烈になるのだ。そもそも最初にランスに会わないと決めたのも、あの魅力を避けるためだった。

「島からよ」ナンシーの言葉にハニーは胸をほっと撫でおろした。「でも、もちろんそこに留まってはいないでしょうね」

「だったら、ランスがヒューストンに到着するまでには、この街を出るわ」ハニーが答える。

「知らせてくれてありがとう、ナンシー」そう言って、静かに受話器を置いた。

しばしためらったあと、ハニーは受話器を取りあげると、アレックス・ベン＝ラーシドの島での直通番号へ電話をかけた。

「もしもし」電話に出たアレックスの声はせわしげで無愛想だった。そして、ハニーが名乗るとその声はますます不機嫌になった。「おいハニー、自分がなにをしでかしたのかわかってるのか？　なんでランスと話もせずに〈フォリー〉を離れた？　ベティーナがこの誘拐まがいの企てから舞い戻ってきて以来、あいつは気が狂ったように暴れまわってるぞ」

「ランスはまだそこにいるの？」アレックスはすごい勢いでまくしたてていたが、ハニーはなんとか口をはさんで尋ねた。

「きみのところの秘書と話し終えてから、すぐにヘリコプターで出発したよ。いったい全体、どうしてこんな騙し討ちみたいなことができるんだ？　ぼくが島へ戻ったとき、ランスはかんかんに怒っているし、〝恐怖のゲルマン人〟は悲嘆にくれてむせび泣いているし、そのうえきみは忽然《こつぜん》と姿を消してしまっている」アレックスの声は憤りで刺々しかった。「まる一日かけて、デイヴィーズをうんざりするほど説得してきた。祖父は暗殺集団を壊滅させて全員を打ち首にしようとしているわけではないってね。そして、ようやく帰ってきたら、このざまだ！」

「ごめんなさい、アレックス」申し訳なさそうにハニーは言った。「あなたを困らせるつもりはなかったの」それから興味を抑えきれずに尋ねる。「セディカーンではほんとうに人を打ち首にするの？」

「めったにないよ」どうでもいいというような口ぶりでアレックスは答えた。「ハニー、ベティーナに連れだされるなんて、いったいどうしたんだ？　彼女の脅しなんかに屈したりしない、もっと気骨のある女性だと思っていたのに」

「そんなわけじゃないのよ、アレックス」ハニーは言った。「これはわたしが決めたことなの」

「悪いけど信じないよ」アレックスがそっけなく言う。「ベティーナの信念についてはよくわかってるからね」

「わたしもわかるようになったのよ」沈んだ声になる。「でも、わたしが自分でしたくないと思うことをさせるのはベティーナでも無理よ。アレックス、わたし、そんなに簡単にぐらついたりしないわ」

「ぼくも今日まではそう思ってたよ」アレックスがゆっくりと言う。「どうしてこんなことしたんだ、ハニー？　ランスは気が変になったんじゃないかと思うほど取り乱している。あんなランスを見るのは初めてだ」

その質問には答えなかった。「アレックス、彼に伝言をお願いできるかしら？」代わりに穏やかに言う。「六週間後に連絡すると伝えてくれる？　もし、まだ彼が望むならだけど」

「もしまだ彼が、だって？」アレックスが信じられないというようにくり返した。「きみはこんなとんでもないことを、あと六週間も引き延ばそうというのか？　あきれたな！　ランスはきみを探してヒューストンのアパートをめちゃくちゃにひっかきまわすぞ」

「そんなことしてもなんにもならないわ。わたしは今夜この街を離れるから」穏やかな声でハニーは言った。「お願いだから、このメッセージを伝えてほしいの。いろいろとありがとう、アレックス。あなたはいい友だちよ」

短い沈黙があった。「きみはまちがってるよ、ハニー」抑えた声でアレックスが言う。「ランスはこのまま手をこまねいていたりしない。きみが連絡してくるのを、ただおとなしく待っていたりはしないぞ」ハニーが黙っていると、アレックスはさらに慎重な口調で続けた。「きみとは友だちでいたいと思うよ、ハニー。きみのことは、いままで知り合った女性のなかで誰よりも好きだ。でも、ぼくにとってランスは兄弟みたいなものなんだ。選択を迫られたら、ぼくは彼の味方につくしかない」

「わかっている」ハニーは答えた。「でも、選択を迫られるようなことにはならないわ。あなたにも六週間後に会えることを願っている。じゃあね、アレックス」

「それよりはかなり早まると思うけどね」アレックスはやさしく言った。「じゃ、ハニー」

プツリと音が聞こえ、通話は切れた。

ハニーは受話器をもとに戻しながら、不安を覚えて眉をひそめた。最後の言葉には、どこか不穏なニュアンスが感じられた。だが、すぐにハニーはきっぱりとその印象を頭から振り払った。ただの思いすごしよ。アレックスは仕事の相手や駆け引き上の敵には脅しをかけたりするかもしれないけれど、彼とわたしは友だちじゃないの。怯えたりするなんてばかげている。

それでもなんとなく、ハニーは実際の必要以上に手早く出発の準備を進めた。そして十五分後には電気を消してドアの鍵を閉め、スーツケースを抱えて錬鉄の階段を降り、愛車である旧式の青いノバに乗りこんだ。

「さあ、ミッシーに鞍《くら》をつけましたよ、ウィンストンさん」ハンクはそう言うと、親しみのこもった笑みを浮かべた。彼の鋭いグレーの太陽が陽の光を受けてさらに深みを増して見える。「うまい具合にいくといいんですがね」

「ミッシーだったら大丈夫よ、ハンク」ハニーは笑顔で答えた。ほかに選択肢はなかったわけだし。彼の手を借りて鞍にまたがりながら、彼女は自嘲《じちょう》するように思った。ミッシーはまるで木馬のようにおとなしく、この〈サークル・D・観光牧場〉のすべての乗馬用の馬のなかで、ハニーがどうにか乗れる唯一の馬だった。孤児院ではもちろん乗馬など必要なたしなみとはされていなかったし、初心者であるハニーは自分が乗馬にはあまり向いていないことを実感していた。ここにいる一週間でかろうじて初歩的な基礎を身につけたものの、この筋肉痛とやわらかいお尻の痛みに耐える価値があるのかどうかはさっぱりわからない。

それでも、この朝のひとりきりの乗馬には好ましい側面があることも否定できなかった。ほかの滞在客の前で社交的な顔をしていなくていいのは気が楽だったし、それにハニーの乏しい腕前ではミッシーでさえも乗りこなすのに気持ちを集中させなくてはならなかった。実際のところ、島を離れてからずっと抱えている憂鬱で暗い気分を忘れられるのはこの時間だけだった。

二十分後、決まったルートを通り、松の木陰にある細長い小さな湖に出たところで、ハニーは手綱を引き、ほっとしながら鞍から降りた。ジーンズの上からお尻をさすりながら思いをめぐらせる。このいまいましい馬が速歩《はやあし》になったときに、はねあがらずにすむ方法は習っていたかしら？　注意深く、教わったとおりに手綱をその雌馬の頭にかけると、ハニーはのんびりと湖のほとりへ歩いていった。ここはハニーが牧場内で一番気に入っている場所だ。静けさに包まれた澄んだ美しさが、苦しみを抱えた心を癒してくれる。いまはとにかく安らぎが必要だった。

ごつごつと節くれだった松の木肌にもたれかかり、ハニーはものうげに目を閉じた。それから、顔を上げ、心地よさに陶然としながらあたたかい日の光を肌に浴びる。ヒューストンから西にほど近い、周囲からは隔てられた観光牧場に、こんな居心地のいい住まいを用意してくれたベティーナには感謝しなければならなかった。都会的なタイプのハニーに、このちよっとした乗馬や牧歌的たたずまいのまがい物になんとなくうんざりするのは、ベティーナのせいではない。早くヒューストンに戻って仕事を再開するのが待ち遠しくてたまらないせいだ。

しかし、それはハニーが願っているほどすぐには叶いそうもなかった。昨日ナンシーに連絡したときに、ランスがいまだに彼女の捜索をあきらめておらず、再三の電話とあれこれ嫌がらせのおかげでもう頭がおかしくなりそうだと聞かされたのだ。ナンシーの声はいらだたしげで、かなりまいっているようだった。かわいそうなことに、ランスはナンシーにひどく不愉快な態度をとっているに違いなかった。

「ウィンストンさんですか?」その声は低く男性的で、とても丁寧だった。ハニーがはっと目を開くと、そこには若い男がふたり立っていた。ダークスーツに控えめな柄のネクタイを締め、どこに出ても恥ずかしくない格好をしている。

まったく気配を感じなかったのに、彼らはほんの一、二メートルのところにいた。足音を忍ばせて近づいてきたに違いない。「ええ、ハニー・ウィンストンですが」

「あなたを探していたんですよ、ウィンストンさん」薄茶色の髪の男がまるで非難するような口調で言った。「われわれと一緒に来ていただけますか?」

「わたしを探していたの?」ハニーは困惑して尋ねた。「牧場から来たんですか?」訊いてはみたものの、そうでないことは答えを聞く前から明らかだった。彼らのスーツはあまりに高級で洗練されていた。

「いえ、違います」浅黒い肌の男が礼儀正しく答える。「道路の五百メートルほど先に車を停めてあります。いまから一緒にお越し願えますか？　すぐに行かなくてはならないので」

ハニーはきっぱりと首を振った。突拍子もない話だ。「どうしてあなたがたと一緒にどこかへ行かなくてはならないのかしら？　知りもしない赤の他人の車に乗りこむつもりはありません」

「失礼しました。自己紹介を忘れていたようです」薄茶色の髪の男が渋い表情で言った。「わたしはジョン・サックス、そしてこちらは友人のハッサン・カリン。どちらもアレックス・ベン＝ラーシドの部下です。あなたを連れてくるようにとの指示を受けています」

「わたしを連れてくる？」ハニーはけげんな顔をした。アレックス・ベン＝ラーシドの部下？　それからはっと、自分を探しだすためにアレックスがどんな種類の部下を送りこんできたのか気づいた。この物腰穏やかな若い男たちは、ランスが以前話していた保安部隊のメンバーに違いない。よくよく観察してみれば、ふたりはプロフェッショナルならではの穏やかな態度の裏に、なにか危険な緊張感を漂わせている。ハニーは力を込めてゆっくりと上体を起こし、本能的に筋肉をこわばらせた。「それならお気の毒だけれど、無駄足だったようね」ハニーは静かに言った。「あなたがたと一緒に行くつもりはないわ」

ジョン・サックスはひどく困ったように眉をひそめた。「ウィンストンさん、どうかそのような態度は控えていただきたい」困惑した青い目をハニーへ向けて彼は訴える。「来ていただかなくてはならないのです。われわれの使命ですから」

その使命とやらでいったいなにができるのかしら？　ハニーは彼らに言ってやりたくなった。アレックスはいったいどんなつもりでこんなことをしたの？　まったく横暴な話だわ。

「残念だけれど」ハニーは声を落として言った。「だったらボスのところへ戻って、わたしがこのお話をお断わりしたことを伝えるしかないわ。おふた方とも、お引きとりください」

「それはできません」ハッサン・カリンは言い張った。「われわれは指示を受けているのです、ジョンが言ったようにね。ウィンストンさん、あなたを連れて行くか、そうでなければわれわれ自身がベン＝ラーシドとかなり厄介なことになるんです」彼は首を振った。「そうなってしまうのはあまり都合がよくないんですよ。どうかお気持ちを変えていただけませんか？」

「無理ね」ハニーはきっぱり言い、表情を曇らせた。「一緒に連れて行きたかったら、力ずくでしなきゃならないわ」

男たちはあきらめ顔でお互いを見た。「そこにもまた問題があります」ジョン・サックスは暗い表情で言った。「ベン＝ラーシドは、もしわれわれが髪一本でもあなたを傷つけたら懲罰《ちょうばつ》を与えると言っているんです。これまで与えられてきた仕事のなかでも、今回はけっして楽ではない」

ということは、少なくともアレックスは、命令にそのありがたい条件を付け加える程度には礼儀をわきまえているのだ。「問題を抱えてるというわけね」ハニーはいぶかしげに目を細めて穏やかに言った。「わたしはおとなしくついていくつもりはないし、その指示には、髪を乱すだけじゃなくて、打撲や切り傷、擦り傷も含まれるんでしょうね」問いかけるように片眉を上げる。「それに、あなたがたがそうやってわたしを丁重に扱うからといって、わたしも同じような態度をとることはないと言っておくわ。できるかぎり最大のダメージを与えてみせる」かすかに笑ってみせたハニーには虎のような気配が漂っていた。「どんな破壊的行為をするのか、あなたがた、きっとびっくりするわよ」

「よくわかっています、ウィンストンさん」ジョン・サックスがその青い目に心からの称賛を表わして言った。「あなたに関してはかなりの関係書類に目を通しました。経歴書には大変感銘を受けましたよ。ベン＝ラーシドから聞いたあなたの武勇伝と同様にね」彼はため息をついた。「たしかに、状況はかなり複雑です」

「だったら、あきらめてボスのところへ帰ったほうがいいんじゃないかしら？」ハニーは口調をやわらげた。「もし話がしたいのなら、自分で会いにくればいいと彼に伝えて」そのときまでには、運がよければこの〈サークル・D牧場〉から遠く離れていられるだろう。

同じ考えはジョン・サックスの頭にも浮かんだようだ。彼はたしなめるように笑いながら首を振った。「それはできないということはおわかりでしょう、ウィンストンさん」冷静に彼が言う。「いいところをついていましたがね」

「だったらどうするつもりかしら？」ハニーはぴしゃりと言った。「打つ手はないように思えるけど？」

ハッサン・カリンは陰鬱な顔をしていた。「まさにこうなることを恐れていたんです。そうだろう、ジョン？」

彼の相棒は同じように冴えない顔つきでうなずいた。「この問題についてはそれなりに話し合いをして、われわれはひとつだけ解決方法を見つけました」

まるでこっけいな芝居のようだった。この樹々に囲まれた平穏な場所に立ち、物静かで危険な若い男たちとこんなに穏やかに話をしているなんて、ありえないことのように思えた。

「それはどんな方法なの？」用心深くハニーは尋ねた。

警戒しているはずだったのに、彼らが迫ってきた瞬間の恐ろしいほどにすばやい動きと巧みな身のこなしにハニーは虚をつかれた。カリンが彼女の注意をそらすために左へフェイントをかけ、サックスがそれに続いて右へまわった。ハニーはかろうじてカリンの喉もとへ空手の一撃を食らわせたが、それが見事に命中した感触を確かめたのと同時に、腕にちくりと蚊に刺されたような痛みを感じた。

それからカリンがよろめいて膝をついたのが、スローモーションのように焦点のずれた映像で見えた。なにもかもが急にぼやけて見え、ハニーは一瞬パニックに陥った。それから、なにも感じなくなった。

10

目が覚めたとき、まるで深い海の底からようやく水面へ浮上してきたダイバーのような、重くゆがんだ感覚があった。しかし、目を開けてみると、薬で意識を失ったことで予想される頭痛や吐き気はなく、ハニーは夢を見ているような幸せな気持ちで満たされていた。

部屋を見まわして目に映った光景に、ああ、まだ夢のなかにいるんだわとハニーは納得した。トルコのハーレムででもないかぎり、こんな部屋があるはずがない。ハニーは飾りふさのついた白いサテンのクッションに埋もれて横たわっているようだった。象牙《ぞうげ》色の地に淡いブルーと若草色で繊細な模様を織りこんである豪華なペルシャ絨毯が、磨きこまれた寄木細工の床に敷かれている。そばにあるチークの低いテーブルには赤々と燃える炭のはいった銅製の火鉢まで置いてあり、そこから濃厚でスパイシーな香りが漂っていた。お香？　そう、お香に違いないわ。ハニーは夢見心地で考えた。このまわりの幻想的な風景にぴったりだもの。

ハニーは自分が着ているものに視線を落とした。スミレ色の透けたシフォンのハーレムパンツを身にまとい、お腹のなめらかな肌はむきだしで、豊かな胸のふくらみはパンツとおそろいのパールで縁どられたトップスに包まれている。その衣装を彼女は当然のように受け止めた。アラビアン・ナイトのおとぎ話のなかで、これでなければほかになにを着るっていうの？

この夢が色褪せて消えていくのを待ちながら、ハニーは脇のほうへ視線を移した。すると、テーブルの上に折りたたまれた紙切れが置いてあるのに気づいた。けだるげに手を伸ばしてその紙を取りあげ、なにげなく広げてみる。

文字が目に飛びこんできた瞬間、あまりの驚きでハニーは一気に目が覚めた。

すまない、ハニー。警告はしただろう。

アレックス

シルクのクッションの上に背筋を伸ばして座りなおしたハニーのスミレ色の目が怒りに燃え上がった。なんてとんでもない悪ふざけなの？　誘拐は明らかにアレックスのしわざだった。でも、この奇抜なハーレムの真似事は、ハニーの知るかぎり、まったくアレックスらしくない。

「やあ、とうとうお目覚めか」

見上げたハニーは、喜びのあまり心臓が早鐘のように打ち、顔がぱっと輝いた。だが、戸口に立つランスを見つめるうちに、さきほどの怒りがふたたびこみあげてきて、その表情はすぐに曇った。ランスのさっそうとした立ち姿には文句のつけようがない。カーキ色の乗馬ズボンを黒光りするブーツにたくしこみ、白いシャツはへそのあたりまでボタンをはずして着ている。それに、なんということだろう、頭にはアラブ風の白い布《グトラ》までつけている！

ハニーはクッションの山から勢いよく下り、よろけながら立ち上がって部屋を突っ切ると、けんか腰でランスの前に立った。「いったいなにがどうなってるのよ？」ハニーは声を荒らげた。

ランスは両手を腰にあて、悪魔のような含み笑いを浮かべている。「大人の女だというのに、そんなこともわからないのか？」しわがれた声でランスは言った。

「あきれたわ。あなた、どうしたの？」気が動転して髪をかきむしりながらハニーは尋ねた。「こんな危険なことをしでかすなんて、どうかしている。完全に頭がおかしくなっちゃったんじゃない？」

ランスは芝居がかったポーズをやめ、険しい顔つきになった。「まさか」そう言うと腰にやった手を下ろした。「ただ、最後にもう一度おとぎの世界を楽しみたいんじゃないかと思っただけさ。それがぼくに期待することだったんだろう？　お盛《ラスティ》んなランスとのロマンティックな週末の情事、約束事やずっと続く関係はいっさいなし。きみの大切な仕事がすんだら、島を出ずにはいられなかったんだから」ランスは頭からグトラをむしりとると乱暴に脇へ投げ捨てた。「さあ、ロマンティックな夢物語は終わりだ。ぼくらは現実の世界にいるんだよ、ハニー、向き合うときが来たんだ。もう逃がさないからな」

ハニーはかすかに口を開いた。「逃げてなんかいないわ」彼女は言った。「島を出たのにはれっきとした理由があって……」

「ばかばかしい！」短く言うと、ランスはヒョウのような足どりですばやくハニーのほうへ向かってきた。「ベティーナが吹きこんだ話をすっかり信じこむほどきみが単純だとはね。そうさ、たしかに子どものころには悲しい思いをしたよ。家族のことになるとなにもかもがうまくいかないみたいでさ。でも子どもならではの適応力で、そんなことにはあっという間に慣れた。ベティーナが思っているような家族との仲直りになんて、ぜんぜんこだわってないさ。でも、きみが離れたがる理由はそのことじゃない。それはただの言い訳だろう。きみは、まだ心の準備ができていないことをぼくから求められるのが、怖くてたまらないんだ」

ランスの言うことが正しいの？　ベティーナが考えたようなランスの心情を信じたかった

のは、彼との関係を続けていくうちに生まれるかもしれない苦しみを、わたしが恐れている
からなの？
「否定しないんだな」厳しい口調だった。ハニーの前に立ち尽くすランスの日焼けした顔は、
緊張して青ざめている。「でも、いずれにせよ、ぼくは求めることにしたんだ。きみがその
忌々しいキャリアより、ぼくのことを優先させるかどうかの賭けだ。きみはぼくと結婚する
んだよ、ハニー」
「なんですって！」あまりの驚きに、ハニーは目を見開いた。
「なにを言っても無駄だ」ランスがぶっきらぼうに言う。「ふたりの絆が完全に結びつくま
で、もうきみを手放したりしない」ランスはハニーの肩をつかんでその顔をのぞきこんだ。
彼の食い入るような目つきを見て、ハニーは息をのむ。「考えてみてくれ、ハニー」ランス
は迫った。「もしぼくがきみにとってただ初めての恋人というだけだったら、あのつまらな
い絵を救おうとして命を危険にさらすようなことをしたか？　ぼくたちには、自分たちに必
要なすべてがそろっているんだ。セックス、わかりあえる気持ち、愛情」ハニーが言葉をは
さもうとすると、ランスは手をあげて制した。「そうさ、愛だよ！　きみはぼくを愛してる
んだ、たとえきみが認めなくてもね。仕事を辞めてぼくと結婚するのが、そんなに大きな犠
牲なのか？」

「ええ、できないわ」ハニーは自分がどうかしてしまったのかと思いながら、呆然としたまま言った。「わたしの仕事？　あなたこそどうなのよ？　あなたは王子様なのよ、わかってる？」

「それは職業というわけじゃない。生まれたときのたまたまの巡り合わせだ」むっとしてランスは言った。「ぼくはアーティストだ。きみは王子というものを軽蔑してるかもしれないけれど、アーティストのぼくのほうは好きなんだろう？」

「軽蔑なんてしてない……」ハニーは当惑して口ごもった。それからふたたび話しはじめる。「一国の王子様は、わたしのような孤児の小娘なんかとは結婚しないものだわ。わたし、自分の父親が誰なのかも知らないのよ」ハニーは首を振った。「あなたがわたしと結婚したがるなんて、夢にも思わなかった」

「謙遜《けんそん》なんてワルキューレには似合わないな」ランスの顔に一瞬おもしろがっているような表情が浮かんだ。「結婚したがらないわけがないだろう。きみはぼくの片割れなんだから」

「謙遜してるわけじゃないわ」ハニーはむっとした。「わたしみたいな才能を持ってる女性と結婚できる男は誰であれ、なんて幸せ者だろうって、よく自覚してるわよ。知性もあるし、働き者だし、それなりに魅力もあるし、ユーモアのセンスだってなかなかのものだし、それに……」

言葉を続けようとするハニーの唇をランスは唇でおおった。それから顔を上げ、やさしく言う。「きみの資格や技能を挙げてもらう必要はないんだよ。もう仕事は見つかったんだからね」ランスは表情を曇らせて首を横に振った。「つまり、もしきみが、この先五十年ほど、ちょっとおかしな絵描きに我慢できると思うならね。この数週間にきみの身に起こったことのあとで、まだぼくを望んでくれるのだとしたら、不思議なぐらいだ。暗殺未遂、熱帯の暴風雨、男爵令嬢に邪魔もされて、そのうえぼくは自分のことに没頭してきみを放ったらかしだ。これから一緒に歩む未来が、いまと同じようなものじゃないという約束さえ、ぼくにはできない」ランスの表情は真剣で、ハニーの心を打つやさしさに満ちている。「ぼくが約束できるのは、これからの人生における愛をすべてきみに捧げるということだけだ。それでもいいかい?」

「ええ、いいわ。それでいい」こみあげてくる感動で喉が詰まる。ハニーはランスの肩に顔をうずめた。「ああ、ランス、あなたのことをとても愛してるの。ほんとうはこれがあなたにとっても永遠のものじゃないとしたら、耐えられるかどうかわからなかったわ」

「きみはばかだな、ハニー」穏やかな声だった。「ぼくたちの関係のことを、まるで明日にも終わってしまうかのように話してたのは、いつもきみのほうだったじゃないか。ぼくはいつだって、自分が欲しいものはよくわかっていたよ」ハニーの髪をそっと撫でながらランスは続けた。「それは、ぼくのハニーの頭がいつもとなりの枕にあって、どんな道のりを行くにもきみの手がぼくの手とつながれていることだ」

ランスの言葉はまるで結婚の誓いのようにおごそかに胸に響き、ハニーは体じゅうに幸せがあふれるのを感じた。震えながら深く息を吸う。「どんな道のりを行くにも、それが寄り道だったとしても、あなたの手がわたしの手とつながれていることね」かすれ声でくり返したその言葉もまた、誓いだった。顔を上げたハニーのスミレ色の目がきらきら輝いていた。

「永遠に」

ランスの顔はこのうえないやさしさに満ちている。ハニーはそんなランスに応える愛情で心が溶けていくのを感じた。「ありえないわ」ハニーはかぼそい声で訴える。「どうしよう、わたし、ハニー王女《プリンセス・ハニー》になるのよ。こんなばかばかしい名前、聞いたことある？」

「ぼくは好きだな」ランスはサファイア色の目を輝かせて、静かに言った。「つまり、きみは愛しい《ハニー》王女様《プリンセス》というわけか」

彼女はうなり、思わず唇をゆがめた。「笑いごとじゃないわよ、ランス。あなたのご両親がなんておっしゃるかしら？」

ランスは肩をすくめた。「なんて言おうとかまわないさ。ぼくにとってほんとうの家族と言えるのはアレックスとカリムだけだし、彼らはまちがいなく、ぼくたちを認めるどころか拍手喝采《かっさい》で迎えてくれると思うよ」それでもハニーの顔から不安が消えないのを見て、ランスはあきらめたようにため息をついた。「きみが安心するのなら言うけど、ぼくの両親は、いったん受け入れなきゃならないとわかったら、かならずいい顔をするはずさ。もしかしたらきみの名前を変えようとしたりさえするかもしれない」からかうように眉を上げる。「栄誉ある王女《ホノリーナ・プリンセス》っていうのはどうだい？」

「もっとひどいわ」暗い声でハニーは言った。「ご両親にそんなことさせたりしないでしょう、ランス」

ランスは首を振った。「きみがしたいようにしたらいいさ。ぼくと一緒にいるかぎりはね」やさしく言う。「きみなしでは耐えられないんだ、ハニー。この一週間は生き地獄だった」

「わたしもよ」声はかすれ、ランスを見あげるスミレ色の目は涙でうるんでいた。「ランス、ほんとうにこれで後悔しない？　わたしのためにあなたがなにかを犠牲にするなんていやよ」

「犠牲にしなきゃならないことがあるのはきみのほうだよ」まじめな顔でランスが言う。「まず手はじめに、ぼくの妻になったら仕事はあきらめなくちゃならない。あまりに狙われやすい立場になってしまうからね」唇を苦々しくゆがめた。「暗殺の陰謀や誘拐騒ぎは、ぼくたちの社会ではよくあることだ」

「ねえ、わたしと結婚するのはわたしを愛しているからであって、住みこみのボディーガードが必要だからじゃないわよね？」からかうようにハニーが尋ねた。

「違うね」ランスはかすれた声で答えた。「違う、もちろん違うとも」彼の唇が信じられないほど甘くハニーの唇に触れる。くちづけがしだいに深く、息もつけないほどに激しくなっていくにつれ、ふたりの胸の鼓動は乱れて早鐘のように打ちはじめた。「ああ、こんなふうにきみを抱きしめるのは久しぶりだ。ねえ、もっと話をしていなくちゃいけないのかい？ぼくの腕のなかで熱くなるきみを感じたいよ」

そうしてほしい。ハニーが狂おしいほどに感じたその瞬間、ランスの腕に抱きすくめられた。彼の手がハニーのお尻の丸みを包みこんで、固く興奮した体へぐいっと引き寄せる。「ランス」ハニーは切なげにささやいた。「わたしも……」そこまで言ったとき、突然足もとの床が揺れ、振動しはじめた。言葉が途切れた。「いやだ、ランス、地震だわ！」

「なんだって？」一瞬、体に満ちている熱い欲求のほかはなにも感じないといったように、ランスは見つめた。ハニーの顔が怯えて青ざめている。「違うよ、ハニー。ぼくのセクシュアルなパワーがきみのおかげで天変地異を引き起こしたと言いたいところだけれど、これは地震じゃない。じつはぼくたちはアレックスのクルーザーに乗っているんだ。ぼくの勘違いじゃなければ、いまちょうどエンジンがかかったんだろう」

ランスはハニーの背中に腕をまわして抱き寄せようとしたが、ハニーは彼の胸に手を当てて押し返した。「アレックスのクルーザーで、いったいわたしたち、なにをしてるの？」ハニーはランスをにらみつけた。「あなた、わたしに麻酔を打ったのよね！」

「ぼくじゃない」ランスは言った。「あいつらがきみを運びこんでくるまで、なにも知らなかったんだ。アレックスに引き離されなかったら、もう少しでサックスを殺すところだったよ。ぼくがアレックスに言ったのは、きみを探しだしてここへ連れて来てほしいということだけだ」唇をぎゅっと引き結ぶ。「もちろんアレックスも納得していなかった」

「おかげで三人そろっているわけね」厳しい口調でハニーは言った。そしてエキゾティックに飾られた部屋を悔しそうに見まわした。「目を覚ましてすぐに、これが誰のしわざかに気づくべきだったわ」それから、シフォンで包まれた自分の体に視線を落とし、はっと目を見開く。「この衣装をわたしに着せたのは誰？」

ランスはひどく不満げに目を細めた。「部下に触れさせると思うか？　きみをこれからぼくのものにしようというのに」非難のこもったささやき声は芝居がかっていた。

「ああもう、そのわざとらしいセリフをどこで覚えてきたの？」ハニーはうなった。

「『シーク』だよ、E・M・ハルの小説だ」ランスは即座にすらすらと答えた。「迫真の演出をするために、ちょっと徹底的にリサーチをしてやろうと思ってさ。ラスティ・ランスとしての最後の舞台にふさわしいものにしたかったんだ」からかうような笑みを浮かべる。「こんなにまじめな若い女性と結婚することになったからには、ぼくも同じぐらいまじめで勤勉になるよう努力しなくちゃいけないだろう？」

ハニーは愉快そうに首を振った。まじめなランスですって？　百万年かかっても無理だわ。彼はいつでも突拍子もない、ハニーの愛すべき道化者《スカラムーシュ》であり続けるに決まってる。たとえ聖書に出てくるメトシェラみたいに九百六十九歳まで長生きしたとしても。

「わたしの質問に答えてないわ」ハニーは言い張った。「どうしてわたしたちアレックスのクルーザーに乗ってるの？　アレックスもここにいるの？」

ランスはうなずいた。「なぜなら、ひとたび外洋に出たあかつきには、アレックス船長がぼくたちを結婚させてくれるからさ」穏やかに続ける。「結婚するまで、二度ときみから目を離すつもりはないからね。セディカーンに着いたら、もっと正式な儀式を執り行なうつもりだ」

「こんなふうに命令して？」そう言ってハニーはぱちんと指を鳴らした。「でももし、わたしがいまここで結婚したくなかったらどうするつもりなの？」

一瞬ランスの顔が不安げに曇り、その目に疑いの影がよぎった。「いまここでぼくと結婚したくないのか？」

「そんなこと言っているわけじゃないの」ハニーはそっと言う。「いまじゃなきゃいつなのって訊きたいぐらい結婚したいと思ってる。ただ、もしあなたがそう命令するんじゃなくて、プロポーズをしてくれたらすてきだなと思ってるだけよ、王子様」

ランスはハニーの両方の手をとって持ちあげると、唇を寄せてそれぞれの手のひらに長いくちづけをした。「ぼくと結婚して、愛する人としてずっとそばにいてくれますか、ハニー?」ささやくような声で尋ねる彼の表情は、真剣でやさしさに満ちあふれていた。

「はい」ハニーは小さく答えた。

「よし」満足げにランスは言い、その腕をハニーの腰へまわした。「さあ、ついにぼくたちは踏みだしてしまった。きみという官能的ですてきな女性にぼくはすっかり心を奪われてしまったよ。これからもぼくはきみの虜だ。ところで、さっき、どこまで話したっけ?」

「たしかあなたは『シーク』の仰々しいセリフを引用していたんじゃないの?」ハニーはそう言って顔をしかめてみせた。

「ああ、そうそう、そうだった」ランスはいたずらっぽくサファイア色の瞳を輝かせた。

「じつはもうひとつあるんだ。ここぞという見せ場《ピエス・ド・レジスタンス》のための、とっておきのセリフが」

「そうなの?」ハニーは慎重に答えた。

うなずいたランスの顔は、あふれる愛情と彼らしい茶目っ気たっぷりの表情で輝いていた。

「恋人になるのならば、同時に従者にもなるべきだろうか？」ランスはそっとその引用を口にした。

ハニーの楽しげな笑い声が、彼の唇におおわれて消えていった。

訳者あとがき

北欧神話に「ワルキューレ」という戦いの女神が出てきます。ワーグナーのオペラをはじめ、たくさんの芸術作品のモチーフとなっているので、名前を聞いたことがある方も多いでしょう。それらの作品のなかで、ワルキューレは鎧に身を包み、髪をなびかせながら戦場を天馬《てんば》で駆け抜ける美しく勇ましい乙女として描かれていることが多いようです。本書『波間のエメラルド』の原書のタイトルは『*The Golden Valkyrie*』(金色のワルキューレ)で、ヒロインのハニーはまさにワルキューレのような女性です。どんな男性も心を奪われてしまうような、すらりとしたプラチナブロンドの美人。おまけに、元警察官で、現在は私立探偵をしている、強く勇敢な自立した女性です。

そんなハニーが、アメリカを訪ねていたバルカン半島のタムロヴィア王国の王子、ランスと、彼の従兄弟で砂漠の国セディカーンの元首《シーク》の孫アレックスのボディーガードを引き受けることになります。ランスはハニーをひと目見るなり、彼女に夢中になってしまいます。彼はハンサムで少年のようにいたずら好きの、魅力的な王子様。ハニーも一瞬にしてランスに心を奪われます。ここで美男美女のカップルの誕生となればいいのですが、そうに簡単にはいかないのが男女の仲です。じつはランスは世界じゅうの美女たちと浮き名を流している有名なプレイボーイだったのです。しかも、ランスはハニーに積極的に迫ってきます。外見的には洗練された大人の女性のハニーですが、じつは恋愛には奥手で、男性とつきあったことがありません。だから、プレイボーイの王子様の誘いなんて、どうせ一時の遊びに決まっていると、頑《かたく》なにランスを拒みます。

しかし、ヴァケーションを楽しもうと南の美しい孤島に向かうランスに、ハニーも警護で同行し、一緒に過ごしているうちに、ハニーはランスの新しい一面を発見します。じつはランスは画家として優れた才能を持っていたのです。でも、ランスは自分の絵を発表しようとはしません。ふざけてばかりの遊び人の仮面の下には、王子として生まれたせいで、何をしても世間からは好奇の目でしか見られず、正当な評価を受けられないという苦しみを抱えた孤独な青年がいたのです。そんな真面目で繊細なランスのほんとうの心を知ったハニーは、しだいに本気でランスに惹かれていきます。やがてエメラルド色の島でふたりの恋はとびきりロマンティックな花を咲かせはじめるのですが……。

本書は、世界的なベストセラー作家、アイリス・ジョハンセンの作品ですが、著者がまえがきで書いているように、彼女のほかの作品とは少し雰囲気が違います。ドラマティックでシリアスな作品が多いなかで、この作品は思わずクスッと笑ってしまうようなユーモラスな場面が随所にちりばめられ、軽妙でしゃれた会話ややりとりもたくさん出てきます。読んでいるうちに、きっと明るく楽しい気分になっていただけると思います。

さて、「タムロヴィア王国」という言葉を前にもジョハンセンの作品で見たことがある読者の方々もいらっしゃるかと思います。本作品はセディカーンシリーズとも呼ばれているジョハンセンの一連の作品のなかのひとつです。セディカーンは中東の砂漠にあるとされる架空の国で、いくつかの部族の首長《シーク》が集まって治めています。その頂点に立つのがアレックスの祖父カリム。つまりアレックスもいわゆる王子様です。またランスの母国であるタムロヴィアも、バルカン半島にあるとされる架空の国で、セディカーンとは古くから親しい関係の国です。ランスとアレックスが従兄弟なのも、ランスのおじがカリムのひとり娘と結婚したからです。アレックスもハンサムなプレイボーイで、ランスと行動をともにしており、表面的には同じようなユーモアのある青年なのですが、中身はランス以外誰も信用していない冷徹で厳しい男性です。このふたりの男性の魅力を比べてみるのもおもしろいかもしれません。

セディカーンシリーズは、すでに『黄金の翼』、『ふるえる砂漠の夜に』が刊行されていますが、『ふるえる砂漠の夜に』では、すでにシークの座についたアレックスが出てきます。つまり本作品は時代をさかのぼってアレックスの王子時代を描いたものです。さらに今後、シークとしてのアレックスが再び登場する『*Capture the Rainbow*』セディカーンをロケ地にした映画を中心に展開するロマンス『*Touch the Horizon*』、ランスの妹がヒロインの『*Everlasting*』と続々とセディカーンシリーズの翻訳が予定されています。

ただし、セディカーンシリーズは、シリーズという名前がついてはいますが、続きものではなく、それぞれが完結したひとつの物語です。時代もまちまちですし、舞台も本書のように必ずしもセディカーンではありません。どの順番で読んでも大丈夫です。ですので、この『波間のエメラルド』のみでも、独立した作品としてたっぷりお楽しみいただけます。そしてさらに、シリーズのほかの作品も読んでいただければ、いろいろな登場人物たちの背景や人間関係がより詳しくわかり、ジョハンセンが描くエキゾティックでロマンティックなセディカーンの世界をいっそう深く味わっていただけるはずです。

二〇一〇年七月

ザ・ミステリ・コレクション

波間《なみま》のエメラルド

著者　アイリス・ジョハンセン

訳者　青山陽子《あおやまようこ》

発行所　株式会社 二見書房
東京都千代田区三崎町2-18-11
電話 03(3515)2311 ［営業］
03(3515)2313 ［編集］
振替 00170-4-2639

印刷　株式会社 堀内印刷所
製本　株式会社 関川製本所

落丁・乱丁本はお取り替えいたします。
定価は、カバーに表示してあります。

ISBN978-4-576-10114-9
http://www.futami.co.jp/

黄金の翼
アイリス・ジョハンセン
酒井裕美［訳］

バルカン半島小国の国王の姪として生まれた少女テスは、ある日砂漠の国セディカーンの族長ガレンに命を救われる。運命の出会いを果たしたふたりを待ち受ける結末とは…？

ふるえる砂漠の夜に
アイリス・ジョハンセン
坂本あおい［訳］

砂漠の国セディカーン。アメリカからの帰途ハイジャックの人質となったジラ。救出に現われた元警護官ダニエルとまたたくまに恋に落ちるが…好評のセディカーン・シリーズ

カリブの潮風にさらわれて
アイリス・ジョハンセン
青山陽子［訳］

ちょっぴりおてんばな純情娘ジェーンが、映画監督ジェイクの豪華クルージングに同行することになり…!? 大海原を舞台に描かれる船上のシンデレラ・ストーリー！

嵐の丘での誓い
アイリス・ジョハンセン
青山陽子［訳］

華やかなハリウッドで運命的に出会った駆けだしの女優と映画プロデューサー。亡き姉の子どもを守るためふたりは結婚の約束を交わすが…。感動のロマンス！

新版 スワンの怒り
アイリス・ジョハンセン
池田真紀子［訳］

銀行家の妻ネルの人生は、愛娘と夫の殺害により一変した。整形手術で白鳥のごとき美女に生まれ変わり、犯人への復讐を誓う。全米を魅了したロマンティック・サスペンス新装版

誘惑のトレモロ
アイリス・ジョハンセン
坂本あおい［訳］

若き天才作曲家に見いだされ、スターの座と恋人を同時に手に入れたミュージカル女優・デイジー。だが知られざる男の悲しい過去が、二人の愛に影を落としはじめて……

迷路
キャサリン・コールター
林 啓恵［訳］

未解決の猟奇連続殺人を追う女性FBI捜査官。畳みかける謎、背筋つたう戦慄――最後に明かされる衝撃の事実とは!? 全米ベストセラーの傑作ラブサスペンス

袋小路
キャサリン・コールター
林 啓恵［訳］

全米震撼の連続誘拐殺人を解決した直後、サビッチのもとに妹の自殺未遂の報せが入る…。『迷路』の名コンビが夫婦となって大活躍――絶賛FBIシリーズ！

土壇場
キャサリン・コールター
林 啓恵［訳］

深夜の教会で司祭が殺された。被害者は新任捜査官デーンの双子の兄。やがて事件があるTVドラマを模した連続殺人と判明し…待望のFBIシリーズ続刊！

死角
キャサリン・コールター
林 啓恵［訳］

あどけない少年に執拗に忍び寄る魔手――事件の裏に隠された驚くべき真相とは？ 謎めく誘拐事件に夫婦FBI捜査官S&Sコンビも真相究明に乗りだすが……

追憶
キャサリン・コールター
林 啓恵［訳］

首都ワシントンを震撼させた最高裁判所判事の殺害事件――。殺人者の魔手はふたりの身辺にも！ サビッチ&シャーロックが難事件に挑む！ 好評FBIシリーズ！

失踪
キャサリン・コールター
林 啓恵［訳］

FBI女性捜査官ルースは洞窟で突然倒れ記憶を失ってしまう。一方、サビッチ行きつけの店の芸人が何者かに誘拐され、サビッチを名指しした脅迫電話が…！ シリーズ最新刊

二見文庫 ザ・ミステリ・コレクション

銀の瞳に恋をして
リンゼイ・サンズ
田辺千幸［訳］

誰も素顔を知らない人気作家ルークと編集者ケイト。出会いは最悪&意のままにならない相手なのになぜだか惹かれあってしまうふたり。ユーモア溢れるシリーズ第一弾！

そのドアの向こうで
シャノン・マッケナ
中西和美［訳］
〔マクラウド兄弟シリーズ〕

亡き父のため十一年前の謎の真相究明を誓う女と、最愛の弟を殺されすべてを捨て去った男。復讐という名の赤い糸が激しくも狂おしい愛を呼ぶ…衝撃の話題作！

影のなかの恋人
シャノン・マッケナ
中西和美［訳］
〔マクラウド兄弟シリーズ〕

サディスティックな殺人者が演じる、狂った恋のキューピッド。愛する者を守るため、燃え尽きた元FBI捜査官コナーは危険な賭に出る！ 絶賛ラブサスペンス

運命に導かれて
シャノン・マッケナ
中西和美［訳］
〔マクラウド兄弟シリーズ〕

殺人の濡れ衣を着せられ、過去を捨てたマーゴットは、彼女に惚れ、力になろうとする私立探偵デイビーと激しい愛に溺れる。しかしそれをじっと見つめる狂気の眼が…

真夜中を過ぎても
シャノン・マッケナ
松井里弥［訳］
〔マクラウド兄弟シリーズ〕

十五年ぶりに帰郷したリヴの書店が何者かに放火され、そのうえ車に時限爆弾が。執拗に命を狙う犯人の目的は？彼女の身を守るためショーンは謎の男との戦いを誓う…！

過ちの夜の果てに
シャノン・マッケナ
松井里弥［訳］
〔マクラウド兄弟シリーズ〕

傷心のベッカが出会ったのは孤独な元FBI捜査官ニック。狂おしいほど求めあうふたりに卑劣な罠が……この愛は本物か、偽物か。息をつく間もないラブ&サスペンス